日韓語

還沒學
就會
3900 字

同じ意味の漢字

중국어와 뜻이 같은 한자어

意思一模一樣

日韓語漢字大全！

吉松由美、田中陽子、金龍範
合著

樂團　簡單

人格

佳人　家庭　假名

山田社
Shan Tian She

您知道日語中的「**文化（ぶんか）**」在韓語也作「**文化（문화 munhwa）**」，其實就等於中文的「**文化**」嗎？
漢字、意思一模一樣，發音也很像。
難道這三種語言本是同根生？

聽到日語的「**感覚（かんかく）**」，我也有同款ㄟ「**乾嘎**」，用韓語來說，一樣也是「**感覺（감각 gamgak）**」。
難道在日本、韓國說台語嘛ㄟ通？

發音很像，字也一模一樣的還有「感謝」、「健康」、「乾杯」…太多了！原來日語、韓語就是您想的那麼簡單！

　　據記載，漢字隨著佛教傳入日本；韓國曾受漢武帝統治，並在唐朝接受了古漢語的薰陶，……這也就是為什麼我們第一次到日本、韓國，或是第一次接觸日語、韓語。很多人總會有種陌生又熟悉的感覺。特別是看到漢字，有些雖然和中文意思不一樣，但跟中文意思一模一樣，或經過推敲後就能懂的漢字更是數之不盡。舉個例子：

日語字的「**達人（たつじん）**」在韓語裡作「**達人（달인 darin）**」＝中文的「**達人**」，都是指「在某一領域非常專業、出類拔萃，或指在某方面很精通的人」。
日語的「**鬼才（きさい）**」在韓語裡作「**鬼才（귀재 gwijae）**」＝中文的「**鬼才**」，都是指「指在某方面有奇特才能的人」。

像這樣和中文字意思一模一樣的漢字真的不少，一秒學會兩種語言，絕對讓不會日韓語的台灣人好吃驚？

因為懂漢字，我們在學習日語韓語的起跑線上就具有絕對的優勢。此外，日語和韓語兩種語言的相似性極高，不但句子的語順相同、皆使用助詞還都有敬語的文化，因此您常常可以看到韓國明星學習日語神速，或是會日語的人同時也會韓語。而會中文的我們，當然要藉由母語這塊墊腳石，花更少的時間一「見」雙雕。

多會一種語言，不僅能幫自己加薪、增加競爭力，同時也能為自己打開一個新世界。有了語言能力，您可以自由闖蕩日本韓國、增廣見聞，更可以刺激創意、充實生活，讓人身價不凡。就讓本書幫還在猶豫學不學日語或韓語的您，搬開絆腳石，一次打開學日、韓語的優勢。

新手自學、日檢、韓檢輔助就靠這一本！
中文、日語、韓語比一比，看完保證秒懂。

透過本書精選的漢字，您將體會到：

原來這 3900 個日韓語漢字，我早就會了，自信心 up！
中文字與日文字、韓文字意思竟然完全一樣，好有趣！
從日本招牌、網站到韓國道路指示牌的漢字，不僅看得懂，還能現學現賣！
比較中日韓語的漢字寫法，寫一手標準、正確的字！
準備日檢、韓檢或日韓語相關工作時隨時查詢，釐清詞意！

▶ 100% 好懂 ◀

最詳盡詞意解釋，迅速理解吸收

本書精選還沒學就會 3900 個日韓語漢字！日語、韓語漢字之後緊接著意思一樣的中文字，詞意一秒理解、瞬間轉換。此外每個字都附有更詳細的詞意解釋，為您深入解說三者相同的意思。讀者可以完全釐清每個漢字的意思，學習不再一知半解。

▸ 100% 趣味 ◂

日韓中漢字比一比，您猜對了嗎？

　　這些日語、韓語單字長得跟哪些中文字相近呢？知道中文的唸法後，發現日韓語也有幾分相似！不同的地方以及寫法的差異又在哪裡呢？本書讓您整本讀起來就像在玩遊戲，每學一個字都有一些新發現，學起來不僅樂趣十足，還能增加自信，一點也不像在背單字！例如：

▲ 中文的「**冬至**」＝日語的「**冬至**」（とうじ）＝韓語的「**冬至**」（동지 dongji），不僅寫法一樣，就連發音也很像！

▲ 中文的「**明明白白**」＝日語的「**明明白白**」（めいめいはくはく）＝韓語的「**明明白白**」（명명백백 myeongmyeongbaekbaek），令西洋人頭痛的成語，不論是字形還是發音，都和中文像極了呢！

▸ 100% 實用 ◂

依照 50 音順排序，隨翻隨到

　　不管是看到人名、地名、文章想查詢字義，還是準備日檢、韓檢想一次擴充單字量，本書以日語 50 音順排列，書末也附上韓文 40 音排序索引，方便您需要時立刻查找，就像一本辭典不放過您任何學習的黃金時間，讓記憶更深入。由於書中收錄豐富且詳盡的詞意解釋，也不妨將它當作一本實用的工具書，使用在教學或翻譯等各種工作上。

　　本書邀請專業日籍、韓籍老師錄製標準雙語發音光碟，為您示範最正確的口音。反覆聆聽有助於將短期記憶轉換為長期記憶，深深烙印在腦海裡。

從完全不懂日韓語零基礎的人，到日韓語初學者、檢定考生、進修人員以及日韓語工作者，不論是未入門、初階還是進階，都可以看懂本書，讓您學習如虎添翼。

　　看過《日韓語還沒學就會 3900 字》之後，您一定會對日本和韓國感興趣了。接下來不論是看日劇、韓綜、韓劇時，都能更容易聽出語感，讓您講話更像日本人、韓國人！不管是博大精深只能心領神會，很難翻譯的單字「木漏れ日」（意思是「從樹葉間傾洩而下的陽光」），或是生動的擬態語「わんわん」（〈狗叫声〉汪汪）、「ㅋㅋ」（〈陰險的笑〉呵呵〈k-k〉）或「ㅎㅎ」（〈憨憨的笑〉哈哈〈h-h〉），還有發音跟英文很像的外來語「ホテル（hotel）」、「카푸치노（卡布奇諾〈Ka-Pu-Chi-No〉）」…等，也都能更快上手了。

Contents 目錄

日檢語

3900字

あ行

あいこう ・ あいこう（애 호）・ あいこう
愛好 ・ 愛好 ・ 愛好
aeho

／日文漢字・韓文漢字・中文字

喜好、喜歡、喜愛。具有濃厚興趣並積極參加。

▶日文漢字	▶韓文漢字	▶中文字	▶意思
あいこく 愛国	애 국 愛國 aegoog	愛國	忠愛自己的國家。
あいしゅう 哀愁	애 수 哀愁 aesoo	哀愁	哀傷悲愁。
あいじょう 愛情	애 정 愛情 aejeong	愛情	愛的感情。從心裡覺得某人或某物很重要、很寶貴的心情；特指男女相戀的感情。
あいじん 愛人	애 인 愛人 aein	愛人	情人；友愛他人。重視人類。
あいせき 哀惜	애 석 哀惜 aeseog	哀惜	哀憐。哀悼惋惜。
あいせき 愛惜	애 석 愛惜 aeseog	愛惜	愛護珍惜。
あいせつ 哀切	애 절 哀切 aejeol	哀切	悲慘、淒切，十分悲痛。
あいぞう 愛憎	애 증 愛憎 aejeung	愛憎	喜好和厭惡。
あいつう 哀痛	애 통 哀痛 aetong	哀痛	哀傷悲痛。
あいとう 哀悼	애 도 哀悼 aedo	哀悼	哀傷悼念往生者。
あい ぼ 愛慕	애 모 愛慕 aemo	愛慕	喜愛仰慕。

日文漢字	韓文漢字	中文字	意思
あいまい 曖昧	애 매 曖昧 aemae	曖昧	含混不清、幽暗不明；行為不光明磊落，有不可告人的隱私。
あおいろ 青色	청 색 青色 cheongsaeg	青色	指介於綠色和藍色之間的顏色。
あく 悪	악 惡 ag	惡	不良善的、壞的。與「善」相對。
あくうん 悪運	악 운 惡運 agoon	惡運	壞運氣，不好的遭遇。
あくしゅ 握手	악 수 握手 akssoo	握手	彼此伸手相互握住，是見面時的禮節，亦可表示親近、信任、和好或合作等。
あくしゅう 悪臭	악 취 惡臭 akchwi	惡臭	難聞的臭氣。
あくしゅう 悪習	악 습 惡習 aksseub	惡習	不良的習慣、壞習慣。
あくせい 悪性	악 성 惡性 aksseong	惡性	不良的。能產生嚴重後果的。
あくひょう 悪評	악 평 惡評 akpyeong	惡評	惡意的評價、評分。
あくま 悪魔	악 마 惡魔 angma	惡魔	比喻極為凶惡狠毒的人；宗教上指引誘人作惡，阻礙人修持善道的惡神。指擁有超自然力量的邪惡的鬼神、超自然的邪惡力量等邪惡存在。
あくむ 悪夢	악 몽 惡夢 angmong	惡夢	指人在睡眠時做的令人感到恐懼的夢，有時伴有胸悶氣短等難受的感覺；也指引起難以擺脫的恐怖的幻象或經歷。

あ

日文漢字	韓文漢字	中文字	意思
あくめい 悪名	악 명 惡名 angmyeong	惡名	壞名聲。
あじあ 亜細亜	아 세 아 亞細亞 asaea	亞細亞	指整個亞洲。
あ す 明日	명 일 明日 myeongil	明日	今天的下一天；不遠的將來。
あっか 悪化	악 화 惡化 akwa	惡化	情況向壞的方面發展。
あっとう 圧倒	압 도 壓倒 apddo	壓倒	勝過；超越。
あつりょく 圧力	압 력 壓力 amnyeog	壓力	物體上所承受的作用力；逼人的威勢。
あぶら な 油菜	유 채 油菜 yuchae	油菜	十字花科的草本植物。根際葉大，呈濃綠色倒卵形，邊緣有缺刻。夏季開黃花。果實為長角圓柱形，種子可榨油供食用或工業用。嫩葉可作蔬菜。
あまがさ 雨傘	우 산 雨傘 woosan	雨傘	遮雨用的傘。多用油紙、油布或塑膠布料等製成。
あん き 暗記	암 기 暗記 amgi	暗記	默記。
あんけん 案件	안 건 案件 anggeon	案件	有關訴訟和違法的事件；泛指需要進行調查、審議的事件。
あんごう 暗号	암 호 暗號 amho	暗號	指為了不洩漏給第三者，而彼此約定的祕密信號（利用聲音、動作等）。
あんさつ 暗殺	암 살 暗殺 amsal	暗殺	趁人不備而殺害（通常是謀殺政治立場、思想等不同的著名人物）。

い

日文漢字	韓文漢字	中文字	意思
あん じ 暗示	암 시 暗示 amsi	暗示	不明說而用別的話或表情、動作等向人示意；心理學名詞。謂用言語、手勢、表情等使人不加考慮地接受某種意見或做某事。催眠就是暗示作用。
あんしょう 暗礁	암 초 暗礁 amcho	暗礁	水面下的不容易發現的礁石，常成為航行的障礙；比喻潛藏的障礙或危險。
あんぜん 安全	안 전 安全 anjeon	安全	沒有危險或不受威脅。
あん だ 安打	안 타 安打 anta	安打	指打者把投手投出來的球擊出到界內，使打者本身能至少安全上到一壘的情形。
あんてい 安定	안 정 安定 anjeong	安定	指（生活、形勢等）平靜正常，穩定，沒有波折或騷擾。
あん ぴ 安否	안 부 安否 anboo	安否	表示安或不安，吉還是兇。
あん ま 按摩	안 마 按摩 anma	按摩	用手在人身上推、按、捏、揉，以促進血液循環，通經絡，調整神經功能。
あんみん 安眠	안 면 安眠 anmyeon	安眠	安穩地熟睡。
あんらく 安樂	안 락 安樂 alak	安樂	安逸，快樂，舒適。
い 胃	위 胃 wi	胃	人或其他動物的消化器官之一，形狀像口袋，上端和食道相連接，下端則和十二指腸相連。能產生胃液，消化食物。
い いん 委員	위 원 委員 wiwon	委員	組織或團體中，被指派擔任特定工作的人。

日文漢字	韓文漢字	中文字	意思
以下 （いか）	以下 （이 하） iha	以下	某一界限或範圍之下。次序、位置、數目等在某一界限之下；人的容貌、才華、地位等較為低劣。
以外 （いがい）	以外 （이 외） iwae	以外	在某一界限、範圍之外。
意外 （いがい）	意外 （의 외） uiwae	意外	料想不到；意料之外。
医学 （いがく）	醫學 （의 학） uihag	醫學	是以預防、診斷、治療生理和心理疾病及保護人類健康、提高身體和心理素質為目的和研究內容的應用科學。
遺憾 （いかん）	遺憾 （유 감） yugam	遺憾	指不滿意、悔恨、不甘心的事情，由無法控制的或無力補救的情況所引起的後悔。
意気 （いき）	意氣 （의 기） uigi	意氣	意志和氣概。做某事的積極心態。
異議 （いぎ）	異議 （이 의） ii	異議	別有所見的議論或持反對的意見；法律上對於法院或行政官署之處分不服時，或契約當事人之一方，對於他一方表示反對時，所提出之意見，稱為「異議」。
意義 （いぎ）	意義 （의 의） uii	意義	語言文字或其他信號所表示的內容；人對自然或社會事物的認識，是人給對象事物賦予的含義，是人類以符號形式傳遞和交流的精神內容。
依拠 （いきょ）	依據 （의 거） uigeo	依據	按照、根據。把某種事物作爲依託或根據。也作爲根據或依託的事物。
威脅 （いきょう）	威脅 （위 협） wihyeop	威脅	以權勢威力脅迫。
育児 （いくじ）	育兒 （육 아） yuga	育兒	哺育幼兒。

日文漢字	韓文漢字	中文字	意思
い くん 遺訓	유 훈 遺訓 yuhoon	遺訓	前人遺留下來的訓示、教誨。
い けん 異見	이 견 異見 igyeon	異見	不同的見解。
い けん 意見	의 견 意見 uigyeon	意見	人們對事物所產生的看法或想法。
い げん 威嚴	위 엄 威嚴 wieom	威嚴	使人敬畏的莊嚴氣勢。
い げん 遺言	유 언 遺言 yueon	遺言	人在臨終前所遺留的言辭。
い ご 以後	이 후 以後 ihoo	以後	在特定的某時間或事件之後。
い こく 異国	이 국 異國 igoog	異國	外國、他國。
い さい 異彩	이 채 異彩 ichae	異彩	不同的色彩。
い さん 遺産	유 산 遺産 yusan	遺產	人死後所遺留下來的一切財產；泛稱由古代遺留後世的文物、事蹟、業績。
い し 意志	의 지 意志 uiji	意志	思想志向，即人類自行決定，積極處理事物的行為能力。
い し 意思	의 사 意思 uisa	意思	心意、想法。
い し 医師	의 사 醫師 uisa	醫師	經政府相關單位核可，替人治病的人。
い じ 維持	유 지 維持 yuji	維持	維繫保持。

い

日文漢字	韓文漢字	中文字	意思
意識 いしき	意識 uisig	意識	泛指一切精神活動。如知覺、記憶、想像等；特定的觀念或思考形態；覺察、警悟。
遺失 いしつ	遺失 yusil	遺失	由於疏忽而失掉。
慰藉 いしゃ	慰藉 wija	慰藉	安撫、安慰。在精神層面給予安慰，在思想上給予鼓勵。
萎縮 いしゅく	萎縮 wichook	萎縮	生物體因病變、機能減退而逐漸衰弱；衰退。
遺書 いしょ	遺書 yuseo	遺書	死者所遺留的文字、書信；由後人所統整、刊行的前人遺著。
衣裳 いしょう	衣裳 uisang	衣裳	衣服。古時上衣稱衣，下裙稱裳，故衣服合稱為「衣裳」。
異常 いじょう	異常 isang	異常	不同於平常。
移植 いしょく	移植 isig	移植	將植物從原來生長的地方，移栽至他處；將動物體器官組織移到其他部位或另一動物體上。
威信 いしん	威信 wisin	威信	威望與信譽、信賴。
偉人 いじん	偉人 wiin	偉人	品格高超或功業不凡的人。
椅子 いす	椅子 uija	椅子	泛指供人坐、臥的器具。其材質有木、竹、藤、金屬、塑膠等。
威勢 いせい	威勢 wisae	威勢	威力權勢；指威力和氣勢。
異性 いせい	異性 iseong	異性	性別不同的人。

日文漢字	韓文漢字	中文字	意思
遺跡 (い せき)	遺跡 (유 적) yujeok	遺跡	指古代或舊時代的人和事物遺留下來的痕跡。
以前 (い ぜん)	以前 (이 전) ijeon	以前	是指比現在或某一時間早的時期。泛指從前、以往。
依然 (い ぜん)	依然 (의 연) uiyeon	依然	指照往常、依舊的意思。
依存 (い ぞん)	依存 (의 존) uijon	依存	相互依附而生存。
偉大 (い だい)	偉大 (위 대) widae	偉大	形容事物的成就卓越非凡，影響極大。
委託 (い たく)	委託 (위 탁) witag	委託	委任、託付。委請託付別人代勞處理某件事情。
位置 (い ち)	位置 (위 치) wichi	位置	指空間分佈，所在或所占的地方，所處的方位；所處地位或地方。
一族 (いちぞく)	一族 (일 족) iljjok	一族	一個宗族、家族。
一年 (いちねん)	一年 (일 년) ilyeon	一年	一年就是 12 個月左右，不包括閏年，陽曆 365 或 366，陰曆 354 或 355 天。
市場 (いち ば)	市場 (시 장) sijang	市場	買賣商品的場所，把貨物的買主和賣主正式組織在一起進行交易的地方。
一部 (いち ぶ)	一部 (일 부) ilboo	一部	一部分。
一網打尽 (いちもう だ じん)	一網打盡 (일 망 타 진) ilmangtajin	一網打盡	用網子全部抓住。比喻徹底消滅。
一目瞭然 (いちもくりょうぜん)	一目瞭然 (일 목 요 연) ilmogyoyeon	一目瞭然	看一眼就能完全清楚。

Track 03

日文漢字	韓文漢字	中文字	意思
いちょう 胃腸	위 장 胃腸 wijang	胃腸	一般指消化系統的胃和小腸、大腸部分。而胃和小腸是營養吸收的核心。人體需要的營養幾乎都需要經過腸胃。
いちりつ 一律	일 률 一律 ilyul	一律	一個樣子、相同；適用於全體，無例外。
いちりゅう 一流	일 류 一流 ilyu	一流	第一等，第一流；同類，之流；同一流派。
いちるい 一塁	일 루 一壘 iloo	一壘	棒球中，在二壘之前。
いつう 胃痛	위 통 胃痛 witong	胃痛	胃部疼痛。
いっさい 一切	일 체 一切 ilchae	一切	全部、所有。沒有例外。
いっしゃせんり 一瀉千里	일 사 천 리 一瀉千里 ilssacheoli	一瀉千里	形容水的奔流通暢快速；比喻口才的雄辯。
いっしゅう 一周	일 주 一周 iljjoo	一周	循回一遍；一圈。
いっしゅう 一週	일 주 一週 iljjoo	一週	一個月有4週，一週爲7天。一個星期。
いっしゅんかん 一瞬間	일 순 간 一瞬間 ilsoongan	一瞬間	形容很短的時間。
いっしょう 一生	일 생 一生 ilssaeng	一生	是指自人從生到死，一輩子。
いっしょくそくはつ 一触即発	일 촉 즉 발 一觸即發 ilchokjeukbbal	一觸即發	指箭在弦上，一觸動就會射出去。比喻事態已發展到非常緊張的階段。

日文漢字	韓文漢字	中文字	意思
いっせき に ちょう 一石二鳥	일 석 이 조 一石二鳥 ilsseogijo	一石二鳥	一個石頭同時打下兩隻鳥。比喻做一件事獲得兩種效果。
いっ ち 一致	일 치 一致 ilchi	一致	趨向相同，沒有不同。
いっちょう 一兆	일 조 一兆 iljjo	一兆	一萬億。
いっちょう 一朝	일 조 一朝 iljjo	一朝	一旦，忽然有一天。
いっぱん 一般	일 반 一般 ilban	一般	一樣、相同；普通（人）、通常；普遍，全般，總體上。
い でん 遺伝	유 전 遺傳 yujeon	遺傳	生物將自身的生理構造或心理特徵，經由基因傳遞給下一代的現象。
い と 意図	의 도 意圖 uido	意圖	希望達到某種目的的打算。
い どう 移動	이 동 移動 idong	移動	改變原來的位置或方向。
い どころ 居所	거 처 居處 geocheo	居處	居住的地方。
い にん 委任	위 임 委任 wiim	委任	委託、任用。
い はい 違背	위 배 違背 wibae	違背	違反、不遵守命令、規則、約定等。
い はん 違反	위 반 違反 wiban	違反	違背、不遵守。
い ふう 威風	위 풍 威風 wipoong	威風	神氣、有氣派。

い

日文漢字	韓文漢字	中文字	意思
い ふく 衣服	의 복 衣服 uibog	衣服	是指人類或通過人類來完成遮掩身體、載體，用布料（如棉布、絲綢、天鵝絨、化學纖維滌綸等）等材質做成的各種樣式的遮擋物。
い ぶつ 遺物	유 물 遺物 yumool	遺物	死者遺留下來的物品。古代人類所遺留下來的東西、器物。可供考古學家研究，一為文化遺物，如器物、建築等。
い ほう 違法	위 법 違法 wibeob	違法	不守法，違背法律的規定。
い みん 移民	이 민 移民 imin	移民	遷移到外國定居的人。
い もん 慰問	위 문 慰問 wimoon	慰問	（用話或物品）安慰問候。
いりぐち 入口	입 구 入口 ipggoo	入口	進入建築物或特定場地，所經過的門或關卡。
い りょう 医療	의 료 醫療 uiryo	醫療	醫治療養。利用醫術治療疾病。
い りょく 威力	위 력 威力 wiryeog	威力	壓倒對方，令人畏懼的強大力量。
いわゆる 所謂	소 위 所謂 sowi	所謂	是所說的。
いん が 因果	인 과 因果 ingwa	因果	原因和結果。指事情演化的前後關係；今生種因，來生結果。指事物的起因和結果，種什麼因，結什麼果。
いんさつ 印刷	인 쇄 印刷 inswae	印刷	運用照相及分色技巧，把文字、圖畫等原稿製成印版，加上油墨壓印，並可連續印出的技術。依版式分為凸版、平版、凹版及網版等4種印刷方式。

日文漢字	韓文漢字	中文字	意思
いんしゅ 飲酒	음 주 飲酒 eumjoo	飲酒	喝酒。
いんしょう 印章	인 장 印章 injang	印章	圖章。
いんしょう 印象	인 상 印象 insang	印象	感官受外界事物刺激而留存於記憶中的意象。
いんしょく 飲食	음 식 飲食 eumsig	飲食	吃喝。吃東西和喝東西。
いんせい 陰性	음 성 陰性 eumseong	陰性	進行病理檢驗時，若所得結果沒有任何不良反應現象，稱為「陰性」。如注射結核菌沒有發生紅腫的反應，則屬陰性。
いんたい 隱退	은 퇴 隱退 euntwae	隱退	辭職隱居。
いんとう 淫蕩	음 탕 淫蕩 eumtang	淫蕩	淫亂放蕩。
いんどう 引導	인 도 引導 indo	引導	帶領。使跟隨。
いんとん 隱遁	은 둔 隱遁 eundoon	隱遁	隱居避世。
いんねん 因緣	인 연 因緣 inyeon	因緣	緣分、機緣（前世注定的）命運；佛教根本理論之一。指構成一切現象的原因。
いんぶ 陰部	음 부 陰部 eumboo	陰部	外生殖器官。
いんぺい 隱蔽	은 폐 隱蔽 eunpae	隱蔽	隱藏、遮掩。借旁的事物來遮掩。

い

日文漢字	韓文漢字	中文字	意思
いんぼう **陰謀**	음 모 **陰謀** eummo	**陰謀**	有所企圖而暗中策劃不正當的計謀；暗中謀劃。
いんよう **引用**	인 용 **引用** inyong	**引用**	言論及文章中援用古書典故、名人格言以及俗語等的修辭法。用以加強言論的說服力。
いんよう **陰陽**	음 양 **陰陽** eumyang	**陰陽**	本指化生萬物的兩種元素，即陰氣、陽氣。後泛指根據四時、節氣、方位、星象來斷定人事吉凶的術數；電磁中的陰極和陽極。
いんらん **淫乱**	음 란 **淫亂** eumnan	**淫亂**	淫逸放縱而悖於禮法。
いんりょう **飲料**	음 료 **飲料** eumnyo	**飲料**	經過加工製造供人飲用的液體。如汽水、果汁、酒等。
いんれき **陰暦**	음 력 **陰曆** eumnyeog	**陰曆**	一種根據月球繞行地球的週期而制定的曆法。回曆為標準的陰曆。今通稱我國民間普遍使用的農曆。
う い **雨衣**	우 의 **雨衣** wooi	**雨衣**	遮雨的外衣。
うおいちば **魚市場**	어 시 장 **魚市場** eosijang	**魚市場**	買賣魚類的場所。
う かい **迂回**	우 회 **迂回** woohwae	**迂迴**	曲折迴旋，走彎路；進攻的軍隊繞向敵人深遠側後作戰。
う そく **右側**	우 측 **右側** woocheuk	**右側**	右邊。
うた **歌**	가 **歌** ga	**歌**	配合曲調演唱詞句的謠樂。

Track
04

日文漢字	韓文漢字	中文字	意思
うちゅう 宇宙	우 주 宇宙 woojoo	宇宙	是所有時間、空間與其包含的內容物所構成的統一體；它包含了行星、恆星、星系、星系際空間、次原子粒子以及所有的物質與能量，宇指空間，宙指時間。
うてん 雨天	우 천 雨天 woocheon	雨天	下雨的日子。
うよく 右翼	우 익 右翼 wooig	右翼	右翅膀；軍隊前進時靠右邊的部隊；右傾，保守派，主張維持政經、社會等的現狀，反對激烈改革的一派；右外場。
うるうどし 閏年	윤 년 閏年 yunnyeon	閏年	指陽曆的 2 月有 29 天，或陰曆有閏月的一年。
うわぎ 上衣	상 의 上衣 sangi	上衣	上身所穿的衣服。
うんが 運河	운 하 運河 woonha	運河	運用人力開鑿或疏濬而成的內陸運輸水道。
うんそう 運送	운 송 運送 woonsong	運送	載運輸送物品等。
うんどう 運動	운 동 運動 woondong	運動	物體處於非靜止的狀態或改變位置的現象；活動筋骨，使血脈暢通，以增進身體健康；遊說他人或四處奔走以求達到某種目的。
えいえん 永遠	영 원 永遠 yeongwon	永遠	永久、恆久、長遠。
えいきゅう 永久	영 구 永久 yeonggoo	永久	時間上沒有終止，永遠。
えいきょう 影響	영 향 影響 yeonghyang	影響	以間接或無形的方式來作用或改變（人或事）的行為、思想或性質。

う
え

日文漢字	韓文漢字	中文字	意思
えいぎょう 営業	영업 營業 yeongeob	營業	經營業務。指以營利為目的，經商、做生意。
えいけつ 永訣	영결 永訣 yeonggyeol	永訣	永別。指死別。
えいご 英語	영어 英語 yeongeo	英語	英、美等民族的語言。屬於印歐語系，在世界6大洲廣泛使用。分布在英國、美國、加拿大、澳大利亞等地。文字採用拉丁字母。
えいこく 英国	영국 英國 yeonggoog	英國	國名。西北歐島國。東瀕北海，南隔英吉利海峽與法國相望，西北瀕大西洋。
えいさい 英才	영재 英才 yeongjae	英才	才華特出的人。
えいじ 嬰児	영아 嬰兒 yeonga	嬰兒	指剛出生小於1週歲的兒童。
えいせい 衛生	위생 衛生 wisaeng	衛生	預防疾病，追求健康的觀念和措施。
えいせい 衛星	위성 衛星 wiseong	衛星	凡環繞行星周圍運行的天體，稱為「衛星」。
えいぶん 英文	영문 英文 yeongmoon	英文	英國的語言和文字。
えいみん 永眠	영면 永眠 yeongmyeon	永眠	永遠安睡。作為死亡的代詞。
えいゆう 英雄	영웅 英雄 yeongwoong	英雄	指品格優秀、做出超越常人事績的人。在傳說中及歷史上，英雄往往具有超人的能力、勇武及很強的人格魅力，親自或領導人們做出有重大意義的事情，受到民眾擁戴。

え

日文漢字	韓文漢字	中文字	意思
えい よ 栄誉	영 예 榮譽 yeongye	榮譽	光榮的名譽。
えいよう 栄養	영 양 營養 yeongyang	營養	提供個體能量，維持生命活力、抵抗力的養分。
えい り 営利	영 리 營利 yeongni	營利	營利是指以金錢、財務、勞務等為資本而獲得經濟上的利益。盈利即贏利。
えい り 鋭利	예 리 銳利 yeri	銳利	刀鋒尖銳鋒利；比喻目光、言論或文筆很尖銳、犀利。
えきたい 液体	액 체 液體 aekchae	液體	有一定體積，無一定形狀，而能流動的物體。如常溫下的水、油等。
えつなん 越南	월 남 越南 wolam	越南	是位於東南亞的中南半島東端的社會主義國家，北鄰中國，西接柬埔寨和老撾，擁有超過 9,600 萬人口。越南的首都是河內市，最大城市是胡志明市。
えつらん 閲覧	열 람 閱覽 yeolam	閱覽	觀看、閱讀 (文字、圖表等)。
えん お 厭悪	염 오 厭惡 yeomo	厭惡	極度的反感或不喜歡。
えんおう 鴛鴦	원 앙 鴛鴦 wonang	鴛鴦	水鳥，比鴨小，棲息於池沼之上，雌雄常在一起。
えんかい 沿海	연 해 沿海 yeonhae	沿海	順著海邊或靠海地帶。
えんかく 沿革	연 혁 沿革 yeonhyeog	沿革	沿襲和變革。指稱事物變遷的過程。
えんがん 沿岸	연 안 沿岸 yeonan	沿岸	陸地和水域相接的部分。

日文漢字	韓文漢字	中文字	意思
えん き 延期	연 기 延期 yeongi	延期	延長或推遲時日。
えん ぎ 演技	연 기 演技 yeongi	演技	表演技巧，指演員運用各種技術和手法創造形象的能力。
えんげい 園芸	원 예 園藝 wonye	園藝	種植蔬菜、花卉、果樹等的學問及技藝。
えんげい 演芸	연 예 演藝 yeonye	演藝	戲劇、影視、歌舞、曲藝、雜技等表演藝術。
えんこん 怨恨	원 한 怨恨 wonhan	怨恨	是指由於某些原因心裡充滿強烈不滿或仇恨；也指一種對他人不滿的情緒反應，這種情緒是潛藏心中隱忍未發的怒意。
えん じ 臙脂	연 지 臙脂 yeonji	胭脂	紅色系列的化妝用品。多塗抹於兩頰、嘴脣，亦可用於繪畫。
えんしゅう 演習	연 습 演習 yeonseub	演習	依照推測的各種可能情況，擬訂計畫，實際操練，使能熟習並改正缺點；練習、溫習使熟悉。
えんじゅく 円熟	원 숙 圓熟 wonsoog	圓熟	嫻熟。熟練；精明老練。靈活變通。
えんしゅつ 演出	연 출 演出 yeonchool	演出	把戲劇、舞蹈、曲藝、雜技等演給觀眾欣賞。
えんじょ 援助	원 조 援助 wonjo	援助	以出錢、出力或出主意以及提供精神上支持等方式幫助處於困境的人。
えんせい 怨声	원 성 怨聲 wonseong	怨聲	忿忿不平之聲。
えんせい 厭世	염 세 厭世 yeomsae	厭世	消極悲觀，對人生不抱希望。

日文漢字	韓文漢字	中文字	意思
えんぜつ 演説	연 설 演說 yeonseol	演說	指在聽眾面前，就某一問題表達自己的意見或闡明某一事理。
えんそう 演奏	연 주 演奏 yeonjoo	演奏	在公開的儀式中獨奏或合奏音樂。
えんたい 延滞	연 체 延滯 yeonchae	延滯	拖延耽誤。
えんちょう 延長	연 장 延長 yeonjang	延長	擴展長度，使更長。
えんどう 沿道	연 도 沿道 yeondo	沿道	沿途。
えんどう 豌豆	완 두 豌豆 wandoo	豌豆	植物名。豆科一年生草本植物，蔓生，複葉，夏初開蝶形小花，結實成莢，嫩莢及種子皆可食。
えんぴつ 鉛筆	연 필 鉛筆 yeonpil	鉛筆	將石墨粉和黏土製成的筆心，嵌入圓條形的木管或其他質料的筆管中，所做成的書寫工具。
えんびふく 燕尾服	연 미 복 燕尾服 yeonmibog	燕尾服	一種男子西式的晚禮服。前短齊腹，後長齊膝關節，後下端開如燕尾。
えんまん 円満	원 만 圓滿 wonman	圓滿	完滿而無缺失。
えんめい 延命	연 명 延命 yeonmyeong	延命	延長壽命。
えんゆう 縁由	연 유 緣由 yeonyu	緣由	事情的緣起與由來。
おうきゅう 応急	응 급 應急 eunggeup	應急	應付緊急的需要。
おうこう 王后	왕 후 王后 wanghoo	王后	帝王的正妻。皇后。

Track
05

お

日文漢字	韓文漢字	中文字	意思
おうこう 横行	횡 행 横行 hwaenghaeng	橫行	像螃蟹一樣橫著走路；不循正道而行；比喻行為蠻橫，不講道理。
おうごん 黄金	황 금 黃金 hwanggeum	黃金	黃金是一種和合金。製造首飾乃用不含鐵質類的金屬。金的質地純淨，擁有嬌人的特性，是最受人們歡迎的金屬；比喻寶貴。
おうし 横死	횡 사 横死 hwaengsa	橫死	非正常死亡。指因自殺、被害或意外事故等原因而死亡。
おうじ 王子	왕 자 王子 wangja	王子	一國之君的兒子。
おうしつ 王室	왕 실 王室 wangsil	王室	王族、皇家。
おうしゅう 応酬	응 수 應酬 eungsoo	應酬	人和人彼此往來、聚會交流。
おうしゅう 欧州	구 주 歐洲 goojoo	歐洲	歐羅巴洲的簡稱。名字源於希臘神話的人物「歐羅巴」。是世界第6大洲。
おうせい 旺盛	왕 성 旺盛 wangseong	旺盛	生命力強，精力旺盛。
おうせつ 応接	응 접 應接 eungjeob	應接	應酬接待。
おうせん 横線	횡 선 横線 hwaengseon	橫線	成水平的線條。
おうだく 応諾	응 낙 應諾 eungnak	應諾	答應、允諾。
おうねん 往年	왕 년 往年 wangnyeon	往年	以往的年頭；過去、從前。

日文漢字	韓文漢字	中文字	意思
おう ひ 王妃	왕 비 王妃 wangbi	王妃	帝王的姬妾。
おうべい 欧米	구 미 歐美 goomi	歐美	歐洲與美洲的合稱。
おうよう 応用	응 용 應用 eungyong	應用	將理論或已得知識，應用在事物上。
おうらい 往来	왕 래 往來 wangnae	往來	原指去與來；後多指人與人之間的彼此往來、聚會應酬；反覆來回。
お えつ 嗚咽	오 열 嗚咽 oyeol	嗚咽	指傷心哽泣的聲音，形容低沉悽切悲感的聲音。
おおゆき 大雪	대 설 大雪 daeseol	大雪	指降雪量大的雪。
お かん 悪寒	오 한 惡寒 ohan	惡寒	凡患者自覺怕冷，多加衣被，或近火取暖，仍感寒冷不能緩解的，稱爲惡寒。
おくまん 億万	억 만 億萬 eongman	億萬	泛稱極大的數目。
お じ 伯父	백 부 伯父 baekbbu	伯父	父親的哥哥；也用來稱呼比父親略大的男子。
お じ 叔父	숙 부 叔父 sookbboo	叔父	父親的弟弟。
おせん 汚染	오 염 汚染 oyeom	汙染	是指使沾上髒物；也有感染，因有害物質的傳播而造成危害。
おちば 落葉	낙 엽 落葉 nagyeob	落葉	掉落的葉片。
おっと 夫	부 夫 boo	夫	丈夫、先生。

日文漢字	韓文漢字	中文字	意思
おてん 汚点	오 점 汚點 ojjeom	汙點	沾染在人身或物體上的污垢； 不光彩的事跡。
おとな 大人	대 인 大人 daein	大人	成年人。
お ば 伯母	백 모 伯母 baengmo	伯母	伯父的妻子。
お ば 叔母	숙 모 叔母 soongmo	叔母	叔父的妻子。
お めい 汚名	오 명 汚名 omyeong	汙名	壞名聲。
おりがみ 折紙	접 지 摺紙 jeopjji	摺紙	以紙折成各種物體的形狀。
おんがく 音楽	음 악 音樂 eumag	音樂	指任何以聲音組成的藝術。
おんきょう 音響	음 향 音響 eumhyang	音響	聲音及回響。
おんけい 恩恵	은 혜 恩惠 eunhae	恩惠	施予他人或接受他人的情誼、 好處。
おんけん 穏健	온 건 穩健 ongeon	穩健	想法或言行舉止，穩重、不浮 躁。不輕舉妄動。
おん し 恩師	은 사 恩師 eunsa	恩師	對自己有恩惠的老師的敬稱。
おんしつ 音質	음 질 音質 eumjil	音質	從聲學的觀點說，指聲音的質 素或個性，也就是指顫動形式 的不同。如不同的樂器所發出 的聲音的「個性」，就是音質。

日文漢字	韓文漢字	中文字	意思
おんしつ 温室	온 실 溫室 onsil	溫室	指有防寒、加溫和透光等設施，供冬季培育喜溫植物的房間。
おんじょう 恩情	은 정 恩情 eunjeong	恩情	恩惠、深厚的情義。施惠人給受惠人的好處，恩惠情誼。
おんじょう 温情	온 정 溫情 onjeong	溫情	溫順體貼的情意。
おんじん 恩人	은 인 恩人 eunin	恩人	對自己有恩惠、有幫助的人。
おんせん 温泉	온 천 溫泉 oncheon	溫泉	是一種由地下自然湧出的泉水，其水溫較環境年平均溫高攝氏5度，或華氏10度以上。在學術上，湧出地表的泉水溫度高於當地的地下水溫者，即可稱為溫泉。
おんだん 温暖	온 난 溫暖 onnan	溫暖	暖和。天氣溫暖。
おんちょう 恩寵	은 총 恩寵 eunchong	恩寵	特別的禮遇、寵幸。是帝王對臣下的優遇寵幸。 也泛指對下屬的寵愛。
おん ど 温度	온 도 溫度 ondo	溫度	根據某個可觀察現象（如水銀柱的膨脹），按照幾種任意標度之一所測得的冷熱程度。
おんとう 穏当	온 당 穩當 ondang	穩當	牢靠妥當；穩重妥當。
おんみつ 隠密	은 밀 隱密 eunmil	隱密	祕密、不顯露。不讓人知道。
おん わ 温和	온 화 溫和 onhwa	溫和	使人感到暖和的適當溫度；形容人的性情或態度平和溫順。

か行

同じ意味の漢字
두루어서 뜻이 같은 한자어

会員・會員・會員
hwaewon
／日文漢字 ▶ 韓文漢字 ▶ 中文字

某些團體或組織的成員。

▶日文漢字	▶韓文漢字	▶中文字	▶意思
かい か **開化**	개 화 **開化** gaehwa	**開化**	文化水準提高，各種知識發達進步；啟發教化。
かい が **絵画**	회 화 **繪畫** hwaehwa	**繪畫**	造形藝術的一種。用色彩和線條在紙、布、牆壁或其他平面上繪寫事物形象。
かいがい **海外**	해 외 **海外** haewae	**海外**	四海之外，隔著海的外國。今特指國外。
がいかい **外界**	외 계 **外界** waegae	**外界**	某個範圍以外的空間、環境。
かいかく **改革**	개 혁 **改革** gaehyeok	**改革**	改進革新。
かいかん **快感**	쾌 감 **快感** kwaegam	**快感**	是指愉快或舒服的感覺。
かいかん **会館**	회 관 **會館** hwaegwan	**會館**	同鄉或同業等的人在各城市設立的連絡機構，主要以館址的房舍供同鄉、同業聚會或寄寓。
かいがん **海岸**	해 안 **海岸** haean	**海岸**	是在水面和陸地接觸處，經波浪、潮汐、海流等作用下形成的濱水地帶。
がいかん **外観**	외 관 **外觀** waegwan	**外觀**	外表的形態。事物從外側看到的樣子。
かい ぎ **会議**	회 의 **會議** hwaei	**會議**	集合二人以上相與議事，並遵循一定的議程，所舉行的一種集會。
かい ぎ **懐疑**	회 의 **懷疑** hwaei	**懷疑**	心中存有疑惑。

日文漢字	韓文漢字	中文字	意思
かいきゅう 階級	계 급 階級 gaegeup	階級	等級、層級;社會成員依職業屬性、經濟收入、生活水準、利益與價值觀相近而形成的不同群體。
かいきょう 海峽	해 협 海峽 haehyeob	海峽	夾在兩塊陸地之間,且兩端與大海相連的狹長水道。
かいきん 解禁	해 금 解禁 haegeum	解禁	解除禁令。
がいきん 外勤	외 근 外勤 waegeun	外勤	某些單位經常在外面進行的工作,如營業、採訪、採購、勘探等。相對於內勤而言。
かいぐん 海軍	해 군 海軍 haegoon	海軍	擔負海上作戰任務,保衛國家海域的軍隊。通常由艦艇、海軍飛機、水兵、海軍陸戰隊等組成。
かいけつ 解決	해 결 解決 haegyeol	解決	疏解紛亂,或使問題有了結果。
かい こ 解雇	해 고 解雇 haego	解雇	停止雇用。停止任用,解除約僱的關係。
かい こ 懷古	회 고 懷古 hwaego	懷古	追念古人古事。
がいこう 外交	외 교 外交 waegyo	外交	一個國家處理對外關係及參與國際活動的行為或政策。
がいこく 外国	외 국 外國 waegoog	外國	本國以外的國家。
かいこん 悔恨	회 한 悔恨 hwaehan	悔恨	是指對過去的事後悔怨恨。悔恨也是一種情感傾向,悔恨某些過往的人或事。
かいさん 解散	해 산 解散 haesan	解散	集合的人分散開;一種口令。為疏散群集的人群時所使用;以強制力消除已結合的團體。
かい し 開始	개 시 開始 gaesi	開始	著手進行;從頭起;從某一點起。

か

日文漢字	韓文漢字	中文字	意思
かいしゅう 回収	회 수 回收 hwaesu	回收	將物品收回。
がいしゅつ 外出	외 출 外出 waechool	外出	出外。特指因事到外地去。
かいじょ 解除	해 제 解除 haejae	解除	消除；法律上指除去所成立的關係，而恢復原來的狀態。
かいじょう 海上	해 상 海上 haesang	海上	指海邊，海面上。
かいじょう 会場	회 장 會場 hwaejang	會場	指聚會或集會的場地。
がいしょう 外傷	외 상 外傷 waesang	外傷	身體或物體由於外界物體的打擊、碰撞或化學物質的侵蝕等造成的外部損傷。
かいしん 回信	회 신 回信 hwaesin	回信	回覆對方的來信。
かいせい 改正	개 정 改正 gaejeong	改正	把錯誤的改成正確的。
かいせん 海戦	해 전 海戰 haejeon	海戰	敵對雙方在海上進行的戰役或戰鬥。
かいそう 回想	회 상 回想 hwaesang	回想	回憶，想過去的事。
かいそう 海藻	해 조 海藻 haejo	海藻	海帶、紫菜、裙帶菜、石花菜等海洋藻類的總稱。
かいそう 階層	계 층 階層 gaecheung	階層	因某種共通性而形成的社會群體；結構中的某一層次。
がいそう 咳嗽	해 수 咳嗽 haesoo	咳嗽	喉部或氣管的黏膜受痰或氣體的刺激，引起反射作用，把氣體用力排出。

日文漢字	韓文漢字	中文字	意思
かいそく 快速	쾌 속 快速 kwaesog	快速	指速度快，迅速。
かいぞく 海賊	해 적 海賊 haejeog	海賊	海上的盜賊。
がいそふ 外祖父	외 조 부 外祖父 waejoboo	外祖父	對媽媽的父親的稱呼。
がいそぼ 外祖母	외 조 모 外祖母 waejomo	外祖母	對媽媽的母親的稱呼。
がいそん 外孫	외 손 外孫 waeson	外孫	對女兒的兒子的稱呼。
かいたく 開拓	개 척 開拓 gaecheok	開拓	開創。開發。開闢；開墾。開荒。
かいだん 会談	회 담 會談 hwaedam	會談	聚會商談。雙方或多方共同商談或談話。
がいたん 慨嘆	개 탄 慨嘆 gaetan	慨嘆	有所感觸而嘆息。
がいち 外地	외 지 外地 waeji	外地	指國外。
かいちゅう 回虫	회 충 蛔蟲 hwaechoong	蛔蟲	在人或其他動物腸中寄生的一種線形長蟲。能損害人、畜健康，並能引起多種疾病。
がいちゅう 害虫	해 충 害蟲 haechoong	害蟲	有害的蟲類。如傳染疾病的蒼蠅、蚊子、危害農作物、樹木的蝗蟲、棉蚜等。
かいてい 海底	해 저 海底 haejeo	海底	海洋的底部。
かいとう 回答	회 답 回答 hwaedab	回答	口頭或書面的答復；對問題、呼喚、呼籲或號召的答復；對意見、爭論或反對意見的答辯。

日文漢字	韓文漢字	中文字	意思
かいとう 解凍	해 동 解凍 haedong	解凍	冰凍的東西融化。
かいとう 解答	해 답 解答 haedab	解答	解釋回答。通過數學演算或其他類似的推理而得出的答案。
がいとう 外套	외 투 外套 waetoo	外套	在平常服裝外面所加的禦寒外衣。
がいとう 街頭	가 두 街頭 gadoo	街頭	街上。
かいなん 海難	해 난 海難 haenan	海難	船舶在海上遭遇自然災害或其他意外事故所造成的危難。
かいにん 解任	해 임 解任 haeim	解任	解除職務。
かいはつ 開発	개 발 開發 gaebal	開發	是指以荒地、礦山、森林、水力等自然資源為對象進行勞動，以達到利用的目的；開拓；發現或發掘人才、技術等供利用；啟發。開導。
かいばつ 海抜	해 발 海拔 haebal	海拔	陸地或山岳等高出平均海平面的垂直距離。
かい ひ 回避	회 피 回避 hwaepi	迴避	因有所顧忌而避開、躲避；審判人員、檢察人員、偵察人員以及其他有關人員不參加與本人有利害關係或其他關係的案件的審判、檢察或偵察。
かい ひ 会費	회 비 會費 hwaebi	會費	爲支付開支，對一個團體的成員徵收的金額。
がいひん 外賓	외 빈 外賓 waebin	外賓	來自他國的賓客。

日文漢字	韓文漢字	中文字	意思
がい ぶ **外部**	외 부 **外部** waeboo	**外部**	物體的表面，事物的外面；某一範圍以外。
かいふく **恢復**	회 복 **恢復** hwaebog	**恢復**	傷病或疲勞之後身體復原；使變成原來的樣子。
かいほう **開放**	개 방 **開放** gaebang	**開放**	敞開，允許入內；使關閉著的打開。
かいほう **懷抱**	회 포 **懷抱** hwaepo	**懷抱**	抱在懷裡；指胸襟。抱負。
かいぼう **解剖**	해 부 **解剖** haeboo	**解剖**	是指將人或動物、植物的身體切割開，以觀察其內部的器官和組織；對事物作深入的分析研究。
がいぼう **外貌**	외 모 **外貌** waemo	**外貌**	最常用於描述人的外表，容貌；也形容空間以及物體的外觀結構，容貌。
がいめん **外面**	외 면 **外面** waemyeon	**外面**	物體外側的面，表面。
がい や **外野**	외 야 **外野** waeya	**外野**	棒球場地中，一、二、三壘的接觸線與全壘打線間的範圍，稱為「外野」。
かいやく **解約**	해 약 **解約** haeyag	**解約**	解除原先的約定；指雙方當事人，協商解除依據法律條文而簽署的約定協議（或合同）。
かいよう **海洋**	해 양 **海洋** haeyang	**海洋**	是地球上最廣闊的水體的總稱。
がいらい **外来**	외 래 **外來** waerae	**外來**	從外界或外部而來。從外地或外國來的。
かいらく **快楽**	쾌 락 **快樂** kwacrag	**快樂**	感到活著很幸福或滿意。一種感受良好時的情緒反應。
かいりょう **改良**	개 량 **改良** gaeryang	**改良**	改變事物原有的某些不足，使比原來更好。

か

日文漢字	韓文漢字	中文字	意思
かいるい 貝類	패류 貝類 paeryu	貝類	具有貝殼的軟體動物。
かいわ 会話	회화 會話 hwaehwa	會話	指聚談；複數人的對話。
かうん 家運	가운 家運 gawoon	家運	家運就是全家人的身體健康、事業工作運、財運好壞、婚姻狀況、功課學業…等。也就是家財、感情、子嗣繁衍、社會地位等統稱。
かおいろ 顔色	안색 顔色 ansaek	顔色	臉色。
かおく 家屋	가옥 家屋 gaok	家屋	居住的房屋。
がか 画家	화가 畫家 hwaga	畫家	通常指以繪畫為職業的人或者畫畫特別優秀的人。
かがい 加害	가해 加害 gahae	加害	對他人加以傷害、殺害。
がかい 瓦解	와해 瓦解 wahae	瓦解	比喻解體、分裂或潰散。
かかく 価格	가격 價格 gagyeog	價格	以貨幣所表現的商品價值。
かがく 化学	화학 化學 hwahag	化學	是一門研究物質的性質、組成、結構、以及變化規律的物理的子學科。
かがく 科学	과학 科學 gwahak	科學	以一定對象為研究範圍，依據實驗與邏輯推理，求得統一、確實的客觀規律和真理。
かき 花卉	화훼 花卉 hwahwae	花卉	花草。通常分木本花卉、草本花卉和觀賞草類等。

日文漢字	韓文漢字	中文字	意思
か きゅう **下級**	하 급 **下級** hageub	**下級**	同一組織系統中等級低的組織或人員。
か きゅう **火急**	화 급 **火急** hwageub	**火急**	形容極其緊急。
か きょ **科挙**	과 거 **科學** gwageo	**科舉**	一種通過考試來選拔官吏的制度，源自中國，並傳播至漢字文化圈其他國家。
か きょう **佳境**	가 경 **佳境** gagyeong	**佳境**	美好的境界；風景好的地方。
か きょう **架橋**	가 교 **架橋** gagyo	**架橋**	架設橋樑。
か きょう **華僑**	화 교 **華僑** hwagyo	**華僑**	凡是具有中國血統而居住國外的人，都被認為是華僑。
か ぎょう **家業**	가 업 **家業** gaeop	**家業**	家傳的事業與門望。
か きょく **歌曲**	가 곡 **歌曲** gagog	**歌曲**	結合詩歌和樂曲，供人歌唱的作品。
か ぐ **家具**	가 구 **家具** gagoo	**傢俱**	家中所擺設的器具。如沙發、桌椅、櫥櫃等類。
が ぐ **画具**	화 구 **畫具** hwagoo	**畫具**	繪畫的器具，如畫筆、色盤、畫板、畫架等。
かく い **各位**	각 위 **各位** gagwi	**各位**	諸位、每一位。
がく い **学位**	학 위 **學位** hagwi	**學位**	授予個人的一種學術稱號或學術性榮譽稱號，表示其受教育的程度或在某一學科領域裡已經達到的水平，或是表彰其在某一領域中所做出的傑出貢獻。

か

日文漢字	韓文漢字	中文字	意思
かくう 架空	가 공 架空 gagong	架空	凌空。房屋、棧、橋等下面用柱子等支撐而離開地面。比喻憑空捏造，沒有事實根據。
かくかい 各界	각 계 各界 gakggae	各界	各階層、各層面、各行各業。
かくぎ 閣議	각 의 閣議 gagi	閣議	內閣會議。
かくご 覚悟	각 오 覺悟 gago	覺悟	由以往的困惑或迷失中醒悟。由迷惑而明白。由模糊而認清。也指對道理的認識；佛教語。謂領悟佛教的真理。
かくさん 拡散	확 산 擴散 hwakssan	擴散	擴大散布；物理學上指分子、原子因不同位置的濃度差或溫度差，而引起的物質移動現象。一般由濃度高的向較低的區域擴散，直至濃度均勻平衡。
かくじ 各自	각 자 各自 gakjja	各自	各人自己。
がくし 学士	학 사 學士 hakssa	學士	學士學位是大專學歷，通常需要 4 年的學歷；讀書人或研習學問的人。
かくじつ 確実	확 실 確實 hwakssil	確實	真實可靠；真正、實在。
がくしゃ 学者	학 자 學者 hakjja	學者	做學問的人。求學的人；學問淵博而有所成就的人。
かくしゅ 各種	각 종 各種 gakjjong	各種	每種、每類。形形色色的種類。
かくじゅう 拡充	확 충 擴充 hwakchoong	擴充	擴大設備、組織等，使其充實；擴大增加。
がくしゅう 学習	학 습 學習 hakseub	學習	是透過外界教授或從自身經驗提高能力的過程。

Track
08

日文漢字	韓文漢字	中文字	意思
がくじゅつ 学術	학 술 學術 haksool	學術	一切學問的總稱。有系統的、較專門的學問。
かくしょ 各処	각 처 各處 gakcheo	各處	各地。
かくしょう 確証	확 증 確證 hwakjeung	確證	確鑿的證據。
かくしん 革新	혁 신 革新 hyeokssin	革新	革除舊的制度、組織、方法、習慣等，創造新的。
かくしん 核心	핵 심 核心 haekssim	核心	中心，主要的部分。
かくしん 確信	확 신 確信 hwakssin	確信	確實相信；也可意爲堅定的信心。
かくじん 各人	각 인 各人 gagin	各人	各人。每個人。所有的人。
かくせい 覚醒	각 성 覺醒 gaksseong	覺醒	從睡夢中醒來；醒悟。
がくせい 学生	학 생 學生 hakssaeng	學生	一般指正在學校、學堂或其他學習地方受教育的人。（日本主要指大學生）
かくだい 拡大	확 대 擴大 hwakddae	擴大	增大面積或範圍。
がくだん 楽団	악 단 樂團 akddan	樂團	演出音樂的團體。
かくち 各地	각 지 各地 gakjji	各地	各個地方。到處。
かくちく 角逐	각 축 角逐 gakchook	角逐	競求勝利。

か

日文漢字	韓文漢字	中文字	意思
かくちょう 拡張	확 장 擴張 hwakjjang	擴張	擴大伸張。多指勢力、範圍、野心等。
かくてい 確定	확 정 確定 hwakjjeong	確定	明確而肯定。
かく ど 角度	각 도 角度 gakddo	角度	數學上指兩直線或兩平面相交所形成的夾角的大小；觀察事物的方向或觀點、立場。
かくとく 獲得	획 득 獲得 hwaekddeuk	獲得	得到；取得。
かくにん 確認	확 인 確認 hwagin	確認	肯定的答覆或承認。
がく は 学派	학 파 學派 hakpa	學派	學問或學術派別。
がく ひ 学費	학 비 學費 hakbbi	學費	學校規定的學生在校學習應繳納的費用。
かく ほ 確保	확 보 確保 hwakbbo	確保	確實保持或保證。
かくほうめん 各方面	각 방 면 各方面 gagbbangmyeon	各方面	各個方面。
かくまく 角膜	각 막 角膜 gangmak	角膜	眼球表面的薄膜。為眼球的外殼，由纖維組織構成，沒有血管分佈。具有保護及使光線折射入眼球的功能。
かくめい 革命	혁 명 革命 hyeongmyeong	革命	以武力推翻舊的政權或秩序，另外建立新的政權或秩序；泛指一切劇烈的改變，可適用於任何方面。
がくもん 学問	학 문 學問 hangmun	學問	學習所得的知識。

か

日文漢字	韓文漢字	中文字	意思
かくよう **各様**	각 양 **各樣** gagyang	**各樣**	各不相同的式樣、種類。
かくりつ **確立**	확 립 **確立** hwangnib	**確立**	指牢固地建立或樹立制度、組織、計畫、思想等。
かくりょう **閣僚**	각 료 **閣僚** ganglyo	**閣僚**	內閣，部長們。
がくれき **学歴**	학 력 **學歷** hangnyeog	**學歷**	指的是一個人學習的經歷，通常指在學校內畢業。
かくん **家訓**	가 훈 **家訓** gahoon	**家訓**	治家立身，用以垂訓子孫之言。
かけい **家計**	기 게 **家計** gagae	**家計**	家中生活的開銷。
かこ **過去**	과 거 **過去** gwageo	**過去**	指現在我們所處時刻前的任一時刻或者時間段，可以是一個時刻，但大多指一個時間段。
かご **加護**	가 호 **加護** gaho	**加護**	（神佛的）保佑；加意愛護，保護。
かこう **加工**	가 공 **加工** gagong	**加工**	將成品或半成品再加以施工，使它成為新的或更精美的產品。
かこく **苛酷**	가 혹 **苛酷** gahok	**苛酷**	苛刻殘酷。
かさい **火災**	화 재 **火災** hwajae	**火災**	因失火而造成的災害。
かざい **家財**	가 재 **家財** gaJae	**家財**	家庭所有的財物。
かさく **佳作**	가 작 **佳作** gajak	**佳作**	優良的作品；入選以外的好作品。

日文漢字	韓文漢字	中文字	意思
か さん 家産	가 산 家産 gasan	家產	家庭成員所共同擁有的財產。
か し 華氏	화 씨 華氏 hwassi	華氏	華氏溫標是一種溫標，符號為℉。華氏溫標的定義是：在標準大氣壓下，冰的熔點為 32 ℉，水的沸點為 212 ℉，中間有 180 等分，每等分為華氏 1 度。
か し 瑕疵	하 자 瑕疵 haja	瑕疵	比喻人的過失或事物的缺點。
か し 歌詞	가 사 歌詞 gasa	歌詞	歌曲中的文詞部分。
か し 仮死	가 사 假死 gasa	假死	裝死；人體因觸電、癲癇、溺水、中毒或呼吸道堵塞，而引起呼吸停止，心跳微弱，面色蒼白，四肢冰冷，從外表看來已處於死亡狀態。
か じ 家事	가 사 家事 gasa	家事	家中的日常事務；家庭情況。
が し 餓死	아 사 餓死 asa	餓死	得不到食物供應，飢餓而死。
か じつ 佳日	가 일 佳日 gail	佳日	美好的日子。
か じつ 果実	과 실 果實 gwasil	果實	植物所結的實；比喻一切努力的成果、收穫。
が しつ 画室	화 실 畫室 hwasil	畫室	繪畫專用的工作室。
か しゃく 呵責	가 책 呵責 gachaek	呵責	大聲斥責。

か

日文漢字	韓文漢字	中文字	意思
か しゅ 歌手	가 수 歌手 gasoo	歌手	以唱歌為業的人。
か じゅう 加重	가 중 加重 gajoong	加重	增加分量或程度。
か しょう 火傷	화 상 火傷 hwasang	火傷	因接觸火焰的高溫而造成的燒傷。
か しょう 歌唱	가 창 歌唱 gachang	歌唱	發聲唱歌。
か しん 家臣	가 신 家臣 gasin	家臣	泛指諸侯、王公的私臣。
か じん 佳人	가 인 佳人 gain	佳人	美人、才貌出眾的女子。
か せい 火星	화 성 火星 hwaseong	火星	是離太陽第 4 近的行星，也是太陽系中僅次於水星的第 2 小的行星，為太陽系裡 4 顆類地行星之一。
か せい 家政	가 정 家政 gajeong	家政	家庭事務的治理工作。
か せき 化石	화 석 化石 hwaseog	化石	化石是存留在古代地層中的古生物遺體、遺物或遺蹟。
か せつ 佳節	가 절 佳節 gajeol	佳節	美好歡樂愉快的節日。
か せん 河川	하 천 河川 hacheon	河川	大小河流的統稱。
か ぜん 果然	과 연 果然 gwayeon	果然	表示實際情況與所預料的一樣。

日文漢字	韓文漢字	中文字	意思
か そう 火葬	화 장 火葬 hwajang	火葬	用火焚化死者遺體後，將骨灰置於容器中，再予以埋葬或存放。
か そう 仮想	가 상 假想 gasang	假想	指假設、想像出來的。
が ぞう 画像	화 상 畫像 hwasang	畫像	描繪人物的形像。（日語還有「電視螢幕、銀幕或感光紙顯現出來的影像」之意）
か ぞく 加速	가 속 加速 gasog	加速	加快速度。
か ぞく 家族	가 족 家族 gajok	家族	指基於血緣、婚姻、生命共同體構成的群體。
か だい 課題	과 제 課題 gwajae	課題	正在學習研究或有待解決的問題。
か たく 家宅	가 택 家宅 gataek	家宅	私人住宅。
か だん 花壇	화 단 花壇 hwadan	花壇	種植花草的高臺，四周砌磚石，用來點綴庭園。
か ち 価値	가 치 價值 gachi	價值	泛稱物品的價格、代價；意義、作用。
か ちく 家畜	가 축 家畜 gachook	家畜	人類為生活需要而在家裡飼養的牲畜。如貓、狗、豬、牛、羊等。
か ちょう 家長	가 장 家長 gajang	家長	一家之主。泛指父母親。
か ちょう 課長	과 장 課長 gwajang	課長	即一課之長，就是部門主管的意思。
かっ か 閣下	각 하 閣下 gaka	閣下	本為對顯貴者的敬稱，後廣泛用為對人的敬稱。

日文漢字	韓文漢字	中文字	意思
がっか 学科	학 과 學科 hakggwa	學科	依學問內容、性質所劃分的科別。如數學、物理、化學等；知識理論的科目，相對於術科而言。
がっき 学期	학 기 學期 hakggi	學期	學校把一學年分為上下兩期，稱為「學期」。
がっき 楽器	악 기 樂器 akggi	樂器	泛指可以發聲演奏音樂的工具。
がっきょく 楽曲	악 곡 樂曲 akggog	樂曲	凡符合音樂三要素（旋律、節奏、和聲）的有組織的聲音，稱為「樂曲」。
かっこ 括弧	괄 호 括弧 gwalho	括弧	標點符號，主要表示文中注釋或區別等的部分。
がっこう 学校	학 교 學校 hakggyo	學校	專門進行教育的機構。
かっこく 各国	각 국 各國 gakggook	各國	各個不同的國家。
かっさい 喝采	갈 채 喝采 galchae	喝采	大聲叫好讚美。
がっさく 合作	합 작 合作 hapjjag	合作	在共同的目的下，一起努力工作。
がっしょう 合唱	합 창 合唱 hapchang	合唱	指一種集體性的歌唱藝術。
かっしょく 褐色	갈 색 褐色 galsaek	褐色	黃黑的茶色。
がっそう 合奏	합 주 合奏 hapjjoo	合奏	是一種多人多種樂器按照不同聲部同合一首曲子的演奏方式，而展現出整體性的聲樂效果。
かったつ 闊達	활 달 闊達 hwalddal	闊達	猶豁達。氣量大，不拘泥於小事。

か

日文漢字	韓文漢字	中文字	意思
かつどう 活動	활 동 活動 hwalddong	活動	指物體、人的運動。
かっぱつ 活発	활 발 活潑 hwalbal	活潑	富有生氣和活力。
かつぼう 渇望	갈 망 渴望 galmang	渴望	迫切地盼望，殷切地希望。就像饑渴一樣盼望得到。
かつやく 活躍	활 약 活躍 hwaryag	活躍	個性、行動十分積極、踴躍。氣氛、情緒蓬勃而熱烈。
かつよう 活用	활 용 活用 hwaryong	活用	靈活運用。有效地利用。正確地使用。
かつりょく 活力	활 력 活力 hwalyeog	活力	旺盛的生命力；朝氣蓬勃、剛勁有力。
か てい 家庭	가 정 家庭 gajeong	家庭	一種以婚姻、血緣、收養或同居等關係為基礎而形成的共同生活單位；也指其生活的場所。
か てい 過程	과 정 過程 gwajeong	過程	事物發展所經過的程式；階段。
か てい 仮定	가 정 假定 gajeong	假定	不管事實如何，姑且認定。如果；科學研究上對尚待證明之客觀事物的假設。
か にゅう 加入	가 입 加入 gaip	加入	進入、參加、加入團體等。
かね 鐘	종 鐘 jong	鐘	金屬製成的響器，中空，敲時發聲。
か ねつ 加熱	가 열 加熱 gayeol	加熱	使溫度增高。
か のう 可能	가 능 可能 ganeung	可能	或許、也許；表示能成為事實的。

日文漢字	韓文漢字	中文字	意思
かば 河馬	하 마 河馬 hama	河馬	哺乳動物。身體肥大，黑褐色皮膚裸露，尾短，尾端有少數剛毛。犬齒發達。前後肢短，有四趾，略有蹼，大部分時間生活在水中。群居，性溫和。善於游泳。
か ひ 可否	가 부 可否 gaboo	可否	可不可以、能不能。贊成與反對。
が ひつ 画筆	화 필 畫筆 hwapil	畫筆	畫畫專用筆，有毛筆和硬刷。
か びん 花瓶	화 병 花瓶 hwabyeong	花瓶	蓄水養花的瓶子。
か ふ 寡婦	과 부 寡婦 gwaboo	寡婦	喪夫而沒有再婚的婦人。
か ぶ 歌舞	가 무 歌舞 gamoo	歌舞	歌唱與舞蹈。
か ふう 家風	가 풍 家風 gapoong	家風	家族世傳的作風習慣或傳統典範。
か へい 貨幣	화 폐 貨幣 hwapae	貨幣	經濟學的貨幣定義：貨幣是任何一種被普遍接受為交易媒介、支付工具、價值儲藏和計算單位的物品。
か めい 加盟	가 맹 加盟 gamaeng	加盟	加入同盟團體。
か めん 仮面	가 면 假面 gamyeon	假面	仿照人物臉形制成的面具；比喻偽裝的外表。
か もつ 貨物	화 물 貨物 hwamool	貨物	泛指各種買賣的商品。

か

Track
10

日文漢字	韓文漢字	中文字	意思
か もん 家門	가 문 家門 gamoon	家門	家庭；門第、家世。
か ゆ 粥	죽 粥 joog	粥	是一種用稻米、小米或玉米等糧食煮成的稠糊的食物。
か よう 歌謡	가 요 歌謠 gayo	歌謠	指隨口唱出，沒有音樂伴奏的韻語，如民歌、民謠、兒歌等。
が りょう 雅量	아 량 雅量 aryang	雅量	寬宏的氣度。寬宏大量。
か りょく 火力	화 력 火力 hwaryeog	火力	燃燒煤炭等所產生的能量。
か れい 華麗	화 려 華麗 hwaryeo	華麗	豪華美麗。美麗而有光彩。
か わ 佳話	가 화 佳話 gahwa	佳話	美談、流傳一時的美事。
かん 刊	간 刊 gan	刊	定期出版的讀物。
かんあく 奸悪	간 악 奸惡 ganak	奸惡	指邪惡的人或事。
かん い 簡易	간 이 簡易 gani	簡易	簡單容易；設施簡陋的。
かんえん 肝炎	간 염 肝炎 ganyeom	肝炎	肝臟發炎的現象。
かん か 閑暇	한 가 閒暇 hanga	閒暇	沒有事的時候。
がん か 眼科	안 과 眼科 anggwa	眼科	醫學上指治療眼病的一科。

日文漢字	韓文漢字	中文字	意思
かんがい 感慨	감 개 感慨 gamgae	感慨	心靈受到某種感觸而發出慨嘆。
かんかく 間隔	간 격 間隔 gangyeok	間隔	事物相互間在時間或空間的距離。
かんかく 感覚	감 각 感覺 gamgak	感覺	內心對外界的感受。
かんがん 肝癌	간 암 肝癌 ganam	肝癌	發生在肝臟的惡性腫瘤。
かんがん 宦官	환 관 宦官 hwangwan	宦官	太監。舊時宮中侍奉君王及其家屬的官員，由閹割後的男子充任。
かん き 歓喜	환 희 歡喜 hwanhi	歡喜	快樂。高興。喜歡。喜愛。
かんきょう 環境	환 경 環境 hwangyeong	環境	泛指地表上影響人類及其他生物賴以生活、生存的空間、資源以及其他有關事物的綜合。
がんきょう 眼鏡	안 경 眼鏡 angyeong	眼鏡	一種用來校正視力（如近視眼）或保護眼睛（如防強光、灰塵、飛濺的火星等）的器物。
がんきょう 頑強	완 강 頑強 wangang	頑強	堅強固執。頑強不屈。
かんきん 監禁	감 금 監禁 gamgeum	監禁	因被收監而喪失自由。
がん ぐ 玩具	완 구 玩具 wangoo	玩具	泛指可寓教於樂用來玩的物品，有不同的材質和遊玩形式，可以是泥土、樹枝、貝殼等，也可是布偶、卡牌、拼圖等；可供遊戲玩弄的東西。
かんけい 関係	관 계 關係 gwangae	關係	相關、影響、牽涉；人事物間的關連情形。

か

日文漢字	韓文漢字	中文字	意思
かんげい 歡迎	환영 歡迎 hwanyeong	歡迎	高興地迎接、款待（來訪者）。
かんげき 間隙	간극 間隙 gangeuk	間隙	是指兩個事物之間的空間或時間的距離；隔閡。不和。
かんげき 感激	감격 感激 gamgyeok	感激	深深的感謝，引申指激動，有生氣。
かんけつ 簡潔	간결 簡潔 gangyeol	簡潔	（說話、行爲等）簡明扼要，沒有多餘的內容。
かんげん 諫言	간언 諫言 ganeon	諫言	一般用來指下級對上級的規勸和建議。
かんこ 歡呼	환호 歡呼 hwanho	歡呼	歡樂地大聲喊叫。
かんご 看護	간호 看護 ganho	看護	護理、照料傷病者或老人。
かんこう 刊行	간행 刊行 ganhaeng	刊行	書稿刻印發行。
かんこく 韓国	한국 韓國 hangoog	韓國	東亞國家。在朝鮮半島南半部與中國隔黃海相望。面積 9 千 9 萬平方公里。人口數 4300 多萬 (1991 年)。首都漢城。地形多爲平原和丘陵。溫帶季風氣候。
かんさ 奸詐	간사 奸詐 gansa	奸詐	奸偽狡猾，做事刁鑽、詭詐，極其陰險狡猾。
かんさん 換算	환산 換算 hwansan	換算	把某種單位的數量折合成另一種單位的數量。
かんしゃ 感謝	감사 感謝 gamsa	感謝	因對方之好意或幫助等而表示謝意。

日文漢字	韓文漢字	中文字	意思
かんじゃ 奸邪	간 사 奸邪 gansa	奸邪	奸詐邪惡；奸詐邪惡的人。
かんじゃ 患者	환 자 患者 hwanja	患者	又稱病人、病者和病患，是指醫療服務的接受者，大多用來指罹患疾病、或身體受到創傷，而需要醫生和護理人員進行治療的人。
かんしゅう 観衆	관 중 觀衆 gwanjoong	觀眾	觀看表演或比賽等的人。
かんしょう 干渉	간 섭 干涉 ganseop	干涉	指過問或制止，多指不應該管的硬管。
かんしょう 感傷	감 상 感傷 gamsang	感傷	因有所感觸而心傷。
かんしょう 緩衝	완 충 緩衝 wanchoong	緩衝	使衝突或緊張的情緒、氣氛緩和平穩。
かんしょう 鑑賞	감 상 鑑賞 gamsang	鑑賞	對文物、藝術品等的鑑定和欣賞。
かんじょう 感情	감 정 感情 gamjeong	感情	受外界刺激而產生的愛、憎、喜、怒、哀、樂等心理反應。
かんしん 関心	관 심 關心 gwansim	關心	關懷，掛念；注意、留心。
かんせい 陥穽	함 정 陷穽 hamjeong	陷阱	為捉捕野獸而掘的坑穴；害人的計謀。
かんぜい 関税	관 세 關稅 gwansse	關稅	當貨品從境外通過海關進入境內的時候，境內政府透過海關針對貨物所課徵的稅金。
がんせき 岩石	암 석 岩石 amseog	岩石	由一種或多種礦物組合而成的集合體，是構成地殼的主要物質。根據成因可分為火成岩、沉積岩、變質岩3類。

か

Track
11

日文漢字	韓文漢字	中文字	意思
かんぜん 完全	완 전 完全 wanjeon	完全	完美；完善；全部；完整。應有盡有。
かん そ 簡素	간 소 簡素 ganso	簡素	簡約樸素。
がん そ 元祖	원 조 元祖 wonjo	元祖	最初得姓的祖先。後用以稱有世系可考的最早的祖先；比喻學派或行業的創始者。
かんそう 乾燥	건 조 乾燥 geonjo	乾燥	失去水分；缺少水分。
かんそう 感想	감 상 感想 gamsang	感想	在跟外界事物的接觸中引起的想法。
かんそう 歡送	환 송 歡送 hwansong	歡送	高興誠懇的送別。
かんぞう 肝臟	간 장 肝臟 ganjang	肝臟	是負責新陳代謝的主要器官，分左右兩主葉，貼於橫膈膜下，呈赤褐色。
かんそく 観測	관 측 觀測 gwancheug	觀測	指對自然現象進行觀察或測定；對事物的觀察與推測。
かんたい 艦隊	함 대 艦隊 hamdae	艦隊	承擔某一戰略海區作戰任務的海軍兵力。
かんたん 簡単	간 단 簡單 ganddan	簡單	單純清楚、不複雜；容易理解、使用或處理。
かんだん 歡談	환 담 歡談 hwandam	歡談	彼此相處極為愉快。
がんたん 元旦	설 날 元旦 seolal	元旦	一年中的第一天。
がんちく 含蓄	함 축 含蓄 hamchoog	含蓄	藏於內而不表露於外；詞意未盡，耐人尋味。常用來形容創作的技巧。

か

日文漢字	韓文漢字	中文字	意思
かんちょう 間諜	간 첩 間諜 gancheop	間諜	被派遣或收買來從事刺探機密、情報或進行破壞活動的人員。
かんてん 観点	관 점 觀點 gwanjjeom	觀點	研究分析或批評問題、事項等所依據的立場。
かんどう 感動	감 동 感動 gamdong	感動	觸動感情，引起同情、支持或嚮慕。
かんねん 観念	관 념 觀念 gwannyeom	觀念	因文化背景或生活經驗而形成對人事物等的認知與看法。是某者對事物的主觀與客觀認識的系統化之集合體；關於某方面的認識和覺悟。
かんぱい 乾杯	건 배 乾杯 geonbae	乾杯	表示舉杯祝福或是舉杯表達敬意。飲盡杯中的飲料。
かん び 甘美	감 미 甘美 gammi	甘美	（味道）甜美；甜蜜美和。衝擊。
かん ぶ 幹部	간 부 幹部 ganboo	幹部	擔任一定的領導工作或管理工作的組織中的中心人員。
かんべん 簡便	간 편 簡便 ganpyeon	簡便	簡單方便。
かんまん 緩慢	완 만 緩慢 wanman	緩慢	不快、遲緩；（辦事方法）不嚴、怠慢。
がんめん 顔面	안 면 顔面 anmyeon	顔面	面部。臉部。
かんやく 簡約	간 약 簡約 ganyak	簡約	簡要概括。
かん よ 干与	간 여 干與 ganyeo	干與	關涉。關係。

日文漢字	韓文漢字	中文字	意思
かんらく 歡樂	환락 歡樂 hwalag	歡樂	形容內心十分開心、高興。
かんらく 陷落	함락 陷落 hamnak	陷落	淪陷、被攻下。
かんり 管理	관리 管理 gwali	管理	在特定的環境下，對組織所擁有的資源進行有效的計劃、組織、領導和控制，以便達成既定的組織目標的過程；照管。
かんりゃく 簡略	간략 簡略 galyak	簡略	指（言語、文章的內容省掉細節）簡單、簡約。不詳細。
かんりゅう 寒流	한류 寒流 halyu	寒流	從高緯度流向低緯度的洋流。寒流的水溫比它所到區域的水溫低，能使經過的地方氣溫下降、少雨。
かんりょう 完了	완료 完了 walyo	完了	（事情）結束。
かんれい 寒冷	한랭 寒冷 halaeng	寒冷	是指溫度低，讓人感到涼。
かんれん 関連	관련 關聯 gwalyeon	關聯	指互相貫連。事物之間有關係。
かんろ 甘露	감로 甘露 gamno	甘露	甘美的雨露；比喻天下太平的徵兆。
かんわ 緩和	완화 緩和 wanhwa	緩和	使局勢、氣氛等變得平和。
きいろ 黃色	황색 黃色 hwangsaeg	黃色	黃的顏色。
きおう 既往	기왕 既往 giwang	既往	以往；以往的事。

日文漢字	韓文漢字	中文字	意思
記憶 （きおく）	記憶 （기억） gieog	記憶	指在腦海中存留的一切。
気温 （きおん）	氣溫 （기온） gion	氣溫	大氣的溫度。
機械 （きかい）	機械 （기계） gigae	機械	泛指各種機具、器械。
機会 （きかい）	機會 （기회） gihwae	機會	進行某事的適當時機。關鍵性的時機。
議会 （ぎかい）	議會 （의회） uihwae	議會	由人民代表組成的參政機關。可行使立法權。在內閣制國家中，兼有監督政府的權力。
企画 （きかく）	企劃 （기획） gihweg	企劃	計劃、規劃。
規格 （きかく）	規格 （규격） gyugyeog	規格	一定的規範、標準；產品質量的標準，如一定的大小、輕重、精密度、性能等。
期間 （きかん）	期間 （기간） gigan	期間	在某一段時間之內。
機関 （きかん）	機關 （기관） gigwan	機關	有組織的團體。多指辦理事務的機構；有機件可以操控活動的器械。
祈願 （きがん）	祈願 （기원） giwon	祈願	祈求許願。
危機 （きき）	危機 （위기） wigi	危機	指危險、困難的關頭。是給測試決策和問題解決能力的一刻，是人生、團體、社會發展的轉捩點，生死攸關、利益轉移，有如分叉路。
危急 （ききゅう）	危急 （위급） wigeup	危急	危險而緊急。

き

日文漢字	韓文漢字	中文字	意思
きぎょう 企業	기 업 企業 gieob	企業	從事生產、運輸、貿易等各種經濟活動的營利事業。
ぎきょく 戲曲	희 곡 戲曲 higog	戲曲	戲劇。中國傳統的舞臺表演藝術形式。是文學、音樂、舞蹈、美術、武術、雜技以及人物扮演等多種藝術的綜合。
きく 菊	국 화 菊花 gukwa	菊花	菊所開的花。多年生宿根性草花，生頭狀花序，花冠有舌狀、筒狀、絲狀等，品種極多，花色豐富，有紅、黃、白、紫等。
きぐ 器具	기 구 器具 gigoo	器具	一種簡單的工具。
きげき 喜劇	희 극 喜劇 higeug	喜劇	笑劇、趣劇。以誇張的手法、巧妙的結構、詼諧的台詞及喜劇性格的刻畫，引發人對醜陋滑稽的事物予以嘲笑，對正常人生和美好理想予以肯定。
きけん 危険	위 험 危險 wiheom	危險	艱危險惡，不安全。謂有可能導致災難或失敗。
きげん 起源	기 원 起源 giwon	起源	事物發生的根源。
きげん 期限	기 한 期限 gihan	期限	某一限定的時間；指時限的最後界線。
きこう 気候	기 후 氣候 gihoo	氣候	一個地區長期的平均天氣狀態。
きこく 帰国	귀 국 歸國 gwigoog	歸國	返回自己的國家。從國外歸來。
きさい 鬼才	귀 재 鬼才 gwijae	鬼才	指在某方面有奇特才能的人。

Track 120

き

日文漢字	韓文漢字	中文字	意思
技師 ぎ し	技師 기 사 gisa	技師	具備專業技能的高級技術人員。
儀式 ぎ しき	儀式 의 식 uisig	儀式	典禮的秩序、形式等。是對具有宗教或傳統象徵意義的活動的總稱。
記者 き しゃ	記者 기 자 gija	記者	傳播事業中負責採訪新聞與撰稿的外勤人員。有時亦兼指編輯、評論、攝影、播報等新聞從業人員。
記述 き じゅつ	記述 기 술 gisool	記述	記載敘述。用文字記載敘述。
技術 ぎ じゅつ	技術 기 술 gisool	技術	人類在手工或機件的操作過程中所累積下來的經驗或知識。
基準 き じゅん	基準 기 준 gijoon	基準	測量的起算標準。泛指原理或規範。法律規定的必須最低限度遵守的條件或狀況。
偽証 ぎ しょう	僞證 위 증 wijeung	偽證	法院審判案件時，其證人、鑑定人、通譯，對於有關案情的事項作虛偽的供述者。
気色 き しょく	氣色 기 색 gisaeg	氣色	指人的神態或臉色的好壞。
喜色 き しょく	喜色 희 색 hisaeg	喜色	歡喜的神色。
疑心 ぎ しん	疑心 의 심 uisim	疑心	懷疑的感覺、念頭。猜疑之心。
既成 き せい	旣成 기 성 giseong	既成	已經成為、已經完成。
犠牲 ぎ せい	犧牲 희 생 hisaeng	犧牲	為了某種目的，而付出自己的生命或權益；古代為祭祀宰殺的牲畜。
奇蹟 き せき	奇蹟 기 적 gijeog	奇蹟	自然界或人世間異於尋常、令人無法理解的怪異現象或事情。

日文漢字	韓文漢字	中文字	意思
き せつ 季節	계 절 季節 gaejeol	季節	一年中，具有某種特點而區分出來的時期。
ぎ ぜん 偽善	위 선 僞善 wiseon	偽善	故意裝出來的友善，虛偽的善意。
き そ 起訴	기 소 起訴 giso	起訴	法律上指向法院提出訴訟。可分為民事訴訟、刑事訴訟、行政訴訟3種。
き そ 基礎	기 초 基礎 gicho	基礎	房屋的基址和柱腳的礎石。引申為事物的根本。
ぎ そう 偽裝	위 장 僞裝 wijang	偽裝	假裝，改裝掩飾真正的面目或身分。
ぎ ぞう 偽造	위 조 僞造 wijo	偽造	模仿真品而加以製造。
き そく 規則	규 칙 規則 gyuchig	規則	供大家共同遵守的條文規定；具有一定形式、規律的。
き ぞく 貴族	귀 족 貴族 gwijog	貴族	貴顯的世族。歐洲古代及中世紀有貴族、平民的分別，貴族為政治上的特權階級，如皇族、領主等。
き そん 毀損	훼 손 毀損 hwaeson	毀損	損傷、損壞；對權力、名譽及價值的損害。
き たい 期待	기 대 期待 gidae	期待	預期有好的結果或狀態，而期望等待。
きたかぜ 北風	북 풍 北風 bookpoong	北風	北方吹來又冷又猛烈的風。
き ちょう 貴重	귀 중 貴重 gwijoong	貴重	珍貴重要。
き てい 規定	규 정 規定 gyujeong	規定	制定準則；泛稱各種法律或規章的約束。

日文漢字	韓文漢字	中文字	意思
企図 （きと）	企圖 （기도）gido	企圖	圖謀、計劃。
祈祷 （きとう）	祈禱 （기도）gido	祈禱	禱告求福。
軌道 （きどう）	軌道 （궤도）gwedo	軌道	供捷運、火車、高鐵等交通工具行駛的鐵軌；遵循法度；物質運動時所循的路徑；天體在宇宙間運行的路線。
危篤 （きとく）	危篤 （위독）widok	危篤	病勢危急。
奇特 （きとく）	奇特 （기특）giteug	奇特	奇異特殊。奇怪而特別；不同尋常。
記念 （きねん）	紀念 （기념）ginyeom	紀念	用來表示紀念的物品；思念、懷念。
技能 （ぎのう）	技能 （기능）gineung	技能	專門的技術和能力。
希薄 （きはく）	希薄 （희박）hibag	稀薄	（空氣、煙霧等）密度小、不濃厚；稀少，淡薄。
規範 （きはん）	規範 （규범）gyubeom	規範	典範、規模。
義憤 （ぎふん）	義憤 （의분）uiboon	義憤	出於正義的憤怒。
規模 （きぼ）	規模 （규모）gyumo	規模	形式、格局；範圍。
希望 （きぼう）	希望 （희망）himang	希望	期望達到的某種目的或出現的某種情況。

き

日文漢字	韓文漢字	中文字	意思
き ぼう 毀謗	훼 방 毀謗 hwaebang	毀謗	指以言語相攻擊或嘲諷醜化，汙衊，故意捏造事實，以詆譭和破壞他人名譽。
き ほん 基本	기 본 基本 gibon	基本	根本、最重要的。
ぎ む 義務	의 무 義務 uimoo	義務	指應盡的責任，應該要做的事。義務可能來自於宗教、倫理道德、社會關係、法律等規定。
ぎ もん 疑問	의 문 疑問 uimoon	疑問	指有懷疑或不理解的問題。
ぎゃくさつ 虐殺	학 살 虐殺 hakssal	虐殺	指虐待人而致死。非常殘忍地，帶有虐待手段的殺害。
ぎゃくしゅう 逆襲	역 습 逆襲 yeoksseup	逆襲	謂防禦時以小部隊進行的反擊。
ぎゃくたい 虐待	학 대 虐待 hakddae	虐待	是指用殘暴狠毒的手段對待某些人或某些事物。虐待是一個人以脅迫的方式控制另一個人的一種行爲模式。
ぎゃくてん 逆転	역 전 逆轉 yeokjjeon	逆轉	指形勢或情況向相反的方向轉化。
きゃくほん 脚本	각 본 脚本 gakbbon	腳本	戲劇或電影的底稿。
ぎゃくりゅう 逆流	역 류 逆流 yeongnyu	逆流	迎著水流來的方向。
ぎゃっきょう 逆境	역 경 逆境 yeokggyeong	逆境	坎坷不順的境遇。
きゃっこう 脚光	각 광 脚光 gakggwang	腳光	從腳下地面的高度向上照射的燈光。尤指在舞臺前端臺板上安放的排燈中的一個燈。

日文漢字	韓文漢字	中文字	意思
ぎゃっこう 逆行	역 행 逆行 yeokaeng	逆行	指朝著與規定方向或自然法則，相反的方向行進。
きゅうがく 休學	휴 학 休學 hyuhag	休學	指學生因故不能繼續修業，向學校申請後，保留學籍，以待日後復學。
きゅうぎょう 休業	휴 업 休業 hyueob	休業	停止營業。
きゅうけい 求刑	구 형 求刑 goohyeong	求刑	請求處刑。
きゅうさい 救済	구 제 救濟 goojae	救濟	用金錢或物資幫助生活困難的人。
きゅうしき 旧式	구 식 舊式 goosig	舊式	舊有的形式或樣式。
きゅうしゅう 吸収	흡 수 吸收 heupssoo	吸收	物體把外界物質吸到內部。
きゅうじょ 救助	구 조 救助 gujo	救助	指拯救和幫助。
きゅうしん 休診	휴 진 休診 hyujin	休診	醫生暫停診療、看病。
きゅうせん 休戰	휴 전 休戰 hyujeon	休戰	交戰雙方暫時停止軍事行動。
きゅうそく 休息	휴 식 休息 hyusig	休息	暫時停止工作或活動。常帶有放鬆身心，以待復原的意思。
きゅうそく 急速	급 속 急速 geupsog	急速	事物的進展迅速、很快。
ぎゅうにゅう 牛乳	우 유 牛乳 wooyu	牛乳	牛的乳汁。

き

Track
130

日文漢字	韓文漢字	中文字	意思
きゅうみん 休眠	휴 면 休眠 hyumyeon	休眠	某些生物為了適應不良的自然環境,而使生命活動降低到幾乎停頓的狀態。如蛇等冷血動物到冬天即不吃不動,植物的芽或種子,到冬天即停止生長。
きゅうよう 休養	휴 양 休養 hyuyang	休養	休息調養。
きょういく 教育	교 육 教育 gyoyoog	教育	一種有關培植人才,訓練技能,以支應國家建設、社會發展的事業。
きょうか 強化	강 화 強化 ganghwa	強化	加強、使堅固。加強提高某一性質、程度。
きょうか 教科	교 과 教科 gyoggwa	教科	教授科目。
きょうかい 教会	교 회 教會 gyohwae	教會	天主教、基督教等教派的信徒所組織的團體。
きょうかい 境界	경 계 境界 gyeonggae	境界	疆界。邊界。
きょうかつ 恐喝	공 갈 恐喝 gonggal	恐嚇	恫嚇威脅。
きょうき 兇器	흉 기 兇器 hyunggi	兇器	足以殺傷人的器具。行兇時所用的器具。
きょうぎ 協議	협 의 協議 hyeobi	協議	共同計議。協商;經過談判、協商而制定的共同承認、共同遵守的檔案。
きょうぎ 競技	경 기 競技 gyeonggi	競技	比賽技術。
きょうきゅう 供給	공 급 供給 gonggeup	供給	以物資、錢財等給人而供其所需。

日文漢字	韓文漢字	中文字	意思
きょうきん 胸襟	흉 금 胸襟 hyunggeum	胸襟	指心情、志趣、抱負、胸臆等。猶胸懷。指心裡頭。
きょうぐう 境遇	경 우 境遇 gyeongwou	境遇	境況與遭遇。
きょうくん 教訓	교 훈 教訓 gyohoon	教訓	從失敗或錯誤中學習到的經驗。
きょうけい 恭敬	공 경 恭敬 gonggyeong	恭敬	對尊長貴賓謙恭而有禮的。
きょうこう 恐慌	공 황 恐慌 gonghwang	恐慌	因擔憂、害怕而慌張不安。如經濟恐慌。
ぎょうこう 僥倖	요 행 僥倖 yohaeng	僥倖	憑藉機運而意外獲得成功，或倖免於難。
きょうこく 峽谷	협 곡 峽谷 hyeopggog	峽谷	是指谷坡陡峻、深度大於寬度的山谷。
きょう し 教師	교 사 教師 gyosa	教師	教授學生，傳授知識的人。
きょう じ 衿持	긍 지 矜持 geungji	矜持	自鳴得意；自負（中文有謹慎言行，拘謹而不自然的意思）。
ぎょう し 凝視	응 시 凝視 eungsi	凝視	目不轉睛的看著。
きょうしつ 教室	교 실 教室 gyosil	教室	老師傳授知識、技能的場所；學校裡進行教學活動的房間。
ぎょうしゃ 業者	업 자 業者 eopjja	業者	經營某一行業的人或公司。
きょうじゅ 教授	교 수 教授 gyosoo	教授	傳授知識、技藝；在大學及專科以上學校任教的教師中等級最高者。

き

日文漢字	韓文漢字	中文字	意思
ぎょうしゅ 業主	업 주 業主 eopjjoo	業主	產業的所有者。
きょうしょう 狹小	협 소 狹小 hyeopsso	狹小	狹隘窄小；心胸狹窄、見識短淺。
きょうしょう 協商	협 상 協商 hyeopssang	協商	爲了取得一致意見而共同商量。
きょうせい 強制	강 제 強制 gangjae	強制	用某種強迫的力量或行動對付阻力或慣性以壓迫、驅動、達到或影響，使別人服從自己的意志。
ぎょうせき 業績	실 적 業績 siljjeog	業績	泛指工作的成果、績效。
きょうそう 競争	경 쟁 競爭 gyeongjaeng	競爭	為某種目的而相互爭勝。
きょうだい 兄弟	형 제 兄弟 hyeongjae	兄弟	男子同胞先出生的為兄，後出生的為弟；對姻親之間同輩男子的稱呼；泛指意氣相投的男性之間的朋友。
きょうちょう 協調	협 조 協調 hyeopjjo	協調	協議調和，使意見一致。
きょうちょう 強調	강 조 強調 gangjo	強調	極力主張。對於某種事物或意念，特別注重或加以鄭重表示。
きょうつう 共通	공 통 共通 gongtong	共通	通行於或適用於各方面的。
きょうてい 協定	협 정 協定 hyeopjjeong	協定	經過協商訂立共同遵守條款的文件。經過談判而達成的安排。
きょう ど 鄉土	향 토 鄉土 hyangto	鄉土	家鄉的土地。借指家鄉。

き

日文漢字	韓文漢字	中文字	意思
きょうどう 共同	공 동 共同 gongdong	共同	兩個人以上一起、一同合力辦事。
きょうどう 協同	협 동 協同 hyeopddong	協同	兩人以上合力共同做事。
きょうはく 脅迫	협 박 脅迫 hyeopbbag	脅迫	強行威逼。指受他人故意之危害預先告知,使己心生恐怖,進而為原本所不欲從事之意思表示。
きょうふ 恐怖	공 포 恐怖 gongpo	恐怖	使人感到恐怖的手段和氣氛。
きょうまん 驕慢	교 만 驕慢 gyoman	驕慢	指傲慢。自高自大,看不起別人。
きょうよう 教養	교 양 教養 gyoyang	教養	教導養育;品德涵養。
きょうらく 享楽	향 락 享樂 hyangnag	享樂	享受快樂、安樂。
きょうりょく 協力	협 력 協力 hyeomnyeog	協力	合力;共同努力。
きょうりょく 強力	강 력 強力 gangnyeok	強力	強大的力量。
きょえい 虛栄	허 영 虛榮 heoyeong	虛榮	不切實際的榮譽。今多用以比喻貪戀浮名及富貴。
きょがく 巨額	거 액 巨額 geoaek	巨額	很大的數量。多指資財。
ぎょかく 漁獲	어 획 漁獲 eohweg	漁獲	捕撈魚類得到的收穫。
きょぎ 虛偽	허 위 虛僞 heowi	虛僞	虛假不真實。

Track
146

日文漢字	韓文漢字	中文字	意思
ぎょぎょう 漁業	어 업 漁業 eoeob	漁業	捕撈或養殖水生動植物的生產事業。一般分為海洋漁業和淡水漁業。
きょく 曲	곡 曲 gok	曲	曲子、曲調；不公正，不合理。
きょくせつ 曲折	곡 절 曲折 gokjjeol	曲折	彎曲不直；情況、情節等錯綜複雜。
きょくせん 曲線	곡 선 曲線 goksseon	曲線	平滑彎曲的線段。
きょくちょう 曲調	곡 조 曲調 gokjjo	曲調	樂曲的調子。
きょこう 挙行	거 행 擧行 geohaeng	舉行	進行（儀式、集會、比賽等）。
きょこう 虚構	허 구 虛構 heogoo	虛構	憑空捏造；憑空幻想，藝術中想像的產物。
ぎょこう 漁港	어 항 漁港 eohang	漁港	是指具有漁業功能、停泊漁船的港口。
きょじつ 虚実	허 실 虛實 heosil	虛實	虛假和真實。
きょじゃく 虚弱	허 약 虛弱 heoyag	虛弱	衰微，沒有力氣的；國勢兵力薄弱。
きょじゅう 居住	거 주 居住 geojoo	居住	較長期地住在一地。
きょしょく 虚飾	허 식 虛飾 heosig	虛飾	虛假不實。浮誇、粉飾。
きょぜつ 拒絶	거 절 拒絕 geojeol	拒絕	不接受(請求、意見或贈禮等)。

日文漢字	韓文漢字	中文字	意思
きょた 許多	허 다 許多 heoda	許多	很多。
きょだつ 虛脫	허 탈 虛脫 heotal	虛脫	一種血液迴圈突然衰竭的現象。常因大量失血、脫水、中毒、患傳染病引起。主要症狀為脈搏微弱，體溫血壓下降，冒冷汗，面色蒼白，休克等；又泛指精神不濟，體力衰疲。
ぎょふ 漁夫	어 부 漁夫 eoboo	漁夫	泛指捕魚的人，包括漁民，屬第一級產業的職業。漁夫每次使用工具捕魚，再拿到市場販賣。
きょり 距離	거 리 距離 geori	距離	時間或空間、有形或無形的間隔。
きろく 記錄	기 록 記錄 girog	記錄	載錄，記載。
ぎろん 議論	의 논 議論 uinon	議論	謂評論人或事物的是非、高低、好壞。亦指非議，批評。對人或事物所發表的評論性意見或言論。
ぎわく 疑惑	의 혹 疑惑 uihog	疑惑	對人和事物有疑慮和困惑。
ぎんいろ 銀色	은 색 銀色 eunsaeg	銀色	像銀子般發亮的白色。
きんえん 禁煙	금 연 禁煙 geumyeon	禁煙	禁止吸食香菸。
ぎんが 銀河	은 하 銀河 eunha	銀河	橫跨星空的一條乳白色亮帶的星群。
きんがく 金額	금 액 金額 geumaeg	金額	在現代指紙幣、硬幣的面值。
きんきゅう 緊急	긴 급 緊急 gingeub	緊急	緊急重要，形容情況危急。至關緊要。

き

日文漢字	韓文漢字	中文字	意思
きんげん 謹厳	근 엄 謹嚴 geuneom	謹嚴	慎重嚴肅，一絲不苟。
きんこう 均衡	균 형 均衡 gyunhyeong	均衡	均等、平衡。
ぎんこう 銀行	은 행 銀行 eunhaeng	銀行	一種金融機構。以存款、放款、匯兌為主要業務，或兼事票券經理、紙幣兌換、代理國庫之出納等業務。
きんし 禁止	금 지 禁止 geumji	禁止	制止、不准。命令不准做某事。
きんじょ 近所	근 처 近處 geuncheo	近處	附近、距離不遠的地方。
きんぞく 金属	금 속 金屬 geumsog	金屬	黃金及其他能導電及導熱的物質。如金、銀、銅、鐵等。
きんちょう 緊張	긴 장 緊張 ginjang	緊張	激烈或緊迫，使人精神緊張；精神處於高度準備狀態，興奮不安。
ぎんなん 銀杏	은 행 銀杏 eunhaeng	銀杏	植物名。銀杏科銀杏屬，落葉喬木。葉呈扇形，春開小白花，結實頗多，核仁似杏，色白，可食，有鎮靜、止咳、殺菌效果。材質堅重，不易損裂。具觀賞價值。
きんにく 筋肉	근 육 筋肉 geunyoog	筋肉	高等動物皮膚下，由成束肌纖維與結締組織結合而成的紅色柔軟組織。也作「肌肉」。
ぎんはくしょく 銀白色	은 백 색 銀白色 eunbaeksaeg	銀白色	白色中略帶銀光的顏色。
ぎんまく 銀幕	은 막 銀幕 eunmag	銀幕	放映電影時用來顯現影像的白色布幕。亦借指為電影（界）。

日文漢字	韓文漢字	中文字	意思
きんゆう 金融	금 융 金融 geumyung	金融	金錢在市面流通的狀態。包括貨幣的發行、流通和回籠，貸款的發放和收回，款項的提存，匯兌的往來等經濟活動。
きんよう 緊要	긴 요 緊要 ginyo	緊要	緊急重要。
きんろう 勤労	근 로 勤勞 geulo	勤勞	盡心盡力，辛勤勞動。
く いき 区域	구 역 區域 gooyeog	區域	指土地的界劃。地區、範圍。
くうかん 空間	공 간 空間 gonggan	空間	物質存在的一種客觀形式，由長度、寬度、高度表現出來；數學上指凡質點可存在的處所或討論的範疇。
くう き 空気	공 기 空氣 gonggi	空氣	指地球大氣層中的氣體混合。它主要由 78% 的氮氣、21% 氧氣、還有 1% 的稀有氣體和雜質組成的混合物；氣氛、環境情形。
ぐうすう 偶数	우 수 偶數 woosoo	偶數	雙數。即凡能以 2 除盡的數，如 2、4、6 等。相等於奇數而言。
くうちゅう 空中	공 중 空中 gongjoong	空中	天空中。離地面較高的空間。
く かく 区画	구 획 區劃 goohwaeg	區劃	安排、策劃。區分，劃分。
く がつ 九月	구 월 九月 goowol	九月	即陽曆每年的第 9 個月。
くさき 草木	초 목 草木 chomog	草木	指草本植物和木本植物。

日文漢字	韓文漢字	中文字	意思
<ruby>苦<rt>く</rt></ruby><ruby>心<rt>しん</rt></ruby>	苦心 gosim	苦心	為某事操勞付出的心思和精力；盡心盡力。
<ruby>薬<rt>くすり</rt></ruby>	藥 yag	藥	可以治病的東西；某些能發生特定效用的化學物質。如火藥等。
<ruby>具<rt>ぐ</rt></ruby><ruby>体<rt>たい</rt></ruby>	具體 goochae	具體	有實體存在，或明確而非抽象、籠統的。
<ruby>苦<rt>く</rt></ruby><ruby>痛<rt>つう</rt></ruby>	苦痛 gotong	苦痛	精神或肉體痛苦的感受。
<ruby>愚<rt>ぐ</rt></ruby><ruby>鈍<rt>どん</rt></ruby>	愚鈍 woodoon	愚鈍	愚蠢、反應遲鈍。
<ruby>虞<rt>ぐ</rt></ruby><ruby>犯<rt>はん</rt></ruby>	虞犯 woobeom	虞犯	即最有可能犯罪的人。
<ruby>首<rt>くび</rt></ruby>	首 soo	首	頭、腦袋。
<ruby>具<rt>ぐ</rt></ruby><ruby>備<rt>び</rt></ruby>	具備 goobi	具備	齊全、完備。
<ruby>区<rt>く</rt></ruby><ruby>分<rt>ぶん</rt></ruby>	區分 gooboon	區分	區別劃分。
<ruby>区<rt>く</rt></ruby><ruby>別<rt>べつ</rt></ruby>	區別 goobyeol	區別	分別、辨別；差異、不同。
<ruby>苦<rt>く</rt></ruby><ruby>悶<rt>もん</rt></ruby>	苦悶 gomin	苦悶	肉體上或精神上痛苦煩惱，心情鬱悶。
<ruby>車<rt>くるま</rt></ruby>	車 cha	車	陸地上靠輪子轉動而運行的交通工具。

日文漢字	韓文漢字	中文字	意思
くるみ 胡桃	호두 胡桃 hodoo	胡桃	落葉喬木，羽狀複葉，小葉橢圓形，核果球形，外果皮平滑，內果皮堅硬，有皺紋。木材堅韌，可以做器物，果仁可吃，亦可榨油及入藥。
くろいろ 黒色	흑색 黑色 heugsaeg	黑色	黑的顏色。和白色正相反。
ぐろう 愚弄	우롱 愚弄 woorong	愚弄	是指矇蔽捉弄他人。
くんかい 訓戒	훈계 訓戒 hoongae	訓戒	教導勸誡。
ぐんじ 軍事	군사 軍事 goonsa	軍事	泛指與軍隊有關的一切事務。戰爭事項。
ぐんたい 軍隊	군대 軍隊 goondae	軍隊	國家或政治集團為政治目的而服務的正規武裝組織。
くんれん 訓練	훈련 訓練 hoolyeon	訓練	經由計畫性、條理性的指導，使受訓者反覆練習後，具有某些專長或技能的教育方法。
けいえい 経営	경영 經營 gyeongyeong	經營	運營（營利性事業），從事（營利性的工作）。
けいか 経過	경과 經過 gyeonggwa	經過	經歷，事情發展的過程。
けいかい 警戒	경계 警戒 gyeonggae	警戒	有所警覺而戒備。小心謹慎。
けいかく 計画	계획 計畫 gaehwek	計畫	事先擬定的具體方案或辦法。
けいき 刑期	형기 刑期 hyeonggi	刑期	根據判決應服徒刑的期限。

け

Track
150

日文漢字	韓文漢字	中文字	意思
けい き 契機	계 기 契機 gaegi	契機	轉機，事情轉變的關鍵。
けい き 景気	경 기 景氣 gyeonggi	景氣	產業界的活躍狀態；指社會經濟繁榮的現象，如生產增長、商業活躍、高就業率等；景象。
けいけん 経験	경 험 經驗 gyeongheom	經驗	親自實踐得來的知識或技能。
けい ご 敬語	경 어 敬語 gyeongeo	敬語	就是指對聽話人表示尊敬的語言手段。
けいこう 傾向	경 향 傾向 gyeonghyang	傾向	趨勢。事物發展的動向；偏向、趨向；指思想觀點所體現的方向。
けいこう 螢光	형 광 螢光 hyeonggwang	螢光	螢火蟲發出的光；某些物體受電磁波或帶電粒子照射，吸收能量而放出電磁輻射的過程及現象。螢光物質發光現象。
けいこく 渓谷	계 곡 溪谷 gaegok	溪谷	溪流的谷道。
けいざい 経済	경 제 經濟 gyeongjae	經濟	統稱一定範圍（國家、區域等）內，組織生產、分配、流通、消費活動和關係的系統，通常以貨幣為媒介，以商品或服務為結果；節省、不浪費。
けいさん 計算	계 산 計算 gaesan	計算	根據已知數通過數學方法求得未知數；考慮；籌劃。
けい じ 刑事	형 사 刑事 hyeongsa	刑事	行為觸犯刑法或依其他法律應處以刑罰的法律事件，相對於民事的法律案件而言。
けいしき 形式	형 식 形式 hyeongsig	形式	指事物的外表；也指辦事的方法。
けいしゃ 傾斜	경 사 傾斜 gyeongsa	傾斜	歪斜。偏斜；比喻偏向於某一方。

け

日文漢字	韓文漢字	中文字	意思
げいじゅつ 芸術	예 술 藝術 yesool	藝術	人所創作，以形象、聲音等表達概念，具有審美價值的事物。如詩詞歌賦、戲劇、音樂、繪畫、雕塑、建築等。
けいじょう 形状	형 상 形狀 hyeongsang	形狀	表示眼睛看得到的特定事物或物質的一種存在或表現形式，如長方形、正方形，也指形相、外貌。
けいせい 形勢	형 세 形勢 hyeongsae	形勢	權勢、權力。指人事上的強弱盛衰之勢；局勢、情況。事物的發展狀況。
けいぞく 継続	계 속 繼續 gaesok	繼續	連續下去；不中斷進程。
けいそつ 軽率	경 솔 輕率 gyeongsol	輕率	草率不謹慎。
けいたい 携帯	휴 대 携帶 hyudae	攜帶	提拿佩帶。
けい ち 景致	경 치 景致 gyeongchi	景致	指風景和景物，精緻新奇。
けいとう 系統	계 통 系統 gaetong	系統	同類事物按照一定的秩序或關係，而組成的整體。
けいばつ 刑罰	형 벌 刑罰 hyeongbeol	刑罰	刑罰是對觸犯法律行為之處罰。
けい ぼ 継母	계 모 繼母 gaemo	繼母	前妻的子女稱父親續娶的妻子。
けいほう 刑法	형 법 刑法 hyeongbbeob	刑法	是與犯罪有關聯的法律，其目的在於保護生命、身體、財產、等相關法益，並懲罰違反規範且破壞或威脅這些法的行為。

日文漢字	韓文漢字	中文字	意思
けいもう **啓蒙**	계 몽 **啓蒙** gaemong	**啟蒙**	開發蒙昧，授與人們新的知識，使明白事理，並教育開導。
けいやく **契約**	계 약 **契約** gaeyak	**契約**	是雙方當事人基於意思表示合致而成立的法律行為，為私法自治的主要表現。
けいゆ **経由**	경 유 **經由** gyeongyu	**經由**	通過。經過。是經過某地或某條路線；透過。
けいよう **形容**	형 용 **形容** hyeongyong	**形容**	指對事物的形象或性質加以描述。把事物的形象或性質比喻成其他事物來描述。
けいりゃく **計略**	계 략 **計略** gaeryag	**計略**	計劃謀略。
けいれき **経歴**	경 력 **經歷** gyeongnyeok	**經歷**	經驗與閱歷。經過。
げか **外科**	외 과 **外科** waeggwa	**外科**	臨床醫學的一大分支。對外傷或體內各種疾病通過手術治療的一個醫學分科。相對於內科而言。
けがわ **毛皮**	모 피 **毛皮** mopi	**毛皮**	指帶毛的動物皮經鞣製、染整所得到的具有使用價值的產品。
げきじょう **劇場**	극 장 **劇場** geukjjang	**劇場**	戲劇等表演藝術的演出場所。
げごく **下獄**	하 옥 **下獄** haog	**下獄**	關進牢獄。
げざん **下山**	하 산 **下山** hasan	**下山**	從山上走向山下。
げし **夏至**	하 지 **夏至** haji	**夏至**	24 節氣之一，一般在每年的 6 月 21 ～ 22 日。
げしゃ **下車**	하 차 **下車** hacha	**下車**	從車上下來。

け

日文漢字	韓文漢字	中文字	意思
げ じゅん 下旬	하 순 下旬 hasoon	下旬	每個月的最後 10 天。
け しょう 化粧	화 장 化粧 hwajang	化妝	用脂粉等妝飾品修飾容顏。
げ せん 下船	하 선 下船 haseon	下船	離船登岸。
げ だつ 解脱	해 탈 解脱 haetal	解脫	指解除煩惱，擺脫束縛，從而獲得身心自由。
けつあつ 血圧	혈 압 血壓 hyeorab	血壓	血液自心臟流到血管，衝擊動脈血管壁形成的壓力，壓力主要來自心臟的壓縮作用，與動脈彈性回縮的力量。靠著血壓血液才能循環全身，以供應生命所需。
けつえき 血液	혈 액 血液 hyeoraeg	血液	高等動物血管系統中循環流動的液體。主要由血漿、血球細胞和血小板組成，紅色，有黏性及鹹味。
けっか 結果	결 과 結果 gyeolgwa	結果	用以指人事的最後結局；植物長出果實。
けっかん 欠陥	결 함 缺陷 gyeolham	缺陷	瑕疵；欠缺或不夠完備的地方。
けっかん 血管	혈 관 血管 hyeolgwan	血管	血管是指血液流過的一系列管道。
げっかん 月刊	월 간 月刊 wolgan	月刊	月刊就是一個月出版一次的出版物。
けっき 血気	혈 기 血氣 hyeolgi	血氣	血液和氣息。指人和動物體內維持生命活動的兩種要素。指元氣，精力；因一時衝動所生的勇氣。

日文漢字	韓文漢字	中文字	意思
けつぎ 決議	결 의 決議 gyeori	決議	對議論做決定；凡議案經主席提付表決者，不論表決結果，都稱為「決議」。
けっきょく 結局	결 국 結局 gyeolgook	結局	結果、收場。最後的結果；最終的局面。
げっけい 月経	월 경 月經 wolgyeong	月經	生理機能成熟的女性，約在14歲至45歲之間，每月子宮黏膜脫落，所發生周期性陰道流血的現象。
けつごう 結合	결 합 結合 gyeolhap	結合	凝結在一起。泛指人或事物之間發生密切聯繫。
けっこん 結婚	결 혼 結婚 gyeolhon	結婚	男女雙方經過法定的程式結為夫妻。
けっさく 傑作	걸 작 傑作 geoljjak	傑作	優秀而特出的作品。
けつじつ 結実	결 실 結實 gyeolssil	結實	植物結成果實或種子。
げっしょ 月初	월 초 月初 wolcho	月初	每月起初的幾天。
けっしょく 血色	혈 색 血色 hyeolssaeg	血色	暗赤或鮮紅的顏色；皮膚紅潤的色澤。
げっしょく 月食	월 식 月食 wolssig	月食	地球運轉至月球與太陽之間時，造成月球部分或完全被地球的影子遮蔽的現象。也作「月蝕」。
けっしん 決心	결 심 決心 gyeolssim	決心	拿定主意。堅定不移的意志。
けっせき 欠席	결 석 缺席 gyeolsseok	缺席	聚會或上課時未到。

Track
160

日文漢字	韓文漢字	中文字	意思
けつだん **決断**	결 단 **決斷** gyeolddan	**決斷**	做決定、拿主意；判定、斷定；決定事情的魄力，當機立斷。
けってい **決定**	결 정 **決定** gyeoljjeong	**決定**	對於事情做出判斷與主張。
けってん **欠点**	결 점 **缺點** gyeoljjeom	**缺點**	指人的短處；欠缺之處，其與優點相對。
けっとう **血統**	혈 통 **血統** hyeoltong	**血統**	由血緣形成的親屬系統。凡屬於同一祖先者為同一血統。
けつにく **血肉**	혈 육 **血肉** hyeoryoog	**血肉**	血液和肌肉；指父母兄弟子女等骨肉至親。
げっぺい **月餅**	월 병 **月餅** wolbyeong	**月餅**	一種包餡的糕餅點心，為中秋節應節食品。
けつろん **結論**	결 론 **結論** gyeolon	**結論**	泛指對某種事物，最後所下的論斷；依據已知的前提或假設的原則，所推得的論斷。也稱為「斷案」。
げどく **解毒**	해 독 **解毒** haedog	**解毒**	解除毒素。
けんあく **険悪**	험 악 **險惡** heomag	**險惡**	比喻情勢或世情奸險凶惡。
けんい **権威**	권 위 **權威** gwonwi	**權威**	權力和威勢；在某一領域中具有崇高地位和影響力的人。
げんいん **原因**	원 인 **原因** wonin	**原因**	造成某種結果或引起另一件事情發生的條件。
げんえい **幻影**	환 영 **幻影** hwanyeong	**幻影**	虛幻而不真實的影像。
けんお **嫌悪**	혐 오 **嫌惡** hyeomo	**嫌惡**	厭惡，討厭。

け

日文漢字	韓文漢字	中文字	意思
けん か 獻花	헌 화 獻花 heonhwa	獻花	呈獻鮮花給賓客或特定的對象，以表示敬意或愛意。
げん か 減価	감 가 減價 gamgga	減價	降低價格，比喻購買東西的時候把原來的價格降低就是減價。
けんかい 見解	견 해 見解 gyeonhae	見解	對事物的理解、看法。
げんかく 幻覚	환 각 幻覺 hwangag	幻覺	在沒有外在刺激的情況下而出現的不正常的知覺。
げんかん 玄関	현 관 玄關 hyeongwan	玄關	住宅入門處與正廳之間的空間。
けん ぎ 嫌疑	혐 의 嫌疑 hyeomi	嫌疑	被懷疑與某事相牽連。
けんきゅう 研究	연 구 研究 yeongoo	研究	深入探索事物的性質、規律、道理等。
げんきょう 現況	현 황 現況 hyeonhwang	現況	目前的狀況。
げんきん 現金	현 금 現金 hyeongeum	現金	現款，現在就有或立即可付的錢。
げん ご 言語	언 어 言語 eoneo	言語	所說的話。
けんこう 健康	건 강 健康 geongang	健康	指一個人在身體、精神方面都處於良好的狀態。
げんこう 原稿	원 고 原稿 wongo	原稿	作品最初的底稿。
けん さ 検査	검 사 檢查 geomsa	檢查	為了發現問題而用心查看，有無異常、有無不正當等。

け

日文漢字	韓文漢字	中文字	意思
げんざい 現在	현재 現在 hyeonjae	現在	現今、目前。
げんさんち 原産地	원산지 原産地 wonsanji	原産地	來源地、由來的地方。
げんし 原子	원자 原子 wonja	原子	構成化學元素的最小粒子。由質子、中子和電子組合而成。
げんし 原始	원시 原始 wonsi	原始	最早期、尚未開發的狀態。
げんじつ 現実	현실 現實 hyeonsil	現實	存在於眼前的事實及狀況。
げんしゅ 元首	원수 元首 wonsoo	元首	一國最高的首長。
げんしゅ 厳守	엄수 嚴守 eomsoo	嚴守	嚴格遵守。
げんじゅう 厳重	엄중 嚴重 eomjoong	嚴重	嚴肅認真；尊重、敬重。
げんしゅく 厳粛	엄숙 嚴肅 eomsook	嚴肅	態度嚴正莊重。
けんしゅん 険峻	험준 險峻 heomjoon	險峻	陡峭險惡的山勢。
けんしょう 懸賞	현상 懸賞 hyeonsang	懸賞	現在多用在緝捕嫌犯、尋找失物等。用出錢等獎賞的辦法公開徵求別人幫忙。
げんしょう 現象	현상 現象 hyeonsang	現象	現象是事物表現出來的，能被人感覺到的一切事實情況；哲學的知識論上指我們認識外在事物，由於有主觀的先天概念加入其中，故所認識者只是現象，而非物的自體。

日文漢字	韓文漢字	中文字	意思
げんじょう 現状	현 상 現狀 hyeonsang	現狀	目前的狀態。
けんしん 献身	헌 신 獻身 heonsin	獻身	貢獻自己的心力或生命於某種事業或對象。
げんすい 元帥	원 수 元帥 wonsoo	元帥	軍隊中的最高統帥。
けんせつ 建設	건 설 建設 geonseol	建設	創立新事業；增加新設施。
けんぜん 健全	건 전 健全 geonjeon	健全	生理及心理健康正常無異狀；使事物完善、完備而沒有缺陷、狀態穩固。
げんせん 厳選	엄 선 嚴選 eomseon	嚴選	精選。嚴格挑選。精心挑選，高品質，最頂級的。
げんそう 幻想	환 상 幻想 hwansang	幻想	空虛而不切實際的想法。
げんそく 原則	원 칙 原則 wonchik	原則	作為依據的基本準則。
けんそん 謙遜	겸 손 謙遜 gyeomson	謙遜	謙虛、不浮誇、低調、為人低調，不自滿。是一種自我的認識，良好的品德。
げんそん 現存	현 존 現存 hyeonjon	現存	現今仍保留或留存。
げんだい 現代	현 대 現代 hyeondae	現代	當代、目前我們所處的時代；歷史上時代的區分之一。
けんちく 建築	건 축 建築 geonchook	建築	定著於地上或地下具有頂蓋、樑柱或牆壁，供人使用的構造物；土木工程中的建造橋樑等。
けんちょ 顕著	현 저 顯著 hyeonjeo	顯著	非常明白、明顯。

日文漢字	韓文漢字	中文字	意思
げんてい **限定**	한 정 **限定** hanjeong	限定	在數量、範圍等方面加以規定、限制。指定範圍、限度，不許超過。
げんてん **原点**	원 점 **原點** wonjjeom	原點	數學上座標系統的原點；今多比喻為開始的地方。出發的地方；指稱事件最初的狀態。
げん ど **限度**	한 도 **限度** hando	限度	事物的一定的範圍、程度等；規定的最高或最低的數量或程度。
けんとう **検討**	검 토 **檢討** geomto	檢討	檢驗探討。
げん ば **現場**	현 장 **現場** hyeonjang	現場	發生案件或事故的場所及當時的狀況；也指接從事生產、工作、試驗的場所。
けんぺい **憲兵**	헌 병 **憲兵** heonbyeong	憲兵	是多國在軍隊中設立的一個特殊兵種或軍種，意在維護和貫徹國家憲法。他們通常的任務不是作戰，而是維繫軍紀、執行軍法、約束其他軍人行為舉止，即軍事警察。
けんぽう **憲法**	헌 법 **憲法** heonbbeob	憲法	國家的根本法。又稱憲章或憲制文件、基本法，是一個主權國家、政治實體或地區、自治地區、聯邦制國家的聯邦州或國際組織及其成員的最基本法律。
げんみつ **厳密**	엄 밀 **嚴密** eommil	嚴密	周密，沒有疏漏。細密周到地嚴格進行。
げんめつ **幻滅**	환 멸 **幻滅** hwanmyeol	幻滅	希望、理想等像幻境一樣地消失。
げんめん **減免**	감 면 **減免** gammyeon	減免	減輕或免除。
けん り **権利**	권 리 **權利** gwoli	權利	人民依法律規定而應享有的利益。

日文漢字	韓文漢字	中文字	意思
げんり 原理	원 리 原理 woli	原理	真理或規則的根據。
げんりゅう 源流	원 류 源流 wolyu	源流	水的本源；比喻事物的起源和發展。
げんりょう 原料	원 료 原料 wolyo	原料	製造物品所用的材料。
げんりょう 減量	감 량 減量 gamlyang	減量	份量減少。
けんりょく 權力	권 력 權力 gwolyeog	權力	可控制、管轄、支配等的職權或力量。
げんろう 元老	원 로 元老 wolo	元老	古時稱天子的老臣，現指政界輩份資望高的人，或組織機構的創始人及最早的一批開拓者。
げんろん 言論	언 론 言論 eolon	言論	指言談；談論；發表的意見或議論。
ごい 語彙	어 휘 語彙 eohwi	語彙	語言所用的語詞和固定詞組的總稱。除一般語詞外，還包括古語、方言、外來語語及各科術語等。
こいびと 恋人	연 인 戀人 yeonin	戀人	是指兩個人相互傾慕，在一起生活、一起攜手他們愛的對方的人。
こうい 好意	호 의 好意 hoi	好意	善良的心意。
こうい 行為	행 위 行爲 haengwi	行為	由個人內在的意志控制而具體表現在外的舉止動作。
こうい 厚意	후 의 厚意 hooi	厚意	深厚的情意。
ごうい 合意	합 의 合意 habi	合意	當事人雙方意見一致。

日文漢字	韓文漢字	中文字	意思
こう い しょう 後遺症	후 유 증 後遺症 hooyujjeung	後遺症	某疾病痊癒或主要症狀消退後遺留下來的一些症狀；比喻因辦事或處理問題不周而留下的問題。
ごう う 豪雨	호 우 豪雨 howoo	豪雨	降水量多且來勢盛大的雨。通常指一日內降雨量達 130 公釐以上，並且在當日內曾出現每小時 15 公釐以上的降雨率者。
こう うん 幸運	행 운 幸運 haengwoon	幸運	好的運氣。
こう えい 後裔	후 예 後裔 hooye	後裔	後世子孫。
こう えん 公園	공 원 公園 gongwon	公園	經過造園處理或保留其自然狀態，以作為公眾戶外遊憩及享受大自然的特定場所。
こう えん 公演	공 연 公演 gongyeon	公演	表演團體公開的在眾多觀眾前進行演出。
こう か 効果	효 과 效果 hyoggwa	效果	是由某種動因或原因所產生的結果。
ごう か 豪華	호 화 豪華 hohwa	豪華	富麗堂皇；鋪張奢侈。
こう かい 公開	공 개 公開 gonggae	公開	指面向大家或全球（世界），不加隱蔽。
こう かい 後悔	후 회 後悔 hoohwae	後悔	事後懊悔。
こう かい 航海	항 해 航海 hanghae	航海	泛指艦船在海洋上航行。
こう がい 公害	공 해 公害 gonghae	公害	生產、科研和人的其他活動所產生的各種污染源給社會環境造成的公共災害。

日文漢字	韓文漢字	中文字	意思
こうがい 郊外	교 외 郊外 gyowae	郊外	環繞城市外面的地方。
ごうがい 号外	호 외 號外 howae	號外	是指臨時編印的報紙刊物。
ごうかく 合格	합 격 合格 hapggyeog	合格	指符合標準，符合要求。
こうかん 交換	교 환 交換 gyohwan	交換	雙方各拿出自己的給對方；是指人們在等價基礎上的商品交換，即以物換物。
こうかん 好感	호 감 好感 hogam	好感	它表示對人對事滿意或喜歡的情緒。
こうかん 後患	후 환 後患 hoohwan	後患	因某事處理不善，而之後可能引發令人擔憂的事情。
こうき 香気	향 기 香氣 hyanggi	香氣	芬芳的氣味。
こうぎ 抗議	항 의 抗議 hangi	抗議	指對某人、某國、某單位的言論、行為或措施表示強烈反對的行為，在社會學與政治學上常指群體性的反對行為。
こうきしん 好奇心	호 기 심 好奇心 hogisim	好奇心	喜歡注意新奇事物的心理。
こうきゅう 高級	고 급 高級 gogeup	高級	（階級、地位等）達到一定高度的；（程度、品質等）超過一般的。
こうきょ 抗拒	항 거 抗拒 hanggeo	抗拒	抵抗拒絕。
こうぎょう 工業	공 업 工業 gongeob	工業	指採掘自然資源和對工業原料及農產品原料進行加工、再加工的行業。

▲日文漢字	▲韓文漢字	▲中文字	▲意思
こうくう 航空	항 공 航空 hanggong	航空	駕駛飛機、飛船等飛行器在空中飛行。
こうぐん 行軍	행 군 行軍 haenggoon	行軍	軍事部隊基於作戰、訓練及行政等要求所進行的地面徒步行動。
こうけい 光景	광 경 光景 gwanggyeong	光景	情形、境況、樣子。
ごうけい 合計	합 계 合計 hapggae	合計	合在一起計算。總計。
こうけいき 好景気	호 경 기 好景氣 hogyeonggi	好景氣	市場銷售狀況良好。
ごうけつ 豪傑	호 걸 豪傑 hogeol	豪傑	才智勇力出眾的人。
こうけん 貢献	공 헌 貢獻 gongheon	貢獻	拿出物資、力量或意見、經驗等獻給國家或公眾等；進奉或贈與。
こうこう 高校	고 교 高校 gogyo	高校	高等學校的簡稱。
こうこう 港口	항 구 港口 hanggoo	港口	在河、海岸邊設置碼頭，便於船隻停泊、乘客上下和貨物裝卸的地方。
こうごう 皇后	황 후 皇后 hwanghoo	皇后	是世界歷史上帝國最高統治者（皇帝）正配的稱號。
こうこく 広告	광 고 廣告 gwanggo	廣告	廣義廣告是指不以營利爲目的的廣告，如政府公告；狹義廣告是指以營利爲目的的廣告，通常指的是商業廣告。
こうこん 黄昏	황 혼 黃昏 hwanghon	黃昏	太陽將落，天快黑的時候。

日文漢字	韓文漢字	中文字	意思
こうざ 講座	강 좌 講座 gangjwa	講座	泛指學校、機構定期或不定期舉辦的專題講學或演說。
こうさい 交際	교 제 交際 gyojae	交際	人與人之間彼此往來、聚會應酬。
こうさく 耕作	경 작 耕作 gyeongjak	耕作	耕種田地，栽種穀類、蔬菜等。
こうさつ 考察	고 찰 考察 gochal	考察	實地觀察調查。細致深刻地觀察。
こうし 孝子	효 자 孝子 hyoja	孝子	孝順父母的兒子。
こうじ 工事	공 사 工事 gongsa	工事	從事土木、建造等作業的總稱。
こうじ 後事	후 사 後事 hoosa	後事	死後的事；後來的事；將來的事。
こうしつ 皇室	황 실 皇室 hwangsil	皇室	皇帝的家族。
こうじつ 口実	구 실 口實 goosil	口實	假託的理由；可以利用的藉口。
こうしゃ 厚謝	후 사 厚謝 hoosa	厚謝	重重地感謝。
こうしゅ 公主	공 주 公主 gongjoo	公主	天子的女兒。是中國古代對皇女、王女、宗女的稱謂。
こうしゅう 公衆	공 중 公衆 gongjoong	公眾	泛指一般民眾。社會上大多數的人。
こうじょ 孝女	효 녀 孝女 hyonyeo	孝女	有孝行的女子。

日文漢字	韓文漢字	中文字	意思
こうじょう 工場	공 장 工場 gongjang	工場	手工業者集合在一起從事生產的場所；現代工廠中的一級組織，通常由若干車間組成。
こうしょく 好色	호 색 好色 hosaeg	好色	喜愛、貪戀美色；美色。
こうしん 行進	행 진 行進 haengjin	行進	向前行走（多用於隊伍）。
こうしん 孝心	효 심 孝心 hyosim	孝心	孝順父母尊長的心意。
こうじん 行人	행 인 行人 haengin	行人	在路上行走的人；出外打仗或遠遊的人；使者的通稱。
こうすい 香水	향 수 香水 hyangsoo	香水	一種把香料溶在酒精裡做成的化妝品。
こうせい 更生	갱 생 更生 gaengsaeng	更生	死而復生，比喻復興；獲釋出獄的囚犯可以重新融入社會活動。
こうせい 後世	후 세 後世 hoosae	後世	未來的世代、子孫。
こうせい 構成	구 성 構成 gooseong	構成	造成、組成。結構。
こうせん 光線	광 선 光線 gwangseon	光線	表示光的傳播方向的直線。
こうせん 黄泉	황 천 黃泉 hwangcheon	黃泉	稱人死後所居住的地方。
こうぜんのき 浩然之気	호 연 지 기 浩然之氣 hoyeonjigi	浩然之氣	一種存於人的精神中的一股剛正之氣，人間正氣。
こうそう 抗争	항 쟁 抗爭 hangjaeng	抗爭	對不滿意的措施或意見，極力抗拒，爭取對方同意自己的要求。

こ

日文漢字	韓文漢字	中文字	意思
こうそう 高層	고 층 高層 gocheung	高層	高空。高氣層。處於或出現在地球表面較高處；很高的建築物。
こうぞう 構造	구 조 構造 gujo	構造	事物的組織。各個組成部分的安排、組織和相互關係。
こうそく 拘束	구 속 拘束 goosog	拘束	管束限制。
こうそく 高速	고 속 高速 gosok	高速	指高級速度，是比較於中速和低速。
こうたい 交替	교 체 交替 gyochae	交替	指輪流替換。
こうたい 後退	후 퇴 後退 hootwae	後退	從某一固定的、確定的前方、居高點或位置退下來，或退到更遠的線上或位置上。
こうたいし 皇太子	황 태 자 皇太子 hwangtaeja	皇太子	皇帝所選定的繼承皇位的皇子。一般為皇帝的嫡長子。
こうちゃ 紅茶	홍 차 紅茶 hongcha	紅茶	茶葉的一類。用鮮茶葉經過萎凋、揉捻、發酵、乾燥、烘焙等工序制成。沏時茶色紅艷，具有特別的香氣和滋味。
こうちょう 校長	교 장 校長 gyojang	校長	主持一校行政事務的最高領導人。
こうつう 交通	교 통 交通 gyotong	交通	汽車、船舶、飛機等各種運輸工具在陸地、海上或空中的往來；亦指郵電信函等來往。
こうてい 肯定	긍 정 肯定 geungjeong	肯定	表示同意、贊成。表示承認的。
こうてい 皇帝	황 제 皇帝 hwangjae	皇帝	是君主制國家元首的頭銜之一，意指帝國的最高統治者，通常做為最高位階的君主頭銜，凌駕在王與封爵之上。

日文漢字	韓文漢字	中文字	意思
こうてん 好転	호 전 好轉 hojeon	好轉	事物的情況變好。
こう ど 高度	고 도 高度 godo	高度	從基部至某一任選高處的距離；整個事物垂直距離或範圍；程度很高的。
こうとう 荒唐	황 당 荒唐 hwangdang	荒唐	誇大不實的話或荒謬無理的事情。
こうとう 高等	고 등 高等 godeung	高等	等級、品位等高級、高深。
こうとう 喉頭	후 두 喉頭 hoodoo	喉頭	人類的發聲器官。位於呼吸道的前端部分。由硬骨、軟骨和軟組織構成，形似圓筒。上通咽頭，下接氣管，兼有通氣和發音的功能。
こうどう 行動	행 동 行動 haengdong	行動	爲達到某種目的而進行的活動。
こうどう 孝道	효 도 孝道 hyodo	孝道	孝順父母，敬事親長的精神與行為。
こうとく 厚德	후 덕 厚德 hoodeok	厚德	如大德。
こうにん 後任	후 임 後任 hooim	後任	繼任某一職務的人。
こうのう 效能	효 능 效能 hyoneung	效能	事物所蘊藏的有利的作用。
こうはい 荒廃	황 폐 荒廢 hwangpae	荒廢	荒蕪廢棄。
こう ひ 口碑	구 비 口碑 goobi	口碑	眾人的口頭傳頌，有如文字鐫刻於碑石。

日文漢字	韓文漢字	中文字	意思
こうひょう 好評	호 평 好評 hopyeong	好評	正面的評價。
こうふく 幸福	행 복 幸福 haengbog	幸福	指生活、境遇圓滿愉快。
こうぶつ 鉱物	광 물 鑛物 gwangmul	礦物	一種經自然作用所形成的無機物。具有固定的化學成分和物理特性，除水銀外，多以固體形態呈現。如銅、鐵、煤等。
こうふん 興奮	흥 분 興奮 heungboon	興奮	精神振奮，情緒激動。
こうへい 公平	공 평 公平 gongpyeong	公平	所有利益相關者在同一事件、同一範圍內，都得到公正對等的待遇。
こう ほ 候補	후 보 候補 hoobo	候補	預備或等待遞補缺額的。
こうぼう 興亡	흥 망 興亡 heungmang	興亡	興盛和衰亡。多指國家局勢的變遷。
ごうほう 合法	합 법 合法 hapbbeob	合法	指符合法律規定。與「違法」相對。
ごうまん 傲慢	오 만 傲慢 oman	傲慢	是貶義詞。指一種精神狀態，含有自高自大、目空一切的意味，用於形容人的態度、表情、舉止。也指看不起別人，對人不敬重，主要用於描述人的態度。
こうみょう 巧妙	교 묘 巧妙 gyomyo	巧妙	指聰慧靈敏的才思。精巧美妙。靈巧高妙。
こう む 公務	공 무 公務 gongmoo	公務	公事，關於國家或集體的事務。狹義是指國家機關的事務性工作；廣義是指黨政機關、群眾團體、企事業單位等的事務性工作。

日文漢字	韓文漢字	中文字	意思
こうめい 抗命	항 명 抗命 hangmyeong	抗命	違抗長上等的命令。
こうもん 肛門	항 문 肛門 hangmoon	肛門	動物的消化道後端開口。人類肛門位於直腸末端，由肛管及肛口組成，行使排糞功能。
こうもん 後門	후 문 後門 hoomoon	後門	房屋後面的門。
こうや 荒野	황 야 荒野 hwangya	荒野	荒涼而人煙罕至的野外。
こうよう 効用	효 용 效用 hyoyong	效用	功效與作用；發揮作用。
ごうり 合理	합 리 合理 hamni	合理	合乎道理或事理。
こうりつ 効率	효 율 效率 hyoyul	效率	所付出之能力與所獲得之功效的比率。
こうりゅう 交流	교 류 交流 gyoryu	交流	彼此間把自己有的提供給對方。相互溝通。相互交換（資訊等）。
こうりょ 考慮	고 려 考慮 goryeo	考慮	思索問題，以便作出決定。
こうりょう 荒涼	황 량 荒涼 hwanglyang	荒涼	形容景況荒蕪而冷清。
こうりょく 効力	효 력 效力 hyoryeog	效力	效果；功效；效驗。
ごうれい 号令	호 령 號令 horyeong	號令	發布的號召或命令。
こうろ 航路	항 로 航路 hanglo	航路	船隻、飛機航行的路線。

こ

日文漢字	韓文漢字	中文字	意思
こうろう 功労	공 로 功勞 gongno	功勞	指（人）對事業等做出了突出的貢獻，超越了平凡的勞動稱其爲「功勞」。
ごえい 護衛	호 위 護衛 howi	護衛	保護防衛。防護使之不受危險；保衛人員。
こおりみず 氷水	빙 수 氷水 bingsoo	冰水	低於常溫略感冰冷的水。加冰的涼水。
ごかい 誤解	오 해 誤解 ohae	誤解	對事實或語言，理解得不正確。
ごがく 語学	어 학 語學 eohag	語學	研究言語、文字的性質及用法的學問；指對於外語的研究。外語的能力。
こがた 小型	소 형 小型 sohyeong	小型	形體較小或規模較小的。
ごかん 五感	오 감 五感 ogam	五感	身體能感知到5種基本感覺，這5種感覺是聽覺、觸覺、視覺、味覺和嗅覺。
こきゅう 呼吸	호 흡 呼吸 hoheub	呼吸	生物體與外界環境進行氣體交換的過程，吸入氧，呼出二氧化碳。
こきょう 故郷	고 향 故鄉 gohyang	故鄉	出生、成長的地方。家鄉。老家。
こきん 古今	고 금 古今 gogeum	古今	古代與現代。
こくご 国語	국 어 國語 googeo	國語	全國統一使用的標準語；本國特有的語言。
こくさい 国際	국 제 國際 gookjjae	國際	國與國之間，與各國相關的。
こくさん 国産	국 산 國産 gookssan	國產	指本國生產的東西。

Track
19

▶日文漢字	▶韓文漢字	▶中文字	▶意思
こくしょ **酷暑**	혹 서 **酷暑** hoksseo	**酷暑**	指夏季的天氣到了非常炎熱的盛暑階段。盛暑。
こくじん **黑人**	흑 인 **黑人** heugin	**黑人**	黑色人種。
こくせき **国籍**	국 적 **國籍** gookjjeog	**國籍**	指一個人屬於一個國家國民的法律資格，也是國家實行外交保護的依據。
こく ど **国土**	국 토 **國土** gukto	**國土**	國家的領土。
こくない **国内**	국 내 **國內** goongnae	**國內**	在特定的國家的內部。在一國的領土之內。
こくはく **告白**	고 백 **告白** gobaek	**告白**	原意為向他人坦誠陳述自己內心的秘密或想法，於日本文化中，向心儀的對象表達愛意的行動亦稱為「告白」；對公眾的告示、廣告等。
こくはく **刻薄**	각 박 **刻薄** gakbbak	**刻薄**	（待人、說話）冷酷無情，過分苛求。
こくばん **黑板**	흑 판 **黑板** heukpan	**黑板**	用木頭或玻璃等製成的可以在上面用粉筆寫字的綠色等平板。
こくふく **克服**	극 복 **克服** geukbbog	**克服**	戰勝或消除（不利條件或消極現象）。
こくほう **国宝**	국 보 **國寶** gookbbo	**國寶**	國家的寶物，特別是文價值高的建築物、美術工藝品、古文書等；比喻對國家有特殊貢獻的人。
こくみん **国民**	국 민 **國民** goongmin	**國民**	泛指全國的人民。構成國家的成員。
こくりつ **国立**	국 립 **國立** goongnib	**國立**	由國家撥出經費設立的（用於學校、醫院等）。

こ

日文漢字	韓文漢字	中文字	意思
こくりょく 国力	국 력 國力 goongnyeog	國力	國家所具備的力量。包括人口、土地、經濟、軍事、民心士氣等。
ご けい 互恵	호 혜 互惠 hohae	互惠	互相給予對方利益和恩惠。
こ こう 糊口	호 구 糊口 hogoo	糊口	填飽肚子。過日子。比喻勉強維持生活。
こ こう 戸口	호 구 戶口 hogoo	戶口	是住戶和人口的總稱，計家爲戶，計人爲口。
ごこく 五穀	오 곡 五穀 ogog	五穀	泛指各種主要的穀物。普通說法以稻、小米、高粱、大麥、豆類為五穀。
ここく 故国	고 국 故國 gogook	故國	祖國；故鄉。
ご さ 誤差	오 차 誤差 ocha	誤差	一般用來說明事實和事實真象之間的差距；數學上指近似值與真值之間的差，稱為「誤差」。
ご さい 後妻	후 처 後妻 hoocheo	後妻	繼娶的妻子。
ご さん 午餐	오 찬 午餐 ochan	午餐	中午食用的餐點。
こ しつ 固執	고 집 固執 gojip	固執	形容堅持自己的意見、態度，不肯變通。
こ しょう 故障	고 장 故障 gojang	故障	（機械、儀器等）發生的不能順利運轉的情況；阻礙進展或影響效率的紊亂狀況。
こじん 個人	개 인 個人 gaein	個人	單獨一人。相對於團體而言。
ごしん 護身	호 신 護身 hosin	護身	保護身體。

日文漢字	韓文漢字	中文字	意思
こすい **湖水**	호 수 **湖水** hosoo	湖水	湖裡的水。
こせき **戸籍**	호 적 **戶籍** hojeog	戶籍	政府登記各戶人數、職業、籍貫等的簿冊。內容記載人口的姓名、出生別、出生年月日、籍貫、職業、教育程度，及出生、死亡、結婚、離婚、收養、認領等事項。
ごそう **護送**	호 송 **護送** hosong	護送	謂陪同保護前往某地，使人員、物資等不受沿途的侵害。
ごぞうろっぷ **五臓六腑**	오 장 육 부 **五臟六腑** ojangyukbboo	五臟六腑	人體內臟器官的總稱。五臟，指心、肝、脾、肺、腎。六腑，指胃、大腸、小腸、三焦、膀胱、膽。
こだい **古代**	고 대 **古代** godae	古代	距離現代較遠的時代（區別於近代、現代）。
こた **答え**	답 **答** dap	答	應對、回覆別人的問題。
こちょう **誇張**	과 장 **誇張** gwajang	誇張	比實際還要誇大的表現。言過其實。
こっか **国家**	국 가 **國家** gookgga	國家	是指擁有共同的語言、文化、種族、血統、領土、政府或者歷史的社會群體。
こっかい **国会**	국 회 **國會** gukwae	國會	立憲國家代表民意的最高立法機關。
こっかん **酷寒**	혹 한 **酷寒** hokan	酷寒	極度的寒冷。
こっき **国旗**	국 기 **國旗** gookggi	國旗	一個國家的象徵與標誌。
こてい **固定**	고 정 **固定** gojeong	固定	堅持不從一個場所變動或移動；使不改變。

こ

日文漢字	韓文漢字	中文字	意思
こどく 孤独	고 독 孤獨 godok	孤獨	單獨一人；幼而無父和老而無子的人。
ことし 今年	금 년 今年 geumnyeon	今年	說話時的這一年。
こな 粉	분 粉 boon	粉	細末狀的固體顆粒。
こはん 湖畔	호 반 湖畔 hoban	湖畔	湖邊。
こむぎ 小麦	소 맥 小麥 somaek	小麥	單子葉植物，在世界各地廣泛種植的禾本科植物，其穎果是人類的主食之一，磨成麵粉可製作麵包、饅頭、餅乾、麵條等；發酵可製成啤酒、酒精、白酒（如伏特加），或生質燃料。
こゆう 固有	고 유 固有 goyu	固有	指本來有的，不是外來的。
こよう 雇用	고 용 雇用 goyong	雇用	出錢讓人為自己做事。
ごらく 娯楽	오 락 娛樂 orag	娛樂	是能吸引觀眾注意力與興趣，並讓人感到愉悅與滿足的想法、任務，但更可能是一個活動或事件。具有快樂、放鬆、休閒等特徵，且有別於教育和營銷的活動。
こりつ 孤立	고 립 孤立 gorip	孤立	孤獨無助，得不到同情或援助；獨立，無所依傍和聯繫。
ころう 虎狼	호 랑 虎狼 horang	虎狼	虎與狼；比喻凶殘、無情的人。
こんいん 婚姻	혼 인 婚姻 honin	婚姻	二人因結婚而產生互為配偶的關係。

日文漢字	韓文漢字	中文字	意思
こん き 婚期	혼 기 婚期 hongi	婚期	結婚儀式舉行的日期。
こんきょ 根拠	근 거 根據 geungeo	根據	憑靠、依據；來源。
こんしん 渾身	혼 신 渾身 honsin	渾身	全身。
こんすい 昏睡	혼 수 昏睡 honsoo	昏睡	（失去知覺而）昏昏沉沉地睡；不易叫醒的深度睡眠狀態。
こんせい 懇請	간 청 懇請 gancheong	懇請	真誠請求。誠懇地邀請或請求。
こんせつ 懇切	간 절 懇切 ganjeol	懇切	誠懇真摯。
こんせん 混戰	혼 전 混戰 honjeon	混戰	混亂地交戰。無確定對象或目標交戰。
こんちゅう 昆虫	곤 충 昆蟲 gonchoong	昆蟲	蟲類的總稱。多指身體由頭、胸、腹3部分組成，以氣管呼吸的節足動物。如螞蟻、蜻蜓等。
こんなん 困難	곤 란 困難 golan	困難	指處境艱難、生活窮困，亦指事情復雜、阻礙多。
こんぱく 魂魄	혼 백 魂魄 honbaeg	魂魄	附於人體的精神靈氣。
こんぽん 根本	근 본 根本 geunbon	根本	事物的本源、基礎、根源。
こんめい 昏迷	혼 미 昏迷 honml	昏迷	因大腦功能嚴重紊亂而長時間失去知覺、意識；昏暗糊塗，愚昧不明事理。
こんやく 婚約	혼 약 婚約 honyag	婚約	婚約是指男女雙方爲結婚所作的事先約定。成立婚約的行爲稱訂婚。

こ

▶日文漢字	▶韓文漢字	▶中文字	▶意思
こんらん 混乱	혼 란 混亂 holan	混亂	雜亂沒有次序。
こんれい 婚禮	혼 례 婚禮 holae	婚禮	男女結婚時公開舉行的儀式。

MEMO

さ い　　　ちゃ い
差異・差異・差異 ／日文漢字 ▶ 韓文漢字 ▶ 中文字
chai

同じ意味の漢字
중국어와 뜻이 같은 한자어

差別；不相同。

▶日文漢字	▶韓文漢字	▶中文字	▶意思
さい **歳**	세 **歳** sae	**歳**	表示年齡。
ざいあく **罪悪**	죄 악 **罪惡** joeag	**罪惡**	違反法律、傷害他人或違背良心的行為。
さいおう **災殃**	재 앙 **災殃** jaeang	**災殃**	災禍、災害。
ざい か **罪過**	죄 과 **罪過** joeggwa	**罪過**	罪惡和過失。
さいかい **再会**	재 회 **再會** jaehwae	**再會**	再次聚會或相見。
さいがい **災害**	재 해 **災害** jaehae	**災害**	是對能夠給人類和人類賴以生存的環境造成破壞性影響的事物總稱。
さいかん **才幹**	재 간 **才幹** jaegan	**才幹**	果斷處理事物的才能、智慧或能力。
さい き **才気**	재 기 **才氣** jaegi	**才氣**	表現在外的才能氣度、才幹。
さい き **猜忌**	시 기 **猜忌** sigi	**猜忌**	不信任別人，猜想別人將對自己不利。
さいさん **細菌**	세 균 **細菌** saegyun	**細菌**	一種單細胞的微生物。可分為桿菌、球菌和螺旋菌３類，以分裂法繁殖，多靠寄生或腐生方法生存，普遍分布在自然界中。

日文漢字	韓文漢字	中文字	意思
さいきん 最近	최 근 最近 chwaegeun	最近	指說話前後不久的日子。
さいくつ 採掘	채 굴 採掘 chaegul	採掘	開採、挖掘地裡埋藏的礦物等。
ざいけい 財経	재 경 財經 jaegyeong	財經	財政和經濟。
さいげつ 歳月	세 월 歲月 saewol	歲月	通常用來指時間，尤其是過去的日子。常用來形容一段歷史時期，也用來形容一段生活經歷，還經常用來承載人們的感情。
さいけん 債券	채 권 債券 chaeggwon	債券	是政府、金融機構、工商企業等機構直接向社會借債籌措資金時，向投資者發行，承諾按一定利率支付利息並按約定條件償還本金的債權債務憑證。
さいけん 債権	채 권 債權 chaeggwon	債權	依據債約的關係，對於債務人依法要求其以金錢或履行一定行為償還債務之權利。
さいご 最後	최 후 最後 chwaehoo	最後	在時間或次序上在所有其他的後面。
さいこん 再婚	재 혼 再婚 jaehon	再婚	離婚或配偶死後再結婚。
ざいさん 財産	재 산 財産 jaesan	財産	是指擁有的金錢、物資、房屋、土地等物質財富。大體上，財產有３種，即動產、不動產和知識財產。
さいし 妻子	처 자 妻子 cheoja	妻子	現代是指男女結婚後，對女方的稱謂，與丈夫相對應。
さいし 祭祀	제 사 祭祀 jaesa	祭祀	泛稱祭神祀祖。

日文漢字	韓文漢字	中文字	意思
さいしゅ 採取	채 취 採取 chaechwi	採取	指選擇取用。採納聽取。選取實施。
さいしゅう 採集	채 집 採集 chaejib	採集	就是標本及資料等的採摘和收集的意思。
さいしゅう 最終	최 종 最終 chwaejong	最終	指最後。末了。表明結果的產生，下定義，做結論。
さいしょ 最初	최 초 最初 chwaecho	最初	最早的時期；開始的時候。
さいしょく 才色	재 색 才色 jaesaeg	才色	才華和姿色。
さいしん 細心	세 심 細心 saesim	細心	用心，心思周密。
さいせい 再生	재 생 再生 jaesaeng	再生	重新獲得生命。死而復活；將廢棄資源再加工，成為新產品。
さい た 最多	최 다 最多 chwaeda	最多	表示在數量上排名第一的事物。
ざいだん 財団	재 단 財團 jaedan	財團	金融資本集團的簡稱。指由極少數金融寡頭所控制的巨大銀行和企業結合而成的壟斷集團。
さいてん 祭典	제 전 祭典 jaejeon	祭典	祭祀的禮儀法度。
さいとく 才德	재 덕 才德 jaedeok	才德	才能德行。
さいなん 災難	재 난 災難 jaenan	災難	天災或人禍所造成的嚴重損害。意想不到的不幸事件。
ざいにん 罪人	죄 인 罪人 joein	罪人	有罪的人。

日文漢字	韓文漢字	中文字	意思
さいのう 才能	재 능 才能 jaeneung	才能	是指一個人已經具備但未表現出來的知識、經驗和體力、智力、才幹。
さいばい 栽培	재 배 栽培 jaebae	栽培	種植與培養。
ざいばつ 財閥	재 벌 財閥 jaebeol	財閥	在金融、工商界具有壟斷或巨大經濟勢力的人物或團體。
さいはん 再版	재 판 再版 jaepan	再版	第二次出版或重新修訂出版。
さいばん 裁判	재 판 裁判 jaepan	裁判	法院根據事實，依照法律，對訴訟案件加以裁定和判決；泛指對事情的是非曲直進行評判。
さいほう 裁縫	재 봉 裁縫 jaebong	裁縫	對布料的裁剪縫製。
さいぼう 細胞	세 포 細胞 saepo	細胞	構成生物體的最小單位，構造包括細胞膜、細胞質及 DNA；又可比喻事物的基本構成部分。
さいまつ 歳末	세 말 歳末 saemal	歳末	指的是一年當中的最後一個月。一年快完的時候。
さいみん 催眠	최 면 催眠 chwaemyeon	催眠	個體接受暗示誘導，集中意識於某點而進入昏睡的精神狀態。
さいむ 債務	재 무 債務 chaemoo	債務	負有以履行一定行為或金錢償還之給付義務；所欠的債。
ざいや 在野	재 야 在野 jaeya	在野	本指不在朝廷擔任官職。後泛指不當政。
さいよう 採用	재 용 採用 chaeyong	採用	指採納應用；選取、任用。
ざいりょう 材料	재 료 材料 jaeryo	材料	可供製作成品或半成品的物資、原料；寫作的素材。

日文漢字	韓文漢字	中文字	意思
ざいりょく 財力	재 력 財力 jaeryeog	財力	經濟（多指資金）實力。
さ がく 差額	차 액 差額 chaaeg	差額	與一定或標準數額相差的數。
さ ぎ 詐欺	사 기 詐欺 sagi	詐欺	欺詐，欺騙。作假欺騙，騙取金錢和貴重物品。
さ ぎょう 作業	작 업 作業 jageop	作業	處理、操作。
さくいん 索引	색 인 索引 saegin	索引	根據一定需要，把書刊中的主要內容或各種題名摘錄下來，標明出處、頁碼，按一定次序分條排列，以供人查閱的資料。
さく ご 錯誤	착 오 錯誤 chago	錯誤	意爲不正確，與正確答案相反；與客觀實際不相符合。
さくし 作詞	작 사 作詞 jakssa	作詞	作詞是運用文字帶動觀眾的情感、與生活的體悟來填詞。
さくしゃ 作者	작 자 作者 jakjja	作者	寫文章、著書或創作藝術作品的人。
さくしゅ 搾取	착 취 搾取 chakchwi	搾取	擠壓取得；比喻剝削、搜括。搾取民脂民膏。
さくせん 作戰	작 전 作戰 jakjjeon	作戰	戰鬥、打仗等一切軍事行動，總稱為「作戰」；為了獲取勝利，而擬定的作戰策略。
さくどう 策動	책 동 策動 chaekddong	策動	發動、推動。謀劃鼓動。
さくひん 作品	작 품 作品 jakpoom	作品	文學藝術創造的成品。

さ

Track
21

日文漢字	韓文漢字	中文字	意思
さくふう 朔風	삭 풍 朔風 sakpoong	朔風	北方吹來的寒風。
さくぶん 作文	작 문 作文 jangmoon	作文	是經過人的思想考慮和語言組織，通過文字來表達一個主題意義的記敘方法。
さくらん 錯乱	착 란 錯亂 changlan	錯亂	雜亂無序；失卻常態。
さくりゃく 策略	책 략 策略 chaengnyag	策略	謀略、計畫。
さこく 鎖国	쇄 국 鎖國 swaeguk	鎖國	謂閉關自守，不同外國進行文化、經濟、貿易等交流。
ざ し 座視	좌 시 坐視 jwasi	坐視	旁觀而不理。視而不管。
さ しゅ 詐取	사 취 詐取 sachwi	詐取	騙取。
さ しょう 査証	사 증 査證 sajeung	查證	調查情況以求證實。
ざ せつ 挫折	좌 절 挫折 jwajeol	挫折	事情進行不順利或遭遇失敗。
さ せん 左遷	좌 천 左遷 jwacheon	左遷	降職、貶官。古人尊右而卑左，故稱官吏被貶降職為「左遷」。
ざ ぜん 坐禅	좌 선 座禪 jwaseon	坐禪	意思是閉目端坐，凝志靜修。用心看著頭腦中紛飛的念頭，念頭會慢慢地靜下來，靜下來的頭腦則會出現一片晴朗的天空（比喻）。
ざ だん 座談	좌 담 座談 jwadam	座談	不拘形式的自由討論。多人坐在一起談話。

日文漢字	韓文漢字	中文字	意思
ざつおん 雑音	잡음 雜音 jabeum	雜音	因故障或受干擾所發出不正常的聲響；讓人感到不快的嘈雜音；說長道短，胡言亂語。
さっか 作家	작가 作家 jakgga	作家	對文學、藝術創作有成就的人。泛指以寫作為職業的人。
さつがい 殺害	살해 殺害 salhae	殺害	謂為了不正當的目的殺人致死。
さっかく 錯覚	착각 錯覺 chakggag	錯覺	是感覺的扭曲，是大腦對刺激的錯誤分析。
さっきょく 作曲	작곡 作曲 jakggog	作曲	創作音樂曲譜。
さっし 冊子	책자 冊子 chaekjja	冊子	裝訂成的本子，小冊子。
ざっし 雑誌	잡지 雜誌 japjji	雜誌	有固定刊名，以期、卷、號或年、月爲序，定期或不定期連續出版的印刷讀物。它根據一定的編輯方針，將眾多作者的作品彙集成冊出版，定期出版的。
さっしょう 殺傷	살상 殺傷 salssang	殺傷	打殺成傷。打死打傷。
ざっしょく 雑食	잡식 雜食 japssik	雜食	摻雜著各種動物植物來吃。
さっしん 刷新	쇄신 刷新 swaesin	刷新	革新。指刷洗之後使之變新，比喻突破舊的而創造出新的；改革。
さつじん 殺人	살인 殺人 sarin	殺人	是殺害另一个人的行為，即以任何方法結束他人生命。
ざっそう 雑草	잡초 雜草 japcho	雜草	雜生的野草。是指生長在有害於人類生存和活動場地的植物，一般是非栽培的野生植物或對人類有礙的植物。

日文漢字	韓文漢字	中文字	意思
ざつねん 雜念	잡 념 雜念 jamnyeom	雜念	紛雜或不純正的念頭。胡思亂想。
ざつ む 雜務	잡 무 雜務 jammu	雜務	專門業務之外的瑣碎事務。
さ とう 砂糖	사 탕 砂糖 satang	砂糖	由蔗糖製成的顆粒狀糖。
さ は 左派	좌 파 左派 jwapa	左派	指對現存社會經濟及政治秩序的現象,採行激進變革手段的某團體或個人。
さばく 砂漠	사 막 砂漠 samag	砂漠	主要是指地面完全被沙所覆蓋、植物非常稀少、雨水稀少、空氣乾燥的荒蕪地區。
ざ ひょう 座標	좌 표 座標 jwapyo	座標	表示平面上或空間中某一定點的位置標示。
さ べつ 差別	차 별 差別 chabyeol	差別	指形式或內容上不同的地方。
さ ゆう 左右	좌 우 左右 jwawoo	左右	左方與右方;附近;控制、支配;大約、上下。
ざ ゆう めい 座右の銘	좌 우 명 座右銘 jwawoomyeong	座右銘	記載在座位右邊,以警惕自己的格言。
さ よう 作用	작 용 作用 jagyong	作用	對事物產生影響。
さん 三	삼 三 sam	三	數位,比二大一的正整數。
さん が 山河	산 하 山河 sanha	山河	山與河,泛指自然的地形。
さんかい 散会	산 회 散會 sanhwae	散會	會議結束,參加的人離開會場。

日文漢字	韓文漢字	中文字	意思
さんかく 三角	삼 각 三角 samgag	三角	三角形。
さんがつ 三月	삼 월 三月 samwol	三月	3月是公曆年中的第3個月，是大月，共有31天。
さんかん 参観	참 관 參觀 chamgwan	參觀	實地觀察（工作成績、事業、設施、名勝古蹟等）。
さんぎょう 産業	산 업 產業 saneob	產業	農業、林業、魚業、礦業、工業等生產事業；特指現代工業生產部門。
ざんげ 懺悔	참 회 懺悔 chamhwae	懺悔	佛教上本指請對方容忍、寬恕自己的過錯。後泛指悔過。
さんご 珊瑚	산 호 珊瑚 sanho	珊瑚	珊瑚蟲鈣質骨骼的聚集體。形狀通常像樹枝，顏色鮮豔美觀，可供觀賞，也可做裝飾品及工藝品。
さんこう 参考	참 고 參考 chamgo	參考	查證有關材料來幫助研究和瞭解。
ざんこく 残酷	잔 혹 殘酷 janhog	殘酷	指殘忍、冷酷。
さんさい 山菜	산 채 山菜 sanchae	山菜	山上自生的野菜。
さんじ 惨事	참 사 慘事 chamsa	慘事	悲慘的事情。
さんしゅつ 産出	산 출 產出 sanchool	產出	生產出（產品）。
さんじょ 賛助	찬 조 贊助 chanjo	贊助	贊同並幫助給予物質或金錢上的資助。
さんしょう 参照	참 조 參照 chamjo	參照	參考並對照。

日文漢字	韓文漢字	中文字	意思
さんしん 三振	삼 진 三振 samjin	三振	棒球比賽時，二好球後，投手再投出好球而打擊者未揮棒，或投手投球後，打擊者揮棒落空，球被捕手捕接，此時，打擊手遭出局判決。
さんじん 山神	산 신 山神 sansin	山神	神話裡主管山林的神。
さんすい 山水	산 수 山水 sansoo	山水	山和水，泛指山、江、河、湖、海。也指自然景觀；山水畫的簡稱，以風景爲題材的中國畫。
さんすう 算数	산 수 算數 sansoo	算數	計算數量；指算術（小學教科之一）。
さんせい 山勢	산 세 山勢 sansae	山勢	山的形勢或氣勢。
さんせい 酸性	산 성 酸性 sanseong	酸性	化合物在溶液中能放出氫離子，有酸味，能使石蕊試紙變紅。
さんせい 賛成	찬 성 贊成 chanseong	贊成	對他人的主張或行為表示同意。
さんぜん 参禅	참 선 參禪 chamseon	參禪	佛教徒依禪師的教導修習佛法。佛教指靜坐冥想，領悟佛理。
さんそう 山荘	산 장 山莊 sanjang	山莊	山中或鄉下僻靜的別墅；山裡的村莊。
さんぞく 山賊	산 적 山賊 sanjeog	山賊	據山立寨或出入山林的盜賊。
さんそん 山村	산 촌 山村 sanchon	山村	山野間的村莊。
さんちょう 山頂	산 정 山頂 sanjeong	山頂	山的頂端，最高的地方。

日文漢字	韓文漢字	中文字	意思
ざんてい 暫定	잠 정 暫定 jamjeong	暫定	暫時安排的、規定的。
さんどう 賛同	찬 동 贊同 chandong	贊同	贊成、同意。
ざんとう 残党	잔 당 殘黨 janddang	殘黨	餘黨。殘餘的黨徒。
さんぱい 参拝	참 배 參拜 chambae	參拜	到廟宇、佛寺、神社等祭祀場所對祭祀對象表達敬意且含有宗教祭祀性質的禮儀。
ざんぱい 惨敗	참 패 慘敗 champae	慘敗	慘重的失敗。徹底失敗。
さんぱつ 散髪	산 발 散髮 sanbal	散髮	披頭散髮。（日語還有「理髮」的意思）。
さん び 賛美	찬 미 贊美 chanmi	贊美	稱揚別人的長處或美德。
さんぶつ 産物	산 물 産物 sanmool	產物	生產物品；在某種條件下產生的事物或結果。
さんぶん 散文	산 문 散文 sanmoon	散文	指不講究韻律的散體文章。一種文學體裁，包括雜文、隨筆、遊記、小說等。
さんまん 散漫	산 만 散漫 sanman	散漫	指注意力分散，不專心；任意隨便，不守紀律，自由散漫。
さん み 酸味	산 미 酸味 sanmi	酸味	由酸刺激產生的主要味覺。
さんみゃく 山脈	산 맥 山脈 sanmaeg	山脈	山巒相連並依一定方向起伏延伸，狀似脈絡而成系統的山群。
さん よ 参与	참 여 參與 chamyeo	參與	參加（事務的計劃、討論、處理等）。

Track
22

さ

日文漢字	韓文漢字	中文字	意思
さんらん 散乱	산 란 散亂 salan	散亂	散漫凌亂。沒有條理規矩。
さんりん 山林	산 림 山林 salim	山林	被林木覆蓋的山區。
さんろく 山麓	산 록 山麓 salog	山麓	山腳。
し 詩	시 詩 si	詩	指以精粹而富節奏的語言文字來表現美感、抒發情緒的藝術性作品。
じあい 慈愛	자 애 慈愛 jaae	慈愛	仁慈且富有愛心。多指長輩對晚輩的愛而言。
しい 恣意	자 의 恣意 jai	恣意	放任而不加以約束。
じい 示威	시 위 示威 siwi	示威	向對方顯示自己的威力。
じい 辞意	사 의 辭意 sai	辭意	請求離去的意願。
しいん 死因	사 인 死因 sain	死因	致死的原因。
じいん 寺院	사 원 寺院 sawon	寺院	指供奉佛菩薩的廟宇場所，有時也指其他宗教的修道院。
じうん 時運	시 운 時運 siwoon	時運	當前的氣運、命運。
しえき 私益	사 익 私益 saig	私益	指個人或小團體的利益。
しえん 支援	지 원 支援 jiwon	支援	用人力、物力、財力或其他實際行動去支持和援助。

し

日文漢字	韓文漢字	中文字	意思
しか 市価	시 가 市價 sigga	市價	市場上當時交易的價格。
しかく 四角	사 각 四角 sagag	四角	指方形物的四個角。
しかく 死角	사 각 死角 sagag	死角	觀察不到，意不到、無法觸及的地方。
しかく 視覚	시 각 視覺 sigag	視覺	物體的影像刺激眼睛所產生的感覺。
しかつ 死活	사 활 死活 sahwal	死活	生與死。
しがつ 四月	사 월 四月 sawol	四月	是公曆年中的第 4 個月，是小月，共有 30 天。
しがん 志願	지 원 志願 jiwon	志願	自願，出於自己的意願。
じかん 時間	시 간 時間 sigan	時間	泛指時刻的長短，如地球自轉一周是一日，公轉一周是一年，日與年等都是時間單位。
しき 士気	사 기 士氣 sagi	士氣	軍隊的戰鬥意志。亦泛指一般比賽、工作時的精神、幹勁。
しき 四季	사 계 四季 sagae	四季	一年的春季、夏季、秋季、冬季的總稱。
しき 指揮	지 휘 指揮 jihwi	指揮	發號施令，指示別人行動；樂隊、合唱團等表演時，以手或指揮棒指示節拍、表情的人。
じき 時期	시 기 時期 sigi	時期	事物發展過程中的一段具有一定特徵的、較長的時間。
じき 時機	시 기 時機 sigi	時機	進行某行動的適當時刻或機會。

日文漢字	韓文漢字	中文字	意思
し ぎ かい **市議会**	시 의 회 **市議會** siuihwae	**市議會**	市級地方民意機關。
しきさい **色彩**	색 채 **色彩** saekchae	**色彩**	物體表面所呈現的顏色。比喻人的某種思想傾向或事物的某種特色。
しき じ **識字**	식 자 **識字** sikjja	**識字**	有時稱為讀寫能力，是指人閱讀和書寫文字的基本能力。一般是指讀書和寫字的能力水準到達可以溝通的能力。
しきじょう **色情**	색 정 **色情** saekjjeong	**色情**	是指通過文字、視覺、語言描繪，或者是表現裸體、性器官、性交等一切與性有關的形象，使觀賞之人產生性興趣、性興奮的事物。
しきちょう **色調**	색 조 **色調** saekjjo	**色調**	各種色彩間，因明暗、深淺、濃淡、寒暖等所形成的差異。
しきべつ **識別**	식 별 **識別** sikbbyeol	**識別**	對事物不同之處加以辨認、鑒別、區分、分辨。
しきもう **色盲**	색 맹 **色盲** saengmaeng	**色盲**	是指看見顏色及辨別顏色的能力減退的狀況。
し きゅう **至急**	지 급 **至急** jigeup	**至急**	極為緊迫。
じ きゅう **自給**	자 급 **自給** jageub	**自給**	自己供給自己的需求。
じ ぎょう **事業**	사 업 **事業** saeob	**事業**	有條理、規模且有益於公眾的事；以營利為目的從事的經濟活動。
じ きょく **時局**	시 국 **時局** sigoog	**時局**	當前國家社會的情勢。
しきん **資金**	자 금 **資金** jageum	**資金**	發展工商業等經濟活動所需的物資或金錢。

日文漢字	韓文漢字	中文字	意思
し けい 死刑	사 형 死刑 sahyeong	死刑	依法律剝奪犯人生命的刑罰。
し けん 私見	사 견 私見 sagyeon	私見	個人的見解。
し げん 資源	자 원 資源 jawon	資源	可資利用的自然物質或人力。
じ けん 事件	사 건 事件 saggeon	事件	歷史上或社會上發生的重大事情。有一定社會意義或影響的大事情。
じ こ 自己	자 기 自己 jagi	自己	本身。
じ こ 事故	사 고 事故 sago	事故	不幸的事件或災禍（多指安全方面的）；原因。
じ ご 事後	사 후 事後 sahoo	事後	事情發生之後，或處理事務之後。
し こう 志向	지 향 志向 jihyang	志向	指人們在某一方面決心有所作爲的努力方向。
し こう 思考	사 고 思考 sago	思考	指進行分析、綜合、推理、判斷等思維活動。
し こう 施行	시 행 施行 sihaeng	施行	法令公布後，經過一定期間而見諸實施，即使法令發生效力；實際進行。
し こう 試行	시 행 試行 sihaeng	試行	未正式實行前作試驗性的施行。
じ こう 時効	시 효 時效 sihyo	時效	在某一時間中方存在的效果。法律所規定的有關刑事責任和民事訴訟權利的有效期限。
じ こく 時刻	시 각 時刻 sigag	時刻	是時間上的某個瞬間，或是時間軸上的某個點。

し

日文漢字	韓文漢字	中文字	意思
じごく 地獄	지 옥 地獄 jiog	地獄	多數宗教所描述的死後極苦的世界。
し さ 示唆	시 사 示唆 sisa	示唆	啟示。
じ さ 時差	시 차 時差 sicha	時差	不同時區之間的時間差別。
し さい 仔細	자 세 仔細 jasae	仔細	詳細、周密、不輕率。
し ざい 私財	사 재 私財 sajae	私財	私人的財物。
し さく 思索	사 색 思索 sasaeg	思索	反覆思考探索。是對意識到的事物的再認識、回憶、組織的過程。
し さつ 視察	시 찰 視察 sichal	視察	為了得知實情而實地察看。審察。考察。
じ さつ 自殺	자 살 自殺 jasal	自殺	自己殺死自己。
し し 獅子	사 자 獅子 saja	獅子	猛獸名。體大雄壯，身毛呈棕黃色，尾端生叢毛。
し じ 支持	지 지 支持 jiji	支持	支撐，撐住；支援，贊同鼓勵。
し じ 指示	지 시 指示 jisi	指示	對部屬或晚輩說明處理事情的原則或方法；以手指點表示。
じ じ 時事	시 사 時事 sisa	時事	最近期間的國內外大事。
し しつ 資質	자 질 資質 jajil	資質	天賦的材質。

Track 23

日文漢字	韓文漢字	中文字	意思
事実 じじつ	事實 사 실 sasil	事實	事情的真實情況。
時日 じじつ	時日 시 일 siil	時日	時期、時間。
自主 じしゅ	自主 자 주 jajoo	自主	自己作主，不受別人支配。
刺繡 ししゅう	刺繡 자 수 jasoo	刺繡	一種女紅。利用各種色線在紡織品或其他物品上，以不同方法繡出各種圖案。繡法分直紋、短針。
詩集 ししゅう	詩集 시 집 sijib	詩集	詞語解釋由一人或多人的詩編輯而成的集子。
始終 しじゅう	始終 시 종 sijong	始終	開頭和結尾；自始至終，一直。
侍從 じじゅう	侍從 시 종 sijong	侍從	指在帝王或官吏身邊侍候衛護的人。
支出 ししゅつ	支出 지 출 jichool	支出	支付，付出去。亦指支付的款項。
侍女 じじょ	侍女 시 녀 sinyeo	侍女	服侍他人及供人使喚的女僕。
死傷 ししょう	死傷 사 상 sasang	死傷	死亡和受傷。多指死者和傷者的人數。
私娼 ししょう	私娼 사 창 sachang	私娼	未得政府許可而非法從事賣淫的娼妓。相對於公娼而言。
辞職 じしょく	辭職 사 직 sajig	辭職	自請解除所擔任的職務。
指針 ししん	指針 지 침 jichim	指針	鐘錶或儀表上用以標示時間或度數的針；比喻辨別正確方向的依據。

日文漢字	韓文漢字	中文字	意思
しじん 詩人	시인 詩人 siin	詩人	指寫詩的作家。
じしん 地震	지진 地震 jijin	地震	因地球內部突然的急速變化，由此產生波擾動向各方傳播，而引起地面震動的現象。
じしん 自身	자신 自身 jasin	自身	本身、本人；自己。
じしん 自信	자신 自信 jasin	自信	信任自己，對自我有信心。
しせい 至誠	지성 至誠 jiseong	至誠	十分誠懇。
しせい 施政	시정 施政 sijeong	施政	實施政務。
じせい 時勢	시세 時勢 sisae	時勢	指時代的趨勢；當時的形勢；即指某一段時間的情勢。
しせいかつ 私生活	사생활 私生活 sasaenghwal	私生活	涉及個人行爲，不屬於社會活動範圍的，沒有義務公開的私人活動。
しせき 史蹟	사적 史蹟 sajeog	史蹟	過去發生的事件所遺留下來的文物或境域。
じせき 自責	자책 自責 jachaeg	自責	自我譴責、責備。
じせつ 時節	시절 時節 sijeol	時節	節令；季節；時候。
しせん 視線	시선 視線 siseon	視線	用眼睛看東西時，眼睛和物體之間的假想直線。
しぜん 自然	자연 自然 jayeon	自然	所有天然生成的東西，如空氣、日光、山河等皆是；事物本來的狀態，非經人工製造的。

日文漢字	韓文漢字	中文字	意思
事前 じ ぜん	事前 sajeon	事前	事情發生或處理、了結以前。
慈善 じ ぜん	慈善 jaseon	慈善	仁慈而好善。
始祖 し そ	始祖 sijo	始祖	有史料可考的最早的祖先；指首創某種學術、技藝或宗教等的人。
思想 し そう	思想 sasang	思想	思維的結果或認知的心理歷程。特指人的觀點或社會意識。
時速 じ そく	時速 sisog	時速	是速度的一種表達形式，指物體在1小時內的運行總距離。
子孫 し そん	子孫 jason	子孫	兒子和孫子。泛指後代。
自尊心 じ そんしん	自尊心 jajonsim	自尊心	保持自己尊嚴，不容別人歧視、輕蔑與侵犯的心理。
姿態 し たい	姿態 jatae	姿態	神情舉止；容貌體態。
辞退 じ たい	辭退 satwe	辭退	推辭、拒絕。
事態 じ たい	事態 satae	事態	事情的情況。
時代 じ だい	時代 sidae	時代	歷史上以經濟、政治、文化等狀況為依據而劃分的時期；現代。
自治 じ ち	自治 jachi	自治	自己處理自己的事務，含有能約束自己行為之意；實行民主政治，在全國各地區由選舉產生權力機構，以管理地方的公共事務。

日文漢字	韓文漢字	中文字	意思
し ちょう 市長	시 장 市長 sijang	市長	是近現代城市或市鎮中最高行政首長的職稱。在許多政府系統裡，市長是由市民選出為一個城市最高行政長官、或為一個儀式的職務。
し ちょう 視聴	시 청 視聽 sicheong	視聽	看和聽。
じ ちょう 自重	자 중 自重 jajoong	自重	謹言慎行，尊重自己的人格；自珍自愛。愛惜自己的身體使健康不受損害。
しっ い 失意	실 의 失意 siri	失意	不如意、不得志。
しっ か 失火	실 화 失火 silhwa	失火	意外著火。發生火災。
しっ か 膝下	슬 하 膝下 seulha	膝下	膝蓋底下；父母跟前。
しっ き 漆器	칠 기 漆器 chilgi	漆器	塗漆的器物。
しっ ぎ 質疑	질 의 質疑 jiri	質疑	心中懷疑而向人提出問題。
しつぎょう 失業	실 업 失業 sireob	失業	失去工作或找不到工作。
じっきょう 実況	실 황 實況 silhwang	實況	實際情況。
じつぎょう 実業	실 업 實業 sireop	實業	農、礦、工、商等經濟事業的總稱。
しっ け 湿気	습 기 濕氣 seupggi	濕氣	因水分多而蒸發的氣息。

日文漢字	韓文漢字	中文字	意思
しつげん **失言**	실 언 **失言** sireon	**失言**	無意中說出不該說的話；說錯了話。
じっけん **実権**	실 권 **實權** silggwon	**實權**	實際的權力。
じっけん **実験**	실 험 **實驗** silheom	**實驗**	科學上為了要闡明某種現象或驗證某種理論，用種種人為的方法，加以反覆試驗，並觀察其變化；實際的經驗。
じつげん **実現**	실 현 **實現** silhyeon	**實現**	使原本不存在的情況成為事實。
しっこう **執行**	집 행 **執行** jipaeng	**執行**	依法實施、實行；依據計畫或決議去做。
しっこく **漆黒**	칠 흑 **漆黑** chilheuk	**漆黑**	黑暗沒有亮光。
じっさい **実際**	실 제 **實際** siljjae	**實際**	具體存在於眼前的事實及狀況。
しっさく **失策**	실 책 **失策** silchaeg	**失策**	指策劃不當或不周。失算。
じっしゅう **実習**	실 습 **實習** silseub	**實習**	實地練習及操作。
じつじょう **実情**	실 정 **實情** siljjeong	**實情**	真實的心情；實際情形。
しっしょく **失職**	실 직 **失職** siljjik	**失職**	失業。
しっせき **叱責**	질 책 **叱責** jiichaeg	**叱責**	偏重於大聲喝叱，強調聲音大。

Track
24

日文漢字	韓文漢字	中文字	意思
じっせき **実績**	실적 **實績** siljjeok	**實績**	實際的成績。
じっせん **実線**	실선 **實線** silseon	**實線**	就整體看，不間斷、不彎曲、不交叉的直線。
じっせん **実戦**	실전 **實戰** siljjeon	**實戰**	實際作戰。實際戰鬥。
じっせん **実践**	실천 **實踐** silcheon	**實踐**	實際去做；指改造社會和自然的有意識的活動。
しっそう **失踪**	실종 **失踪** siljjong	**失蹤**	指下落不明，找不到蹤跡。
しっち **湿地**	습지 **濕地** seupjji	**濕地**	指地下水面高，經常為水淹沒的地帶。如沼澤、窪地、水塘等。可防止潮汐入侵內地、淨化沉澱水源、提供鳥類、水生、兩棲類及淡鹹水過渡植物的生長環境。
しっと **嫉妬**	질투 **嫉妬** jiltoo	**嫉妬**	因他人勝過自己而心生妒恨的心理狀態。
しつない **室内**	실내 **室內** silae	**室內**	一所建築物的內部；屋裡。
しっぱい **失敗**	실패 **失敗** silpae	**失敗**	指嘗試去做，但事情沒有成功。
じつぶつ **実物**	실물 **實物** silmool	**實物**	實際存在的東西。
しっぺい **疾病**	질병 **疾病** jilbyeong	**疾病**	由於環境致病因子與有機體的相互作用或有機體的內在缺陷，體內穩定狀態控制機制破壞的結果，導致正常結構和功能的紊亂。

日文漢字	韓文漢字	中文字	意思
しつぼう **失望**	실 망 **失望** silmang	**失望**	希望沒能實現。表示一種心理的期待落空。
しつめい **失明**	실 명 **失明** silmyeong	**失明**	眼睛喪失了視力。
じつめい **実名**	실 명 **實名** silmyeong	**實名**	真實的姓名。
じつよう **実用**	실 용 **實用** siryong	**實用**	有實際使用價值的。實際應用。
じつり **実利**	실 리 **實利** sili	**實利**	實際利益。
じつりょく **実力**	실 력 **實力** silyeog	**實力**	實際擁有的力量;實在的力量。多指物資、兵力等。
しつれい **失礼**	실 례 **失禮** silae	**失禮**	不合禮節;沒有禮貌。
じつれい **実例**	실 례 **實例** silae	**實例**	實際存在的事例。
しつれん **失恋**	실 연 **失戀** siryeon	**失戀**	戀愛中的男女,失去了對方的愛情。
じつろく **実録**	실 록 **實錄** silog	**實錄**	就是按照真實情況,把實際情況記錄或錄製下來。
してい **子弟**	자 제 **子弟** jajae	**子弟**	兒子、弟弟;泛指年輕人。
してい **指定**	지 정 **指定** jijeong	**指定**	指明確定;認定。
してん **視点**	시 점 **視點** sijjeom	**視點**	解釋觀察和思考問題的角度;觀察或分析事物的著眼點。

日文漢字	韓文漢字	中文字	意思
字典（じてん）	字典 jajeon	字典	以字為單位，按一定體例編次，並解釋文字的音義或形構，以備查檢的工具書。
辞典（じてん）	辭典 sajeon	辭典	主要用來解釋詞語的意義、概念、用法的工具書。
指導（しどう）	指導 jido	指導	指示教導。指點引導。
自動（じどう）	自動 jadong	自動	指不用人力而用機械、電氣等裝置直接操作的；或自己主動。
児童（じどう）	兒童 adong	兒童	指年紀小，未成年的男女。一般指小學生。《兒童權利公約》界定兒童是指 18 歲以下的任何人。
辞任（じにん）	辭任 saim	辭任	辭去職務、工作等。
支配（しはい）	支配 jibae	支配	安排、分配；對人或事物起引導和控制的作用。
自発（じはつ）	自發 jabal	自發	出自本心，不假外力而自己發動或自然發展。
示範（しはん）	示範 sibeom	示範	說明或展現可供大家學習的方法或典範。
地盤（じばん）	地盤 jiban	地盤	房舍等建築物的地基；特殊情勢所占據或控制的勢力範圍；地球表面由岩石所構成的堅硬部分。
自費（じひ）	自費 jabi	自費	費用由自己負擔。
慈悲（じひ）	慈悲 jabi	慈悲	佛教用語。慈指給予眾生安樂。悲指拔除眾生的痛苦；後轉為慈愛、悲憫的意思。
自負（じふ）	自負 jaboo	自負	自以為是、自認為了不起。

し

日文漢字	韓文漢字	中文字	意思
じ ぶつ 事物	사 물 事物 samool	事物	指客觀存在的一切事情（現象）和物體。
し へい 紙幣	지 폐 紙幣 jipae	紙幣	紙制的貨幣。一般由國家銀行或由政府授權的銀行發行。
じ へん 事変	사 변 事變 sabyeon	事變	政治或軍事上突然發生的重大變故。
し ぼ 思慕	사 모 思慕 samo	思慕	思念愛慕（自己敬仰的人）。
し ほう 司法	사 법 司法 sabeob	司法	現指檢察機關或法院依照法律對民事、刑事案件進行偵察、審判。
し ほう 四方	사 방 四方 sabang	四方	指各處，泛指地面的 4 個方向，即：東、南、西、北；天下；也可指正方形。
し ぼう 死亡	사 망 死亡 samang	死亡	喪失生命，生命終止。指維持一個生物存活的所有生物學功能的永久終止。
し ぼう 脂肪	지 방 脂肪 jibang	脂肪	高級飽和脂肪酸與甘油組合的酯類，在常溫下為白色固體者。
じ ぼうじ き 自暴自棄	자 포자 기 自暴自棄 japojagi	自暴自棄	自己瞧不起自己，甘於落後或墮落。
し ほん 資本	자 본 資本 jabon	資本	為從事生產而投入的成本及資源，包括原料、設備、人力等。為生產要素之一。
じ まく 字幕	자 막 字幕 jamag	字幕	在電視、影片上或舞臺等，用來說明內容情節或顯示對白的文字。
し みん 市民	시 민 市民 simin	市民	城市居民。通常是指具有城市有效戶籍和常住在市區的合法公民。
じ む 事務	사 무 事務 samoo	事務	事情、職務。

日文漢字	韓文漢字	中文字	意思
しめい 使命	사 명 使命 samyeong	使命	比喻所肩負的重大責任；指使者所接受的命令。
しめい 指名	지 명 指名 jimyeong	指名	指出特定的人或事物的名字。
しもん 指紋	지 문 指紋 jimoon	指紋	指紋是人類手指末端指腹上由凹凸的皮膚所形成的紋路。
しや 視野	시 야 視野 siya	視野	視力所及的範圍；比喻見聞。指思想或知識的領域。
じゃあく 邪悪	사 악 邪惡 saag	邪惡	邪僻罪惡；（性情、行為）不正而且兇惡。憎恨正義，以陷人於苦難為樂。
しゃい 謝意	사 의 謝意 sai	謝意	感謝的意思。（日語還有表達「歉意」之意）
しゃいん 社員	사 원 社員 sawon	社員	社團組織或以社為名的機關團體中的成員。
しゃか 釈迦	석 가 釋迦 seokgga	釋迦	佛祖釋迦牟尼的簡稱。釋迦牟尼為佛教創始人；印度的一支氏族，佛陀釋迦牟尼是此族人。
しゃかい 社会	사 회 社會 sahwae	社會	由人所形成的集合體；某一階級或某些範圍的人所形成的集合體。其組合分子具一定關係。
じゃくしゃ 弱者	약 자 弱者 yakjja	弱者	身體不強健或力量薄弱的人。或社會地位勢力弱的人。
じゃくてん 弱点	약 점 弱點 yakjjeom	弱點	人的性格或性情最易受影響的方面；力量薄弱。不足的地方。
じゃくばく 寂寞	적 막 寂寞 jeongmag	寂寞	孤單冷清。
しゃくよう 借用	차 용 借用 chayong	借用	借來使用。

Track
25

日文漢字	韓文漢字	中文字	意思
しゃげき 射撃	사 격 射擊 sagyeog	射擊	用槍炮等火器向目標發射彈頭；一種體育運動。包括了手槍和步槍的訓練和競賽。
しゃこ 車庫	차 고 車庫 chago	車庫	一般是指人們用來停放汽車的地方。
しゃこう 社交	사 교 社交 sagyo	社交	社會中人與人的交際往來。
しゃざい 謝罪	사 죄 謝罪 sajwe	謝罪	請罪、賠罪。承認自己的過錯，請求別人的諒解。
しゃし 奢侈	사 치 奢侈 sachi	奢侈	揮霍浪費錢財，過分追求享受。
しゃじつ 写実	사 실 寫實 sasil	寫實	指據事直書、如實地描繪事物，或照物體進行寫實描繪，並做到與對象基本相符的境界。
しゃせい 写生	사 생 寫生 sasaeng	寫生	直接以實物為對象進行描繪的作畫方式。
しゃぜつ 謝絶	사 절 謝絶 sajeol	謝絶	婉言拒絕或推辭。
しゃだん 遮断	차 단 遮斷 chadan	遮斷	遮蔽不見；掩蓋消失；阻斷；截斷。
しゃちょう 社長	사 장 社長 sajang	社長	公司或機關團體以社為名，其領導人多稱為「社長」。
じゃっか 弱化	약 화 弱化 yakwa	弱化	逐漸衰弱；使變弱。削弱。
しゃどう 車道	차 도 車道 chado	車道	供車輛行經的道路。
しゃない 車内	차 내 車內 chanae	車內	車子裡面。

日文漢字	韓文漢字	中文字	意思
しゃめん 赦免	사 면 赦免 samyeon	赦免	減輕或免除對罪犯的刑罰。
しゃりょう 車両	차 량 車輛 charyang	車輛	各種車的總稱。
しゃりん 車輪	차 륜 車輪 charyun	車輪	車下轉動的輪子。
しゃれい 謝礼	사 례 謝禮 sarae	謝禮	表達謝意的財物。
しゅう 週	주 週 joo	週	一星期。通「周」。
し ゆう 私有	사 유 私有 sayu	私有	屬於私人或私立團體所有。
し ゆう 雌雄	자 웅 雌雄 jawoong	雌雄	雌性及雄性；比喻勝敗高下。
じ ゆう 自由	자 유 自由 jayu	自由	依照自己的意志行事，不受外力拘束或限制。
じ ゆう 事由	사 유 事由 sayu	事由	事情原委、來由。
しゅうあく 醜悪	추 악 醜惡 chooag	醜惡	泛稱事物的醜陋惡劣。
しゅうい 周囲	주 위 周圍 joowi	周圍	環繞在物體四周的部分。
じゅういちがつ 十一月	십 일 월 十一月 sibirwol	十一月	西曆年中的第 11 個月，是小月，共有 30 天。
じゅうおう 縦横	종 횡 縱橫 jonghwaeng	縱橫	南北和東西；放肆、恣肆；交錯眾多。

日文漢字	韓文漢字	中文字	意思
しゅうかい 集会	집 회 集會 jipwae	集會	許多人聚在一起開會;聚集會合。
しゅうかく 臭覚	후 각 臭覺 hoogag	臭覺	空氣中的氣味分子刺激鼻腔內的嗅細胞,從而產生辨別香臭的官能。
しゅうかく 収穫	수 확 收穫 soohwag	收穫	是指收割成熟的農作物;泛指得到成果或利益。
じゅうがつ 十月	시 월 十月 siwol	十月	是公曆年中的第 10 個月,是大月,共有 31 天。
しゅうかん 習慣	습 관 習慣 seupggwan	習慣	是指積久養成的生活方式;泛指一地方的風俗、社會習俗、道德傳統等。
しゅうかん 週刊	주 간 週刊 joogan	週刊	每星期出版一次的刊物。
しゅうきょう 宗教	종 교 宗敎 jonggyo	宗教	利用人類對於宇宙、人生的神祕所發生的驚奇和敬畏心理,構成一種勸善懲惡的教義,並用來教化世人,使人信仰的,稱為「宗教」。如佛教、基督教等。
しゅうぎょう 就業	취 업 就業 chwieob	就業	得到工作機會。
しゅうげき 襲撃	습 격 襲擊 seupggyeok	襲擊	出其不意地攻打。
しゅうけつ 終結	종 결 終結 jonggyeol	終結	完結、收場,形容最後結束的意思。
じゅうけつ 充血	충 혈 充血 choonghyeol	充血	局部組織或器官,因小動脈、小靜脈以及毛細血管擴張而充滿血液。
しゅうこう 醜行	추 행 醜行 choohaeng	醜行	惡劣的行為。醜惡行為。

し

日文漢字	韓文漢字	中文字	意思
しゅうごう 集合	집 합 集合 jipab	集合	分散的人或事物聚集在一起。
しゅうさく 習作	습 작 習作 seupjjak	習作	練習寫作；練習的作業。
しゅう し 収支	수 지 收支 sooji	收支	收入和支出的款項。
しゅう じ 習字	습 자 習字 seupjja	習字	是指練習寫字。
じゅう じ 從事	종 사 從事 jongsa	從事	擔任、處理事務、投身。
しゅうじつ 終日	종 일 終日 jongil	終日	從早到晚整天。
じゅうじつ 充実	충 실 充實 choongsil	充實	豐富充足。
しゅうしゅう 修習	수 습 修習 sooseup	修習	學習、研習。
しゅうしゅう 蒐集	수 집 蒐集 soojib	蒐集	搜求聚集。
しゅうしゅう 収拾	수 습 收拾 sooseup	收拾	整頓、整理。
しゅうしゅう 収集	수 집 收集 soojib	收集	聚集物品。
じゅうじゅん 柔順	유 순 柔順 yusoon	柔順	溫柔和順。順從；溫順。

日文漢字	韓文漢字	中文字	意思
しゅうじょ 修女	수 녀 修女 soonyeo	修女	是天主教、東正教、聖公會以及信義宗的女性修行人員，通常須發3願（即神貧、貞潔、服從），從事祈禱和協助神父進行傳教。
じゅうしょう 重傷	중 상 重傷 joongsang	重傷	受的傷相當嚴重。
しゅうしょく 就職	취 직 就職 chwijig	就職	任職。就業。找到工作。
しゅうしん 終身	종 신 終身 jongsin	終身	一生、一輩子。
しゅうしん 就寢	취 침 就寢 chwichim	就寢	上床睡覺，睡眠。
じゅうせき 重責	중 책 重責 joongchaeg	重責	重大的責任。
じゅうぜん 從前	종 전 從前 jongjeon	從前	以前、過去。
じゅうそく 充足	충 족 充足 choongjok	充足	數量多，完全滿足需要。
じゅうぞく 從属	종 속 從屬 jongsog	從屬	依從；附屬。
しゅうたい 醜態	추 태 醜態 chootae	醜態	不雅觀、有失身分體面的態度。
じゅうだい 重大	중 대 重大 joongdae	重大	作用、意義等比較大而重要。
じゅうたく 住宅	주 택 住宅 jootaeg	住宅	指專供居住的房屋，包括別墅、公寓、職工家屬或職工單身宿舍和集體宿舍、和學生宿舍等。

Track
26

日文漢字	韓文漢字	中文字	意思
しゅうだん 集団	집 단 集團 jipddan	集團	以一定目的集合在一起，並且行動一致的組織團體。
しゅうち 羞恥	수 치 羞恥 soochi	羞恥	指自覺有過錯、缺失或無能、卑下時，引發的痛苦情緒，基本上產生在人我關係之間。
しゅうちゃく 執着	집 착 執著 jipchag	執著	佛教上指將人、現象、思想、經驗等視為真實不變，而生起貪著的心態。後泛指堅持某一觀點而不改變。
しゅうちゅう 集中	집 중 集中 jipjjoong	集中	指把分散人、物或事集合在一起集中精力。
しゅうてい 修訂	수 정 修訂 soojeong	修訂	編者對文章的修改訂正。
しゅうてん 終点	종 점 終點 jongjjeom	終點	道路或旅途結束的地方；引申為完畢、結局之意。
じゅうてん 重点	중 점 重點 joongjjeom	重點	要緊的一點，重心的所在。
じゅうでん 充電	충 전 充電 choongjeon	充電	指給蓄電池等設備補充電量的過程；補充能量（包括補充知識、內心的愉悅、和某人的感情甜蜜度、自己的精氣神兒等）。
しゅうとう 周到	주 도 周到 joodo	周到	面面俱到，沒有疏漏。
しゅうどう 修道	수 도 修道 soodo	修道	宗教徒虔誠的學習教義，並將教義貫徹於自己的行動中。
じゅうどう 柔道	유 도 柔道 yudo	柔道	一種徒手搏擊的武術運動。由中國柔術傳至日本發展而成。攻防、對練時以柔能克剛、剛柔並濟為特點，近似於摔跤。

日文漢字	韓文漢字	中文字	意思
じゅうなん 柔軟	유 연 柔軟 yuyeon	柔軟	身體軟而不堅硬；想法和順不剛硬。
じゅう に がつ 十二月	십 이 월 十二月 sibiwol	十二月	西曆年中的第 12 個及每年最後的一個月，是大月，共有 31 天。
じゅう に し ちょう 十二指腸	십 이 지 장 十二指腸 sibijijang	十二指腸	十二指腸介於胃與空腸之間，成人長度為 20～25cm，功能是消化及吸收營養物質。
しゅうにゅう 收入	수 입 收入 sooib	收入	收進的款項。
しゅうにん 就任	취 임 就任 chwiim	就任	指的是赴任、就職或擔任職務。
じゅうにん 重任	중 임 重任 joongim	重任	擔當重任、委以重任。
しゅうねん 周年	주 년 周年 joonyeon	周年	滿一年；標誌重要意義的一年。
しゅう は 秋波	추 파 秋波 choopa	秋波	秋天澄淨的水波；借指女子明亮清澈的眼睛或眼神。
しゅうばん 終盤	종 반 終盤 jongban	終盤	最終、最後階段的意思；指圍棋等比賽最後決定勝負的局面。
じゅうびょう 重病	중 병 重病 joongbyeong	重病	嚴重而危險的大病。
じゅうふく 重複	중 복 重複 joongbog	重複	事物反覆相同。
しゅうぶん 醜聞	추 문 醜聞 choomoon	醜聞	指有關人的陰私、醜事的傳言或消息。
じゅうぶん 十分	십 분 十分 sipbbun	十分	充分，十足。

日文漢字	韓文漢字	中文字	意思
じゅうぶん 充分	충 분 充分 choongboon	充分	足夠、完全。
しゅうまつ 週末	주 말 週末 joomal	週末	一星期的最後一天。通常指星期六。也指星期六、日（有時也包括星期五）。
じゅうまん 充満	충 만 充滿 choongman	充滿	填滿、裝滿。
しゅうみつ 周密	주 밀 周密 joomil	周密	周全細密。
じゅうみん 住民	주 민 住民 joomin	住民	居住在一定區域內的人。
しゅうよう 修養	수 양 修養 sooyang	修養	培養高尚的品質和正確的待人處世的態度，求取學識品德之充實完美。
しゅうよう 収容	수 용 收容 sooyong	收容	收留並加以照顧。
じゅうよう 重要	중 요 重要 joongyo	重要	具有重大影響或後果的；有很大意義的。
じゅうらい 従来	종 래 從來 jongnae	從來	從以前到現在。
しゅうりょう 終了	종 료 終了 jongnyo	終了	結束、完畢。發展或進行到最後階段，不再繼續。
じゅうりょう 重量	중 량 重量 joongnyang	重量	物理學上稱物體所受地心引力的大小。
じゅうりん 蹂躙	유 린 蹂躪 yurin	蹂躪	比喻用暴力欺壓、侮辱、侵害、玩弄、虐襲。
しゅうれい 秀麗	수 려 秀麗 sooryeo	秀麗	清秀優雅，美麗脫俗。泛指風景優美也指人的樣貌清秀靚麗。

日文漢字	韓文漢字	中文字	意思
しゅうれん 収斂	수 렴 收斂 sooryeom	收斂	匯聚於一點；使肌體皺縮；徵收租稅。
しゅえん 主演	주 연 主演 jooyeon	主演	在電影或戲劇中，擔任主要角色的演出。
しゅえん 酒宴	주 연 酒宴 jooyeon	酒宴	酒席宴會。
じゅがく 儒學	유 학 儒學 yuhak	儒學	儒家的思想教義。
しゅかん 主観	주 관 主觀 joogwan	主觀	根據自己的認知或想法對事物作判斷，而不求符合實際狀況。相對於客觀而言。
しゅぎ 主義	주 의 主義 jooi	主義	對事物或原理的基本主張，是一種觀念和信仰的形態，可形成一股思潮或學說。如資本主義、寫實主義。
じゅきょう 儒教	유 교 儒敎 yugyo	儒教	以儒家學說為中心而形成的思想學派或教義。
じゅぎょう 授業	수 업 授業 sooeob	授業	傳授學業。
しゅきん 手巾	수 건 手巾 soogeon	手巾	盥洗時用來擦拭手、臉的毛巾。
しゅくが 祝賀	축 하 祝賀 chooka	祝賀	致送恭賀之意。慶祝賀喜。
しゅくがん 宿願	숙 원 宿願 soogwon	宿願	長久以來的心願；（佛）前生的誓願。
しゅくじょ 淑女	숙 녀 淑女 soongnyeo	淑女	閑雅貞靜，有德性的女子。

し

日文漢字	韓文漢字	中文字	意思
しゅくしょう 縮小	축 소 縮小 chooksso	縮小	是指規模、數量、範圍或數目上減少，由大變小。
しゅくすい 宿醉	숙 취 宿醉 sookchwi	宿醉	酒醉隔天仍未清醒。酒喝多了，第二天起來後頭痛、胃痛，胃返氣等症狀。
しゅくてつ 叔姪	숙 질 叔姪 sookjjil	叔姪	叔父與姪甥。
しゅくふく 祝福	축 복 祝福 chookbbog	祝福	原指求神賜福，後用於泛指祝人平安、幸福。
じゅくみん 熟眠	숙 면 熟眠 soongmyeon	熟眠	指睡得香甜、深沉。
しゅくめい 宿命	숙 명 宿命 soongmyeong	宿命	因決定果，前生決定後世，前因決定後果，福禍之因，皆自圓成。借指生來註定的命運。
じゅくれん 熟練	숙 련 熟練 sungnyeon	熟練	指對技術精通而有經驗。熟知並做來順手。
しゅげい 手芸	수 예 手藝 sooye	手藝	即用手工從事的技藝，工匠們靠着常年熟練的功夫，製作出各式各樣的作品、器物、和裝飾品。
しゅけん 主権	주 권 主權 jooggwon	主權	獨立自主的權利。構成國家的要素之一。是國家至高無上的政治權力，對內具有排外的管轄權，對外則有不受他國干涉的權力。
しゅご 守護	수 호 守護 sooho	守護	指看守保護。
しゅこう 首肯	수 긍 首肯 soogeung	首肯	點頭表示同意、肯定。
しゅし 種子	종 자 種子 jongja	種子	植物的雌蕊經受精後，子房內胚珠發育成熟的部分。主要由種皮、胚、胚乳 3 部分組成。

日文漢字	韓文漢字	中文字	意思
じゅじゅ 授受	수 수 授受 soosoo	授受	給予和接受。
しゅじゅつ 手術	수 술 手術 soosool	手術	指凡透過器械，經外科醫生或其他專業人員的操作下，進入人體或其他生物組織，以外力方式排除病變、改變構造或植入外來物的處理過程。
しゅしょう 主将	주 장 主將 joojang	主將	軍隊中負責指揮兵士的主要將領、統帥。
しゅしょう 首相	수 상 首相 soosang	首相	內閣制度國家的行政首長。也稱為「內閣總理」。
しゅしょく 主食	주 식 主食 joosig	主食	主要食品，通常指用糧食製成的飯食，如米飯、麵食等。
しゅじん 主人	주 인 主人 jooin	主人	接待賓客的人；權力的所有人；東家有其他人爲其工作或在他手下工作的人。
じゅせい 受精	수 정 受精 soojeong	受精	指精子與卵細胞結合形成受精卵。
しゅせつ 守節	수 절 守節 soojeol	守節	不因利益等而改變原來的節操。
しゅだい 主題	주 제 主題 joojae	主題	文藝作品中想表現的中心思想；音樂中重復的並由它擴展的短曲。主旋律；泛指主要內容。
しゅだん 手段	수 단 手段 soodan	手段	爲達到某種目的而採取的方法和措施。
しゅちょう 主張	주 장 主張 joojang	主張	對事物所抱持的看法或意見。
しゅっきん 出勤	출 근 出勤 choolgeun	出勤	按規定時間到工作場所工作。

Track
27

日文漢字	韓文漢字	中文字	意思
しゅっけつ 出血	출 혈 出血 choolhyeol	出血	血液自血管或心臟外流。
しゅつげん 出現	출 현 出現 choolhyeon	出現	顯露出來。
しゅっこう 出航	출 항 出航 choolhang	出航	船離開港口或飛機駛離機場出去航行。
しゅっこう 出港	출 항 出港 choolhang	出港	船舶駛出港口。
しゅっこく 出国	출 국 出國 choolgoog	出國	到國外去。
しゅつごく 出獄	출 옥 出獄 choorog	出獄	入獄者因爲服刑結束，刑滿釋放等原因，而重新獲得進入社會的條件。
しゅっし 出資	출 자 出資 chooljja	出資	提供資金。
しゅっしょ 出処	출 처 出處 choolcheo	出處	詞語、典故等的來源和根據。
しゅつせ 出世	출 세 出世 choolsae	出世	謂出仕做官；立身成名。
しゅっせい 出生	출 생 出生 choolssaeng	出生	降生、誕生。
しゅっせき 出席	출 석 出席 choolseog	出席	泛指參加會議或開某會時列於坐席。
しゅつだい 出題	출 제 出題 chooljae	出題	（考試等）出考試題目。命題。
しゅつどう 出動	출 동 出動 choolddong	出動	人員出發開始行動。

日文漢字	韓文漢字	中文字	意思
しゅつにゅう 出入	출입 出入 choorib	出入	出外與入內;收入與支出。
しゅつ ば 出馬	출 마 出馬 choolma	出馬	原指將士騎馬出陣交戰;今泛指出頭做事。
しゅっぱつ 出発	출 발 出發 choolbal	出發	離開原地到別處去。
しゅっぱん 出版	출 판 出版 choolpan	出版	印成圖書報刊,以供出售或散布。
しゅ と 首都	수 도 首都 soodo	首都	一個國家政治決策的中心都市,中央政府所在的都市。
しゅどう 手動	수 동 手動 soodong	手動	用手來做。
しゅとく 取得	취 득 取得 chwideug	取得	得到、獲得。
じゅなん 受難	수 난 受難 soonan	受難	遭受災難。受苦難。
しゅ び 守備	수 비 守備 soobi	守備	守禦防備。
しゅ ふ 主婦	주 부 主婦 jooboo	主婦	操持家務的婦女。
しゅべつ 種別	종 별 種別 jongbyeol	種別	是指按類區別。
しゅほう 手法	수 법 手法 soobbeob	手法	(文學藝術作品的)創作技巧。
しゅぼうしゃ 主謀者	주 모 자 主謀者 joomoja	主謀者	共同做壞事時做主要的謀劃者。

し

日文漢字	韓文漢字	中文字	意思
じゅみょう 寿命	수 명 壽命 soomyeong	壽命	生存的年限；後亦比喻存在的期限或使用的期限。
じゅもく 樹木	수 목 樹木 soomog	樹木	木本植物的通稱。包括喬木與灌木。
じゅもん 呪文	주 문 呪文 joomoon	呪文	咒語。
じゅ よ 授与	수 여 授與 sooyeo	授予	給與、付與。給與（勳章、獎狀、學位、榮譽等）。
しゅよう 主要	주 요 主要 jooyo	主要	最重要的。
じゅよう 需要	수 요 需要 sooyo	需要	應該要有或必須要有；對事物的欲望或要求。
しゅりゅう 主流	주 류 主流 jooryu	主流	水系中匯集各支流的主要河川；控制事物發展方向的人物或中心力量；喻事物發展的主要趨向。
しゅりゅうだん 手榴弾	수 류 탄 手榴彈 sooryutan	手榴彈	用手投擲的小型爆炸彈。
しゅりょう 狩猟	수 렵 狩獵 sooryeob	狩獵	利用獵具或獵狗等捕捉野生鳥獸。
しゅりょう 首領	수 령 首領 sooryeong	首領	為首的領導、最高領導。俗稱一把手、頭頭。
しゅりょう 酒量	주 량 酒量 jooryang	酒量	一次能喝酒至不醉的最大限度。
しゅるい 種類	종 류 種類 jongnyu	種類	依據人物、事物的品名、性質或特點而分的類別。
しゅわん 手腕	수 완 手腕 soowan	手腕	人體連接手掌和前手臂的部位，也稱腕部。本領；方法和技巧。

日文漢字	韓文漢字	中文字	意思
しゅん 旬	순 旬 soon	旬	10天叫一旬，一個月分上、中、下3旬。
じゅん い 順位	순 위 順位 soonwi	順位	依次排列的序位。
じゅんかい 巡廻	순 회 巡廻 soonhwae	巡廻	按一定的路線、範圍到各處進行活動。
しゅん か しゅうとう 春夏秋冬	춘 하 추 동 春夏秋冬 choonhachoodong	春夏秋冬	指四季或一年。
しゅんかん 瞬間	순 간 瞬間 soongan	瞬間	一轉眼，形容非常短的時間。
じゅんかん 循環	순 환 循環 soonhwan	循環	事物周而復始的運轉或變化。
じゅんきん 純金	순 금 純金 soongeum	純金	含雜質極少的金，不含雜質的金。
じゅんけい 巡警	순 경 巡警 soongyeong	巡警	執行巡邏任務的警察。
じゅんけつ 純潔	순 결 純潔 soongyeol	純潔	純粹潔淨。通常指心地純一清淨，沒有邪惡的念頭。沒有污點。
しゅんげん 峻嚴	준 엄 峻嚴 jooneom	峻嚴	嚴厲、嚴格。
しゅんこう 竣工	준 공 竣工 joongong	竣工	工程結束。
じゅんさつ 巡察	순 찰 巡察 soonchal	巡察	邊走邊察看；巡視考察。
じゅんしゅ 遵守	준 수 遵守 joonsoo	遵守	依照法律、規則或命令等規定行動而不違背的意思。

し

日文漢字	韓文漢字	中文字	意思
しゅんじゅう 春秋	춘추 春秋 choonchoo	春秋	春季與秋季；光陰。歲月；中國史書。
じゅんじょ 順序	순서 順序 soonseo	順序	依次而不亂；次序。
じゅんじょう 純情	순정 純情 soonjeong	純情	純真的感情。
じゅんすい 純粹	순수 純粹 soonsoo	純粹	純正不雜，不摻雜別的成分的；完全。
じゅんぱく 純白	순백 純白 soonbaek	純白	不摻雜任何顏色的白色。
じゅんび 準備	준비 準備 joonbi	準備	事先安排或籌劃。
しゅんむ 春夢	춘몽 春夢 choonmong	春夢	春天作的夢。因春天好睡，夢境容易忘失，故以春夢比喻短促易逝的事。
しょう 賞	상 賞 sang	賞	把財物賜給有功的人。
しょうあく 掌握	장악 掌握 jangag	掌握	熟悉並能自由運用；亦喻控制的範圍。
じょうえい 上映	상영 上映 sangyeong	上映	（新影片等）上市放映。
じょうえん 上演	상연 上演 sangyeon	上演	（戲劇、舞蹈等）在舞臺上演出。
しょうか 消化	소화 消化 sohwa	消化	食物在體內經過種種變化，成為身體能夠利用物質的過程；比喻對知識的吸收、理解。
しょうか 唱歌	창가 唱歌 changga	唱歌	以抑揚有節奏的音調發出美妙的聲音，給人以享受。也指吟唱歌曲。也指歌唱藝術。

Track 28

日文漢字	韓文漢字	中文字	意思
しょう が 生薑	생 강 生薑 saenggang	生薑	薑的新鮮根莖。有辣味，是常用的調味品，亦可入藥。
じょう か 浄化	정 화 淨化 jeonghwa	淨化	清除雜質，使物體純淨；使人心靈純淨。
しょうがい 生涯	생 애 生涯 saengae	生涯	指所過的生活或所經歷的人生。
しょうがい 傷害	상 해 傷害 sanghae	傷害	使在精神或感情上受損傷。
しょうがい 障害	장 해 障害 janghae	障害	阻礙，妨礙。
しょうがい 障礙	장 애 障礙 jangae	障礙	阻礙；阻擋通行的東西。
しょうかく 昇格	승 격 昇格 seunggyeok	昇格	升級。地位或級別提高。
しょうがつ 正月	정 월 正月 jeongwol	正月	農曆每年的第一個月。
しょうかん 償還	상 환 償還 sanghwan	償還	歸還所欠的。多用於債務或各種實物等。
じょう き 常軌	상 궤 常軌 sanggwae	常軌	慣常遵行的法則。
じょう き 蒸気	증 기 蒸氣 jeunggi	蒸氣	物質受熱受壓後由液態變為氣態的形式。
じょう ぎ 情誼	정 의 情誼 jeongi	情誼	人與人之間彼此關愛的情感。
じょうきゃく 乗客	승 객 乘客 seunggaeg	乘客	乘坐車、船、飛機等公共交通工具的旅客。

日文漢字	韓文漢字	中文字	意思
しょうぎょう 商業	상 업 商業 sangeob	商業	指介於生產者跟需要者之間，以貨幣為媒介進行交換從而實現商品的流通的經濟活動。
じょうきょう 状況	상 황 狀況 sanghwang	狀況	指事物的性質、結構、水平和發展要求。
しょうきょく 消極	소 극 消極 sogeug	消極	逃避現實，意志消沉，不求進取。否定的；反面的；阻礙發展的。
しょうきん 賞金	상 금 賞金 sanggeum	賞金	獎賞的金錢。
しょうぐん 将軍	장 군 將軍 janggoon	將軍	泛指軍中統帥全軍的高級將領。
しょうけい 捷径	첩 경 捷徑 cheopggyeong	捷徑	便捷的近路。
しょうけい 憧憬	동 경 憧憬 donggyeong	憧憬	對某種事物的期待與嚮往。
じょうけい 情景	정 경 情景 jeonggyeong	情景	感情與景色，情景交融。
しょうけん 証券	증 권 證券 jeungggwon	證券	是有價證券的簡稱，是一種表示財產權的有價憑證，持有者可以依據此憑證，證明其所有權或債權等私權的證明文件。
しょうげん 証言	증 언 證言 jeungeon	證言	證言是指證人就所瞭解的案件事實向法庭所作的陳述。
じょうけん 条件	조 건 條件 joggeon	條件	影響事物發生、存在或發展的因素；為某事而提出的要求或定出的標準。
しょうこ 証拠	증 거 證據 jeunggeo	證據	證明事實的憑據。

日文漢字	韓文漢字	中文字	意思
しょうご 正午	정 오 正午 jeongo	正午	中午 12 點鐘。
じょうご 上午	상 오 上午 sango	上午	清晨至正午 12 時。
しょうこう 将校	장 교 將校 janggyo	將校	軍官的通稱。少尉以上的軍官。
しょうさい 詳細	상 세 詳細 sangsae	詳細	有十分清楚，讓人明白的意思。
しょうさん 勝算	승 산 勝算 seungsan	勝算	可以獲勝的計謀、把握。
しょうさん 称讚	칭 찬 稱讚 chingchan	稱讚	是指人們對某件事的讚揚，即對某件事的認同的基礎上覺得它做得好。
しょうじ 少時	소 시 少時 sosi	少時	年紀尚小的時候；片刻、不多時。
じょうし 上司	상 사 上司 sangsa	上司	公司、公家機關裡比自己地位高的上級長官。
しょうじき 正直	정 직 正直 jeongjik	正直	公正無私；剛直坦率。不撒謊不騙人。
じょうしき 常識	상 식 常識 sangsig	常識	普遍知識或基本知識，是指普通社會上智力正常的人皆有或普遍擁有的知識。
しょうしつ 消失	소 실 消失 sosil	消失	是指事物漸漸減少以至沒有；事物不復存在。
じょうしゃ 乗車	승 차 乘車 seungcha	乘車	乘坐車輛。
じょうじゅ 成就	성 취 成就 seongchwi	成就	完成、實現了心中所願。

日文漢字	韓文漢字	中文字	意思
しょうじゅつ 詳述	상 술 詳述 sangsool	詳述	詳細說明。
じょうじゅん 上旬	상 순 上旬 sangsoon	上旬	每月 1 日至 10 日這段時間。
しょうじょ 少女	소 녀 少女 sonyeo	少女	未婚的年輕女子。通常的年齡範圍是小學～中學。
しょうじょう 症狀	증 상 症狀 jeungsang	症狀	生病時，身體所產生的種種異常狀態。
じょうしょう 上昇	상 승 上昇 sangseung	上昇	由低處向高處移動。
しょうしん 小心	소 심 小心 sosim	小心	留心、謹慎。
しょうしん 傷心	상 심 傷心 sangsim	傷心	心靈受傷，形容極其悲痛。
じょうじん 丈人	장 인 丈人 jangin	丈人	稱妻子的父親；古時對老人的尊稱。
しょうすい 憔悴	초 췌 憔悴 chochwae	憔悴	衰弱疲憊失神的樣子。
しょうすう 少数	소 수 少數 sosoo	少數	較少的數量。
じょうせい 情勢	정 세 情勢 jeongsae	情勢	事情的狀況發展和趨勢。
しょうせつ 小説	소 설 小說 soseol	小說	一種通過人物、情節和環境的具體描寫來反映現實生活的文學體裁。
しょうそう 焦燥	초 조 焦燥 chojo	焦燥	焦急而煩躁。坐立不安的樣子。

日文漢字	韓文漢字	中文字	意思
しょうそく 消息	소 식 消息 sosig	消息	音信、訊息；情況報道。
じょうたい 状態	상 태 狀態 sangtae	狀態	人或事物表現出來的形態、情形、情況。
しょうだく 承諾	승 낙 承諾 seungnag	承諾	應允同意他人的請求等。
しょう ち 招致	초 치 招致 chochi	招致	招收、網羅、招聘。
じょうちょ 情緒	정 서 情緒 jeongseo	情緒	泛指心情。由外在刺激或內在身心狀態，所引發的喜、怒、哀、懼等個體主觀感受與生理反應；纏綿的情意。
しょうちょう 象徵	상 징 象徵 sangjing	象徵	用具體的事物表示某種特殊意義。
しょうてん 商店	상 점 商店 sangjeom	商店	買賣貨物的店鋪。
しょうてん 焦點	초 점 焦點 chojjeom	焦點	平行光線射於球面鏡或透鏡上，被反射或折射後所集聚的一點；比喻問題的關鍵或爭論、注意力的集中點。
しょうどう 衝動	충 동 衝動 choongdong	衝動	因情緒激動而出現未經理性思考的行為或心理活動；衝擊撼動。
じょうどう 常道	상 도 常道 sangdo	常道	原來的軌道；一定的規律、法則。
しょうどく 消毒	소 독 消毒 sodog	消毒	是利用化學品或其他方法消滅大部份微生物，使常見的致病細菌數目減少到安全的水平。
しょうとつ 衝突	충 돌 衝突 choongdol	衝突	因意見不同而起爭執。

Track
29

日文漢字	韓文漢字	中文字	意思
しょうに 小児	소 아 小児 soa	小兒	小孩子、幼兒、兒童。
しょうにん 商人	상 인 商人 sangin	商人	做買賣的人。
しょうにん 証人	증 인 證人 jeungin	證人	指被告以外之人在他人之訴訟案件中，對自己過去親身所經驗之事實予以陳述之第三人。
しょうねん 少年	소 년 少年 sonyeon	少年	年輕的男子。通常的年齡範圍是 10 ～ 18 歲。
しょうはい 勝敗	승 패 勝敗 seungpae	勝敗	指勝利或者失敗。
しょうばつ 賞罰	상 벌 賞罰 sangbeol	賞罰	獎賞和懲罰。
じょうはつ 蒸発	증 발 蒸發 jeungbal	蒸發	物質從液態轉化爲氣態的相變過程。
じょうはんしん 上半身	상 반 신 上半身 sangbansin	上半身	整個身體的上半部分。
しょうひ 消費	소 비 消費 sobi	消費	為了滿足生產和生活的需求而消耗物質財富；消磨。浪費。
しょうひょう 商標	상 표 商標 sangpyo	商標	是識別某商品、服務或與其相關具體個人或企業的顯著標誌，可以是圖形或文字，也可以聲音、氣味或立體圖來表示。
しょうひん 商品	상 품 商品 sangpoom	商品	為買賣而製造的物品。
しょうふ 樵夫	초 부 樵夫 choboo	樵夫	採伐木柴的人。

日文漢字	韓文漢字	中文字	意思
しょうぶ 勝負	승 부 勝負 seungboo	勝負	勝敗、輸贏；指爭輸贏，比高下。
じょうふ 情夫	정 부 情夫 jeongboo	情夫	與已婚女性發生不當性關係的男性。
じょうふ 情婦	정 부 情婦 jeongboo	情婦	與已婚男性發生不當性關係的女性。
しょうへき 障壁	장 벽 障壁 jangbyeog	障壁	屏障；牆壁；比喻造成隔閡的東西。
しょうべん 小便	소 변 小便 sobyeon	小便	人排尿。
じょうほ 讓步	양 보 讓步 yangbo	讓步	是指在爭執中部分地或全部地放棄自己的意見和利益。與對方的意見達成妥協。
しょうほう 商法	상 법 商法 sangbbeob	商法	調整商業活動法律規範的總稱。一般包括公司、票據、保險、商標、海商等方面的法規。
じょうほう 情報	정 보 情報 jeongbo	情報	關於某種情況的訊息報告。
しょうめい 証明	증 명 證明 jeungmyeong	證明	根據確實的材料判明真實性；據實以明真偽。
しょうめつ 消滅	소 멸 消滅 somyeol	消滅	消失，滅亡。消除毀滅。
しょうめん 正面	정 면 正面 jeongmyeon	正面	人體臉、胸、腹所在的一面；建築物正門所在的一面；面對面，指直接。
しょうもう 消耗	소 모 消耗 somo	消耗	（精神、力量或物資等）因使用或損耗而逐漸減少。
じょうやく 条約	조 약 條約 joyag	條約	約定的事項、規章；國與國之間所締結的盟約。

日文漢字	韓文漢字	中文字	意思
しょうよう 商用	상 용 商用 sangyong	商用	用於營利事業的。商業上使用的。
しょうよう 慫慂	종 용 慫慂 jongyong	慫恿	從旁勸說鼓動別人去做某事。
しょうらい 将来	장 래 將來 jangnae	將來	未來，尚未到的時間；帶來；拿來。
じょうらん 擾乱	요 란 擾亂 yoran	擾亂	破壞、騷擾；紛擾、紛亂。
しょう り 勝利	승 리 勝利 seungni	勝利	在戰場或競爭中打敗對方。
じょうりゅう 上流	상 류 上流 sangnyu	上流	指河流的上游；社會地位尊高。
しょうりょう 少量	소 량 少量 soryang	少量	數量或份量較少。
しょうれい 奨励	장 려 獎勵 jangnyeo	獎勵	以贈予榮譽、財物等方式獎賞鼓勵。
しょ か 書架	서 가 書架 seoga	書架	放置書籍的架子。
じょがくせい 女学生	여 학 생 女學生 yeohaksaeng	女學生	仍然處在受教育階段的未婚適齡女性學生。
しょがん 所願	소 원 所願 sowon	所願	願望；希望。
しょ き 初期	초 기 初期 chogi	初期	早期；開始時期。
しょきゅう 初級	초 급 初級 chogeub	初級	學問、技術等在最初階段的。

日文漢字	韓文漢字	中文字	意思
しょく 私欲	사 욕 私欲 sayog	私欲	只考慮到個人的、自己的慾望。
しょくいん 職員	직 원 職員 jigwon	職員	是指政府機構、學校、公司等擔任行政和業務工作的人員。
しょくぎょう 職業	직 업 職業 jigeob	職業	個人所從事的作為主要生活來源的工作。
しょくげん 食言	식 언 食言 sigeon	食言	不遵守諾言。
しょくざい 贖罪	속 죄 贖罪 sokjwe	贖罪	用行動或財物來抵銷所犯的罪過或免除刑罰。
しょくせき 職責	직 책 職責 jikchaeg	職責	是指任職者爲履行一定的組織職能或完成工作使命，所負責的範圍和承擔的一系列工作任務，以及完成這些工作任務所需承擔的相應責任。
しょくたく 嘱託	촉 탁 囑託 choktag	囑託	托人辦事；托付。
しょくどう 食堂	식 당 食堂 sikddang	食堂	餐廳。供應食物或有時供應飲料的地方；舊時寺院或公堂中的會食之所，這時念「じきどう」。
しょく ば 職場	직 장 職場 jikjjang	職場	工作的場所。與工作相關的環境、場所、人和事，還包括與工作、職業相關的社會生活活動、人際關係等。
しょくぶつ 植物	식 물 植物 singmool	植物	生物的一大類。沒有神經，沒有感覺，一般有葉綠素，能自製營養，多以無機物為養料。
しょく む 職務	직 무 職務 jingmoo	職務	按規定所擔任的工作。

日文漢字	韓文漢字	中文字	意思
しょくよう 食用	식 용 食用 sigyong	食用	可當食物使用或可以吃的。
しょくよく 食欲	식 욕 食欲 sigyog	食欲	指人進食的欲望。
しょけい 処刑	처 형 處刑 cheohyeong	處刑	依法對罪犯判處相當的刑罰。
じょけん 女権	여 권 女權 yeoggwon	女權	婦女在社會上應享的權利。
しょこう 曙光	서 광 曙光 seogwang	曙光	指破曉時的陽光;比喻已經在望的光明前景。
じょこう 女工	여 공 女工 yeogong	女工	指從事紡織、刺繡、縫紉等工作的女性工人。
しょし 初志	초 지 初志 choji	初志	最初的志願。
しょし 庶子	서 자 庶子 seoja	庶子	嫡子以外的眾子或妾所生的兒子。
じょし 女子	여 자 女子 yeoja	女子	泛指女性。
じょしゅ 助手	조 수 助手 josoo	助手	協助他人辦事的人。
しょじょ 処女	처 녀 處女 cheonyeo	處女	是指未有過性交經歷的女人;比喻初次。
じょじょう 叙情	서 정 抒情 seojeong	抒情	有抒發自己的感情的含義。
じょしょく 女色	여 색 女色 yeosaeg	女色	女子的美色;色情。

Track 30

日文漢字	韓文漢字	中文字	意思
しょしん 初心	초 심 初心 chosim	初心	最初的心意。
しょしん 書信	서 신 書信 seosin	書信	往來通問的信件。寫給具體收信人的私人通信。
しょせい 処世	처 세 處世 cheosae	處世	處身於世，為人的態度，做事的原則。
じょせい 女性	여 성 女性 yeoseong	女性	是指雌性的人類。
しょせき 書籍	서 적 書籍 seojeog	書籍	書本冊籍的總稱。
じょせき 除籍	제 적 除籍 jaejeog	除籍	除去名籍。
しょたい 書体	서 체 書體 seochae	書體	是指傳統書寫字體、字形的不同形式和區別；字體。
しょち 処置	처 치 處置 cheochi	處置	處理、措置。
しょちょう 署長	서 장 署長 seojang	署長	中央政府組織中，以署為單位名稱的最高首長。
しょっかく 触角	촉 각 觸角 chokggak	觸角	昆蟲、節足或軟體動物的感覺器官。生於頭部兩側、複眼近旁的觸角窩內，具有觸覺、嗅覺及聽覺的機能，呈絲狀、鞭狀或羽狀。
しょっかく 触覚	촉 각 觸覺 chokggag	觸覺	皮膚、毛發與物體接觸時的感覺。
しょっかん 触感	촉 감 觸感 chokggam	觸感	因接觸而引起反應。

日文漢字	韓文漢字	中文字	意思
しょてん 書店	서 점 書店 seojeom	書店	出售書籍的商店。
しょとう 初等	초 등 初等 chodeung	初等	淺顯易懂的原理或技能。基礎；最初步的等次。
しょとく 所得	소 득 所得 sodeug	所得	得到的（財物、知識、勞動成果等）。
しょばつ 処罰	처 벌 處罰 cheobeol	處罰	指依據法令規章，加以懲罰，即使犯錯誤或犯罪的人受到政治或經濟上的損失而有所警戒。
しょはん 初版	초 판 初版 chopan	初版	印刷業的術語，泛指印刷物（例如書籍）的第一個版本。
しょひょう 書評	서 평 書評 seopyeong	書評	即評論並介紹書籍的文章。
しょぶん 処分	처 분 處分 cheoboon	處分	處罰、懲治；指處理、安排。
しょほう 処方	처 방 處方 cheobang	處方	醫師針對病人病症所開具之醫療處置單子。
じょまく 序幕	서 막 序幕 seomag	序幕	戲劇上指某些多幕劇在第一幕前的一場戲；借指重大事件的開端。
しょみん 庶民	서 민 庶民 seomin	庶民	沒有特別地位、權能的平民、百姓。
しょめい 署名	서 명 署名 seomyeong	署名	在書信、文件或文稿上，簽上自己的名字。
じょめい 除名	제 명 除名 jaemyeong	除名	除去名籍，取消原有的資格或職位。
しょゆう 所有	소 유 所有 soyu	所有	權利的歸屬。指擁有。

日文漢字	韓文漢字	中文字	意思
しょり 処理	처리 處理 cheori	處理	處置；辦理。
じょりょく 助力	조력 助力 joryeog	助力	幫助的力量。
じょろん 序論	서론 序論 seoron	序論	它是論文的開頭部分。即是提出問題，明確中心論點，使讀者對文章所要論述的內容，首先有一個概括的瞭解，並引起注意。
じらい 地雷	지뢰 地雷 jirwae	地雷	是一種放置或埋在地下的爆裂物，經常被用來殺傷經過的敵方人員或車輛，是一種被動式的陸戰軍事武器。
しらが 白髪	백발 白髪 baekbbal	白髪	因沒有色素而變白的白色頭髮。
じりき 自力	자력 自力 jaryeog	自力	自己盡個人力量。
じりつ 自立	자립 自立 jarib	自立	靠自己的力量。
しりょ 思慮	사려 思慮 saryeo	思慮	對出現的事情做出無聲的推測推演及辯論，以便做出決定。
しりょう 資料	자료 資料 jaryo	資料	可供參考或研究的材料或記錄。
しりょく 視力	시력 視力 siryeog	視力	眼力。即常人在一定距離內，眼睛辨識事物的能力。
しれん 試練	시련 試練 siryeon	試煉	考驗和鍛煉。
しろいろ 白色	백색 白色 baekssaeg	白色	白的顏色。

日文漢字	韓文漢字	中文字	意思
しんあい 親愛	친 애 親愛 chinae	親愛	親近喜愛。
じんいん 人員	인 원 人員 inwon	人員	在某個團體中的一個成員。
しんおう 深奧	심 오 深奧 simo	深奧	（道理、含義）高深不易了解。
じんかく 人格	인 격 人格 inggyeog	人格	人的品格；個人在適應環境的過程中，行為和思想上所形成的獨特個性；法律上指得為權利、義務之主體的資格。
しんき 新奇	신 기 新奇 singi	新奇	新鮮奇特。
しんぎ 信義	신 의 信義 sini	信義	信用和道義。
しんぎ 真偽	진 위 眞僞 jinwi	真偽	真假，真實或虛偽。
しんぎ 審議	심 의 審議 simi	審議	審查討論。就一定的事件，為得出結論而開會調查其內容的意思。
しんきげん 新紀元	신 기 원 新紀元 singiwon	新紀元	泛指一切具有劃時代意義的開始。
しんきゅう 進級	진 급 進級 jingeub	進級	升高等級。
しんきゅう 鍼灸	침 구 鍼灸 chimgoo	鍼灸	一種用特製的金屬針或燃燒的艾絨，刺激經脈穴道的治病方法。
しんきょう 心境	심 경 心境 simgyeong	心境	心中苦樂的情緒。

日文漢字	韓文漢字	中文字	意思
しんきろく **新記録**	신 기 록 **新記錄** singirog	新記錄	（體育競賽、某些行業等）新創造出來的最高成績。
しんきん **親近**	친 근 **親近** chingeun	親近	（雙方）親密，關係密切。（一方對一方）親密地接近。
しんぎん **呻吟**	신 음 **呻吟** sineum	呻吟	因病痛或哀傷而發出聲音。
しんくう **真空**	진 공 **眞空** jingong	真空	完全沒有任何物質存在的狀態；比喻一無所有或活動停擺的狀態。
しんけい **神経**	신 경 **神經** singyeong	神經	人體的感應組織，分布全身，主知覺、運動及聯絡各部器官相互間的關係。
しんげき **進撃**	진 격 **進擊** jingyeog	進擊	進攻、攻擊。
しんけつ **心血**	심 혈 **心血** simhyeol	心血	心思、精神氣力。為取得某種利益或結果而消耗的東西。
じんけん **人権**	인 권 **人權** inggwon	人權	人與生俱來就有的權利；人民在法律上所享有的權利，包括自由、人身安全、工作、受教育、集會結社、宗教、信仰、財產等。
しんこう **信仰**	신 앙 **信仰** sinang	信仰	對某種主張、主義、宗教的極度信服和敬慕。
しんこう **振興**	진 흥 **振興** jinheung	振興	積極努力，使學術、產業等興盛起來。
しんこう **進行**	진 행 **進行** jinhaeng	進行	向前行走；事情依照次序向前推動、辦理。
しんごう **信号**	신 호 **信號** sinho	信號	代替語言來傳達訊息、命令、報告的符號。如旗號、燈號等。用來傳遞消息或命令的光、電波、聲音、動作等的統稱。

日文漢字	韓文漢字	中文字	意思
じんこう 人口	인 구 人口 ingoo	人口	國家、家族或家庭的人數；人的嘴巴。指言語議論、言談。
じんこう 人工	인 공 人工 ingong	人工	人做的、人為的。相對於天然而言。
しん こ きゅう 深呼吸	심 호 흡 深呼吸 simhoheub	深呼吸	把空氣深深的吸入肺中，再把它呼出。
しんこん 新婚	신 혼 新婚 sinhon	新婚	指新近結婚。剛剛結婚不久。
じんざい 人材	인 재 人材 injae	人材	有才能學識的人。
しんさん 心算	심 산 心算 simsan	心算	計劃、籌劃。盤算。
しんざん 深山	심 산 深山 simsan	深山	幽深僻遠的山區。
しん し 心思	심 사 心思 simsa	心思	思慮。
しん し 真摯	진 지 眞摯 jinji	真摯	真實而誠懇。
しん し 深思	심 사 深思 simsa	深思	深刻的思考。
しん し 紳士	신 사 紳士 sinsa	紳士	是指舉止優雅、待人謙和、談吐得當的男士。
じん し 人士	인 사 人士 insa	人士	有身分、名望或地位的人。
じん じ 仁慈	인 자 仁慈 inja	仁慈	寬厚慈善。

日文漢字	韓文漢字	中文字	意思
しんじつ **真実**	진 실 **眞實** jinsil	**真實**	真確實在。跟客觀事實相符合。
しんしゅく **伸縮**	신 축 **伸縮** sinchoog	**伸縮**	伸展與收縮。
しんじゅつ **心術**	심 술 **心術** simsool	**心術**	居心、存心。
しんしゅつ き ぼつ **神出鬼没**	신 출 귀 몰 **神出鬼没** sinchoolgwimol	**神出鬼沒**	像神鬼那樣出沒無常，不可捉摸。
しんしゅん **新春**	신 춘 **新春** sinchoon	**新春**	指初春，早春。尤指春節過後的 1、20 天。
しんじょう **心情**	심 정 **心情** simjeong	**心情**	內心的感情狀態。
しんじょう **信条**	신 조 **信條** sinjo	**信條**	普遍相信的任何原則或主張，（自己）堅信的事項；在宗教社群中，是一種固定而形式化的陳述，將這個群體中共有的信仰，歸結為一組核心的準則，作為宗教信仰的基礎。
しんじょう **真情**	진 정 **眞情** jinjeong	**真情**	真實的感情；實際的情形。
しんしん **心身**	심 신 **心身** simsin	**心身**	身體和精神。
しんじん **新人**	신 인 **新人** sinin	**新人**	某方面新出現的新手、新參加的人、新人物等。
じんしん **人心**	인 심 **人心** insim	**人心**	人的意志、思想。人們的心。
しんすい **心酔**	심 취 **心醉** simchwi	**心醉**	形容極度傾倒愛慕、佩服。

日文漢字	韓文漢字	中文字	意思
しんずい 真髓	진 수 眞隨 jinsoo	真髓	真義精要。
じんずう 神通	신 통 神通 sintong	神通	神奇、高超的本領或手段。
しんせい 申請	신 청 申請 sincheong	申請	人民對政府或下級對上級的請求認可、許可等事項。
しんせい 真正	진 정 眞正 jinjeong	真正	真實的,名實相符的。
しんせい 身世	신 세 身世 sinsae	身世	指人的出身環境、背景或人生的境遇。
じんせい 人生	인 생 人生 insaeng	人生	人的一生,人活在世上。
しんせいじ 新生児	신 생 아 新生兒 sinsaenga	新生兒	從剛出生到一個月大的嬰兒。
しんせかい 新世界	신 세 계 新世界 sinsaegae	新世界	新大陸;新世界。比喻未經見的新奇或新穎的境界。
しんせき 親戚	친 척 親戚 chincheog	親戚	和自己有血親和姻親的人。
じんせき 人跡	인 적 人跡 injeok	人跡	人通過的足跡。
しんせつ 親切	친 절 親切 chinjeol	親切	和善熱誠。
しんせん 新鮮	신 선 新鮮 sinseon	新鮮	形容食物清潔鮮美而沒有變質;清新的;新奇的、沒發生過的。
しんぜん 親善	친 선 親善 chinseon	親善	親近友善。

日文漢字	韓文漢字	中文字	意思
しんぞう 心臓	심 장 心臟 simjang	心臟	中空、紅色的肌肉質器官，其大如拳，上大下小，略如圓錐，居胸腔中央，中分4室，行規則性的收縮，以保持血液的循環作用。主要功能是為血液流動提供動力，把血液運行至身體各個部分；比喻中心地帶或最重要的地方。
じんぞう 腎臟	신 장 腎臟 sinjang	腎臟	是脊椎動物體內的一種器官，屬於泌尿系統的一部分，負責過濾血液中的雜質、維持體液和電解質的平衡，最後產生尿液經由後續管道排出體外。
じんそく 迅速	신 속 迅速 sinsog	迅速	速度高，非常快。
しんたい 身体	신 체 身體 sinchae	身體	指人或動物的全身。
しんだん 診断	진 단 診斷 jindan	診斷	醫生診視病患的症狀，以判定病情。
じんたい 人体	인 체 人體 inchae	人體	泛指人的全身。
しんちゅう 心中	심 중 心中 simjoong	心中	內心、心裡。
しんちょう 身長	신 장 身長 sinjang	身長	身高。
しんちょう 慎重	신 중 愼重 sinjoong	慎重	謹慎認真不苟且。沉著冷靜而不輕率從事。
しんちんたいしゃ 新陳代謝	신 진 대 사 新陳代謝 sinjindaesa	新陳代謝	指生物體不斷用新物質代替舊物質的過程；一切事態更新除舊的過程。

日文漢字	韓文漢字	中文字	意思
じんつう 陣痛	진 통 陣痛 jintong	陣痛	有時發作有時停止，斷斷續續的疼痛。多指產婦分娩過程中，因子宮規則收縮所造成的一陣一陣的疼痛；也比喻在社會的變革中，出現的階段性劇烈爭鬥。
しんと 信徒	신 도 信徒 sindo	信徒	本指信仰某一宗教的人；也泛指信仰某種主義、學派、主張及其代表人物的人。
しんど 進度	진 도 進度 jindo	進度	指進展的程度，也指進行工作的先後快慢的計劃。
しんとう 浸透	침 투 浸透 chimtoo	浸透	液體滲透；比喻飽含（某種思想感情等）。
しんどう 振動	진 동 振動 jindong	振動	指物體的全部或一部分沿直線或曲線往返顫動，有一定的時間規律和週期。
しんにゅう 侵入	침 입 侵入 chimib	侵入	用武力強行進入境內；（外來的或有害的事物）進入內部。
しんにゅう 進入	진 입 進入 jinib	進入	由外入內。
しんにん 信任	신 임 信任 sinim	信任	相信並放心地託付事情。
しんねん 信念	신 념 信念 sinnyeom	信念	認為正確而堅信不疑的觀念。
しんねん 新年	신 년 新年 sinnyeon	新年	一年的開始，一般指元旦和元旦過後的幾天。
しんはつめい 新発明	신 발 명 新發明 sinbalmyeong	新發明	創造出新事物或新方法。
しんぱん 侵犯	침 범 侵犯 chimbeom	侵犯	非法干涉別人，損害其權益。

日文漢字	韓文漢字	中文字	意思
しんぱん 審判	심 판 審判 simpan	審判	對案件進行審理並加以判決。
しん ぴ 神秘	신 비 神秘 sinbi	神秘	難以捉摸，高深莫測。
じんぴん 人品	인 품 人品 inpoom	人品	人的品格。人的面貌、儀表。
しん ぷ 神父	신 부 神父 sinboo	神父	天主教、東正教的男性神職人員。職位在主教之下，通常負責管理一個教堂，主持宗教活動。
しん ぷ 新婦	신 부 新婦 sinboo	新婦	新娘。
じんぶつ 人物	인 물 人物 inmool	人物	人；人的儀表、氣度；有品格、才幹的傑出人才；小說或戲劇中被描寫的人。
しんぺん 身辺	신 변 身邊 sinbyeon	身邊	身體的周邊。
しん ぽ 進步	진 보 進步 jinbo	進步	（人或事物）向前發展，比原來好。
じんぼう 人望	인 망 人望 inmang	人望	指有眾人所屬望；為眾人所仰望的人。
しんぼく 親睦	친 목 親睦 chinmog	親睦	親近和愛。
しんみつ 親密	친 밀 親密 chinmil	親密	親近密切。
じんみん 人民	인 민 人民 Inmln	人民	百姓。組成國家的人。
じんめい 人名	인 명 人名 inmyeong	人名	人的姓名、名號。

日文漢字	韓文漢字	中文字	意思
じんめい 人命	인 명 人命 inmyeong	人命	人的生命。
じんもん 訊問	신 문 訊問 sinmoon	訊問	審問追究。
しん や 深夜	심 야 深夜 simya	深夜	是指半夜以後，從零時起到天亮前的一段時間。
しんゆう 親友	친 우 親友 chinoo	親友	親密的朋友。
しんよう 信用	신 용 信用 sinyong	信用	能履行約定並取得他人的信任；聽信而納用；誠實不欺的美德。
しんらい 信頼	신 뢰 信賴 silwae	信賴	信任依賴。
しんらつ 辛辣	신 랄 辛辣 silal	辛辣	文辭、言語尖銳，刺激性強。
しん り 心理	심 리 心理 simni	心理	心理學上指人的頭腦對客觀事物的反映，包括感覺、知覺、記憶、思維和情緒等。
じんりき 人力	인 력 人力 ilyeog	人力	人為的力量。
しんりゃく 侵略	침 략 侵略 chimnyag	侵略	一國侵犯破壞另一國的主權、領土完整及政治獨立，或任何不符合聯合國憲章的行為。
しんりょう 診療	진 료 診療 jilyo	診療	指診斷治療。
しんりょく 新緑	신 록 新綠 silog	新綠	剛萌發綠葉的草木。初春草木顯現的嫩綠色。
じんりょく 尽力	진 력 盡力 jilyeog	盡力	竭盡自己全部的力量，竭盡全力。

日文漢字	韓文漢字	中文字	意思
しんりん **森林**	삼 림 **森林** samnim	森林	樹木密生的寬廣地區。
じんりん **人倫**	인 륜 **人倫** ilyun	人倫	人與人之間的關係、秩序等； 人才。
じんるい **人類**	인 류 **人類** ilyu	人類	人的總稱。
しんろう **新郎**	신 랑 **新郎** silang	新郎	稱剛結婚或正要舉行結婚典禮 的男子。
しん わ **神話**	신 화 **神話** sinhwa	神話	人民集體口頭創作。關於天地初 創、神靈奇蹟，以及說明風俗習 慣、禮儀和信仰的起源與意義的故 事。多為先民對無法理解的自然現 象和社會生活的主觀幻想的解釋 和美麗的嚮往，富有浪漫的色彩。
す **酢**	초 **酢** cho	酢	調味用的酸味液體。
ず あん **図案**	도 안 **圖案** doan	圖案	原指為了製造器物，而事先設 計的施工圖樣。又指為了裝飾 而描繪的圖樣。
すい い **推移**	추 이 **推移** chooi	推移	移動、變化或發展。
すいかん **酔漢**	취 한 **醉漢** chwihan	醉漢	喝醉了酒的男子。
すいきゃく **酔客**	취 객 **醉客** chwigaeg	醉客	喝醉酒的人。
すいさい **水災**	수 재 **水災** sooJae	水災	因久雨、河水氾濫、融雪或山 洪暴發等因素而造成的災害。
すいさい が **水彩画**	수 채 화 **水彩畫** soochaehwa	水彩畫	用水彩顏料繪製的畫。

日文漢字	韓文漢字	中文字	意思
すいさん 水産	수 산 水産 soosan	水產	海洋、江河、湖泊裡出產的動物或藻類等的統稱，一般指有經濟價值的，如各種魚、蝦、蟹、貝類、海帶、石花菜等。
ずい じ 隨時	수 시 隨時 soosi	隨時	指任何時候。不拘何時。不論何時。
すいじゃく 衰弱	쇠 약 衰弱 swaeyag	衰弱	指身體的機能、精力衰退減弱。
すいじゅん 水準	수 준 水準 soojoon	水準	指地球各部分的水平面。古代測定水平面的器具；標準、程度。
すいじょう き 水蒸気	수 증 기 水蒸氣 soojeunggi	水蒸氣	氣態水，水加溫至 100°C 氣化升騰而成。
すいしん 推進	추 진 推進 choojin	推進	推動事業、工作使之向目的前進。
すいせい 彗星	혜 성 彗星 haeseong	彗星	俗稱掃把星，是由冰構成的太陽系小天體。當其朝向太陽接近時，會被加熱並且開始釋氣，展示出可見的大氣層，也就是彗髮，有時也會有彗尾。這些現象是由太陽輻射和太陽風共同對彗核作用造成的。
すいせん 水仙	수 선 水仙 sooseon	水仙	植物名。石蒜科水仙屬，多年生草本。底部的鱗莖略呈卵狀，外皮黑色，下端有白色鬚根。葉叢生，呈狹長線狀，質厚，帶白綠色。冬末春初時開花，花白黃色，有香味。通常生長於暖地的河邊，或栽培於庭園以及作為盆栽。
すいせん 推薦	추 천 推薦 choocheon	推薦	介紹好的人或事物希望被任用或接受。
すいそく 推測	추 측 推測 choocheug	推測	推究揣測。指根據已經知道的事物來想象不知道的事情。

日文漢字	韓文漢字	中文字	意思
すいぞくかん **水族館**	수 족 관 **水族館** soojokggwan	水族館	收集、飼養和展覽水生動物的設施、機構。
すいたい **衰退**	쇠 퇴 **衰退** swaetwae	衰退	（身體、精神、意志、能力、氣勢等）衰弱退步。
すいちょく **垂直**	수 직 **垂直** soojig	垂直	兩條直線相交成直角，一條直線和一個平面或兩個平面相交成直角時，均稱為互相垂直；向下伸直。
すいてい **推定**	추 정 **推定** choojeong	推定	推測假定。
すいとう **出納**	출 납 **出納** choolab	出納	一種帳實兼管的工作。出納主要負責企業票據、貨幣資金，以及有價證券等的收付、保管、核算工作。
ずいひつ **隨筆**	수 필 **隨筆** soopil	隨筆	隨意隨事自由抒發紀錄的散文體裁。小品文。
すいぼう **衰亡**	쇠 망 **衰亡** swaemang	衰亡	由衰落直到滅亡。
すいみつとう **水蜜桃**	수 밀 도 **水蜜桃** soomildo	水蜜桃	桃的一個品種。果實形狀尖圓，肉厚核小，汁多味甜。
すいみん **睡眠**	수 면 **睡眠** soomyeon	睡眠	眼睛閉上、身心鬆弛的一種休息狀態。
すいり **推理**	추 리 **推理** choori	推理	一種邏輯的思考方式。由已知或假定的前提來推求結論，或由已知的答案結果，反求其理由根據。凡由因以求果、由果以溯因、由現象以歸其原理、以原理說明現象等，演繹、歸納、類比的思考活動，皆稱為「推理」。

す

日文漢字	韓文漢字	中文字	意思
すいりょく **水力**	수 력 **水力** sooryeog	**水力**	江、河、湖、海的水流所產生的動力，可轉化為機械能、電能等。
すいれん **睡蓮**	수 련 **睡蓮** sooryeon	**睡蓮**	初秋開花，重瓣，晝開夜垂似睡，故名。
すうがく **数学**	수 학 **數學** soohag	**數學**	是研究數量、結構、變化、空間以及信息等概念的一門學科，從某種角度看屬於形式科學的一種。
すうじ **数字**	숫 자 **數字** sootjja	**數字**	表示數目的文字或符號。
すうせい **趨勢**	추 세 **趨勢** choosae	**趨勢**	時勢的傾向。事物或局勢發展的動向。
すうはい **崇拝**	숭 배 **崇拜** soongbae	**崇拜**	打從心底，敬仰佩服。
すうりょう **数量**	수 량 **數量** sooryang	**數量**	事物的多少。個數和分量。
ずが **図画**	도 화 **圖畫** dohwa	**圖畫**	畫圖。用線條或色彩構成的形象。
ずかい **図解**	도 해 **圖解** dohae	**圖解**	利用圖形來分析或演算。
ずかん **図鑑**	도 감 **圖鑑** dogam	**圖鑑**	以全面、系統、準確地用圖文形式記述上年度事物運動、發展狀況為主要內容的資料性工具書。
すずしろ **清白**	청 백 **清白** cheongbaeg	**清白**	指品行端正無污點及廉潔自律等。
ずつう **頭痛**	두 통 **頭痛** dootong	**頭痛**	頭腦內部組織受刺激或傷害而引起的頭部疼痛。

Track
33

日文漢字	韓文漢字	中文字	意思
ず ひょう 図表	도 표 圖表 dopyo	圖表	表示各種情況和注明各種數字的圖和表的總稱。
せい 姓	성 姓 seong	姓	表示個人所屬家族及區別家族系統的符號。
せい 性	성 性 seong	性	人或動物自然具有的本質、本能；性質，思想、感情等方面的表現；男女或雌雄的特質；有關生物生殖的；表示名詞（以及代詞、形容詞）的類別的語法範疇。
せい い 誠意	성 의 誠意 seongi	誠意	一般指誠懇的心意；使其意念發於精誠，不欺人，也不自欺，一般用於人與人之間相處態度誠懇，真心實意。
せいいん 成員	성 원 成員 seongwon	成員	集體或家庭的組成者、參加者。
せいうん 星雲	성 운 星雲 seongwoon	星雲	在我們銀河系或其他星系的星際空間中由非常稀薄的氣體或塵埃構成的許多巨大天體之一。
せいえん 声援	성 원 聲援 seongwon	聲援	因支持而響應、援助。
せい か 成果	성 과 成果 seongggwa	成果	指工作或事業方面的成就。指學習、工作、勞動上的成效和成績。
せい か 聖火	성 화 聖火 seonghwa	聖火	奧林匹克運動會開幕時點燃的火炬。古希臘在奧林匹亞舉行競賽前的祭典中，引太陽光點燃火炬，輾轉相傳，表示繼往開來。象徵著和平、光明、團結與友誼等意義。
せいかく 正確	정 확 正確 jeonghwag	正確	準確、無誤。

せ

日文漢字	韓文漢字	中文字	意思
せいかく **性格**	성 격 **性格** seongggyeog	**性格**	在態度和行為方面表現出來的心理特徵。
せいがく **声楽**	성 악 **聲樂** seongag	**聲樂**	以人聲歌唱為主的音樂。其演唱方式分為獨唱、重唱、齊唱和合唱4種，作品以清唱劇、歌劇、藝術歌曲等為主。
せいかつ **生活**	생 활 **生活** saenghwal	**生活**	人和動物在生存和發展過程中進行各種活動；謀生。
ぜいかん **税関**	세 관 **稅關** saegwan	**稅關**	徵收貨物及商船噸稅的機關。設在水陸交通、貿易頻繁之處。可分為國境稅關與國內稅兩種，前者如海關，後者如舊時的常關、釐卡。
せい き **世紀**	세 기 **世紀** saegi	**世紀**	一個世紀代表一百年，通常是指連續的一百年；時代。
せい き **生気**	생 기 **生氣** saenggi	**生氣**	生動活潑的氣象。
せい ぎ **正義**	정 의 **正義** jeongi	**正義**	合於人心正道的義理；正確的或本來的意義。
せいきゅう **請求**	청 구 **請求** cheonggoo	**請求**	懇切要求。指提出要求，希望得到滿足。
せいきょ **逝去**	서 거 **逝去** seogeo	**逝去**	死去；逝世。
せいきょう **盛況**	성 황 **盛況** seonghwang	**盛況**	盛大而熱烈的場面。
せいきょく **政局**	정 국 **政局** jeonggoog	**政局**	政治局勢。
ぜいきん **税金**	세 금 **稅金** saegeum	**稅金**	依稅法繳納的金額稱為「稅金」。

せ

日文漢字	韓文漢字	中文字	意思
せいけい 生計	생계 生計 saenggae	生計	生活上的種種開支用度等事物。泛指生活。
せいけつ 清潔	청결 清潔 cheonggyeol	清潔	潔淨無塵。潔淨沒有汙染；清廉。廉潔。純正。
せいけん 政権	정권 政權 jeongggwon	政權	執政的權力。
せいご 成語	성어 成語 seongeo	成語	語言中簡短有力的固定詞組。可作為句子的成分，形式不一，以四言為主。一般而言都有出處來源與引申的比喻義，而非單純使用字面上的意思。
せいこう 成功	성공 成功 seonggong	成功	它指達到或實現某種價值尺度的事情或事件，從而獲得預期結果叫做成功。
せいこう 盛行	성행 盛行 seonghaeng	盛行	廣泛流行。
せいこう 精巧	정교 精巧 jeonggyo	精巧	精細巧妙。細微之處都做得十分精緻巧妙。
せいさく 政策	정책 政策 jeongchaeg	政策	指政府、機構、組織或個人為實現目標而訂立的計劃。
せいさく 製作	제작 製作 jaejag	製作	將原料或粗製品做成器物或精製品。或策劃執行（produce）電影、戲劇、舞蹈、廣播或電視節目等影像作品。
せいさん 凄惨	처참 悽慘 cheocham	悽慘	凄涼悲慘的情景。
せいし 生死	생사 生死 saengsa	生死	生存和死亡。
せいし 制止	제지 制止 jaeji	制止	用強力迫使行動停止或情況不再發生。

日文漢字	韓文漢字	中文字	意思
せい し **姓氏**	성 씨 **姓氏** seongssi	**姓氏**	表明個人家族系統的符號。姓本起於女系，氏起於男系，今姓氏合稱，則指男系而言。
せい じ **青磁**	청 자 **青瓷** cheongja	**青瓷**	不繪畫只塗上淡青色釉的瓷器。
せい じ **政治**	정 치 **政治** jeongchi	**政治**	泛指政府制定法令，管理國家事務的一切行為。
せいしき **正式**	정 식 **正式** jeongsig	**正式**	正當的方式。
せいしつ **性質**	성 질 **性質** seongjil	**性質**	事物本身具有的特性或本質；稟性；氣質。
せいじつ **誠実**	성 실 **誠實** seongsil	**誠實**	真實表達主體所擁有信息的行為（指好的一方面），也就是行為忠於良善的心。
ぜいじゃく **脆弱**	취 약 **脆弱** chwiyag	**脆弱**	東西易碎易折經受不起挫折。不堅固的。
せいじゅく **成熟**	성 숙 **成熟** seongsoog	**成熟**	植物成長的顛峰時期，一般指開花、結果的階段；指人類生理、心理上的完全發育狀態；事物或行為發展到完善的程度。
せいしゅん **青春**	청 춘 **青春** cheongchoon	**青春**	指青年時期。
せいじゅん **清純**	청 순 **清純** cheongsoon	**清純**	指清正純潔、思想幹淨，多用來形容年輕女性，指人很清雅、純真、不雜、善良。
せいしょ **聖書**	성 경 **聖經** seonggyeong	**聖經**	基督教的經典。分舊約、新約兩種。
せいじょう **正常**	정 상 **正常** jeongsang	**正常**	符合一般常規的情況。

日文漢字	韓文漢字	中文字	意思
せいじょう 清浄	청 정 清淨 cheongjeong	清淨	心境潔淨，不受外擾；清潔純淨。
せいしょうねん 青少年	청 소 년 靑少年 cheongsonyeon	青少年	年齡約在 12 至 18 歲，介於兒童、成人間的青春期階段。
せいしょく 生殖	생 식 生殖 saengsig	生殖	生物產生幼小的個體以繁殖後代。
せいしん 生辰	생 진 生辰 saengjin	生辰	生日，誕生之日。
せいしん 誠心	성 심 誠心 seongsim	誠心	真誠懇切的心意。
せいしん 精神	정 신 精神 jeongsin	精神	心神、神志、氣力、精力；思想或主義；心理學上指意識、思維或一般的心理狀態。相對於物質或肉體而言。
せいじん 成人	성 인 成人 seongin	成人	是指成年的人，即是已經完全發育成熟的人，與兒童相對。
せいじん 聖人	성 인 聖人 seongin	聖人	稱智慧卓越、品德高超、人格完美的人。
せいすい 盛衰	성 쇠 盛衰 seongswe	盛衰	興盛與衰敗。
せいせき 成績	성 적 成績 seongjeog	成績	工作或學習所取得的成就收穫。
せいぜん 生前	생 전 生前 saengjeon	生前	死者還活著的時候。
せいそ 清楚	청 초 淸楚 cheongcho	清楚	清秀齊整。清潔整齊。

せ

日文漢字	韓文漢字	中文字	意思
せいそう **清掃**	청 소 **清掃** cheongso	**清掃**	清理打掃。
せいぞう **製造**	제 조 **製造** jaejo	**製造**	把原材料加工成適用的產品製作，或將原材料加工成器物。
せいぞん **生存**	생 존 **生存** saengjon	**生存**	是生活存在簡稱，生命持續。也是自然界一切存在的事物保持其存在及發展變化的總稱。
せいたい **生態**	생 태 **生態** saengtae	**生態**	現在通常是指生物的生活狀態。指生物在一定的自然環境下生存和發展的狀態，也指生物的生理特性和生活習性。
せいだい **盛大**	성 대 **盛大** seongdae	**盛大**	規模大，儀式隆重。
せいたく **請託**	청 탁 **請託** cheongtag	**請託**	以某事相託付。
せいちょう **成長**	성 장 **成長** seongjang	**成長**	指長大、長成成人，泛指事物走向成熟，擺脫稚嫩的過程；發展；增長。
せいつう **精通**	정 통 **精通** jeongtong	**精通**	深入研究而貫通。透徹理解並能熟練掌握。
せいてん **青天**	청 천 **青天** cheongcheon	**青天**	晴朗無雲的天空。
せいど **制度**	제 도 **制度** jaedo	**制度**	經制定而為大家共同遵守認同的辦事準則。
せいとう **正統**	정 통 **正統** jeongtong	**正統**	君主時代，嫡系先後相承的系統；學術、政治、宗教等從創建以來一脈相傳的嫡派。
せいとう **正当**	정 당 **正當** jeongdang	**正當**	合乎道理的、正確的。

日文漢字	韓文漢字	中文字	意思
せいとう 政党	정 당 政黨 jeongdang	政黨	由政治理想相同的人結合而成，在一定的紀律下，謀求政治權力，以合法控制政府人事及政策，進而實現其共同政見的組織。
せいどう 生動	생 동 生動 saengdong	生動	靈活而不呆板、有變化。具有活力能使人感動的。
せいどう 青銅	청 동 靑銅 cheongdong	青銅	是純銅（紫銅）加入鋅與鎳以外的金屬所產生的合金，如加入錫、鉛或鋁的銅合金，古時青銅器埋在土裡後顏色因氧化而青灰，故命名為青銅。
せいどう 聖堂	성 당 聖堂 seongdang	聖堂	通常為傳道區、牧區所在。
せいとん 整頓	정 돈 整頓 jeongdon	整頓	整把散亂或不健全的事物治理得有條不紊。
せいなん 西南	서 남 西南 seonam	西南	方位名。介於西方、南方之間。
せいねん 成年	성 년 成年 seongnyeon	成年	發育到成熟的年齡，承認其有完全能力。日本與我國法律以年滿 20 歲為成年，韓國則以 19 歲為成年。
せいねん 青年	청 년 靑年 cheongnyeon	青年	年紀在中年以下，少年以上的人。
せいばい 成敗	성 패 成敗 seongpae	成敗	成功與失敗（指行動的結果）。
せい び 生日	생 일 生日 saengll	生日	誕生之日。
せいびょう 性病	성 병 性病 seongbbyeong	性病	一種透過直接性接觸而傳染的疾病。

せ

日文漢字	韓文漢字	中文字	意思
せいひん 清貧	청 빈 清貧 cheongbin	清貧	生活清寒貧苦。
せいひん 製品	제 품 製品 jaepoom	製品	用某一種或某一類材料制成的物品。
せい ふ 政府	정 부 政府 jeongboo	政府	國家統治機關的總稱,近代國家構成要素之一。凡具制定、執行法律之權力的政治組織。
せい ぶ 西部	서 부 西部 seoboo	西部	位在某一地區的西方部分。
せいふく 制服	제 복 制服 jaebog	制服	機關團體如學校、公司所規定式樣統一的服裝。
せいふく 征服	정 복 征服 jeongbog	征服	戰勝;克服。
せいぶつ 生物	생 물 生物 saengmool	生物	泛指自然界中一切有生命的物體。能攝取營養生長、活動並進行繁殖。
せいぶん 成分	성 분 成分 seongboon	成分	指構成事物的各種不同的物質或因素;任一事物的組成部分。
せいべつ 性別	성 별 性別 seongbyeol	性別	生理學上指男性、女性、雌性、雄性或其他可能的性別。
せい ぼ 生母	생 모 生母 saengmo	生母	生育自己的母親。相對於養母、繼母而言。
ぜいほう 稅法	세 법 稅法 saebbeob	稅法	規定稅目、納稅義務人、課徵範圍、稅率計算及有關罰則等的法律。
せいほく 西北	서 북 西北 seoboog	西北	方位名。介於西方、北方之間。
せいみつ 精密	정 밀 精密 jeongmil	精密	精緻細密。精確周密。

日文漢字	韓文漢字	中文字	意思
せいみょう 精妙	정 묘 精妙 jeongmyo	精妙	精致巧妙。
ぜいむ 税務	세 무 稅務 saemoo	稅務	與稅捐有關的各種事務。
せいめい 生命	생 명 生命 saengmyeong	生命	生物生存的壽命。
せいめい 姓名	성 명 姓名 seongmyeong	姓名	人的姓氏和名字。
せいめい 声明	성 명 聲明 seongmyeong	聲明	指公開表態或說明。
せいやく 製薬	제 약 製藥 jaeyag	製藥	製造藥品。
せいよう 西洋	서 양 西洋 seoyang	西洋	泛指西方國家，主要指歐美國家。
せいよく 性欲	성 욕 性欲 seongyog	性欲	對性行為的欲望和要求。
せいりょう 清涼	청 량 清涼 cheonglyang	清涼	形容清涼舒爽的感覺。
せいりょく 勢力	세 력 勢力 saeryeog	勢力	權力、威勢，多指軍事、政治、經濟等方面的力量。
せいりょく 精力	정 력 精力 jeongnyeog	精力	精神氣力。專心竭力。
せいれん 清廉	청 렴 清廉 cheonglyeom	清廉	清正廉潔、不貪汙。

せ

日文漢字	韓文漢字	中文字	意思
せかい 世界	세계 世界 saegae	世界	狹義來講，通常指人類現今所生活居住的地球、全球，而更偏重於空間；廣義來講，可等於宇宙，即包含了地球之外的空間；指社會狀況；指人們活動的某一領域或範圍。
せきざい 石材	석재 石材 seokjjae	石材	供建築或製造各種器具用的石質材料。
せきつい 脊椎	척추 脊椎 cheokchoo	脊椎	脊椎動物體內構成脊柱的椎骨。
せきどう 赤道	적도 赤道 jeokddo	赤道	沿地球表面與地軸垂直的一條假想大圓圈。緯度為零，並將地球劃分為南北半球。
せきにん 責任	책임 責任 chaegim	責任	本分上所應做的事；於道德或法律上，因某種行為的結果，而任人評論或處分。
せきゆ 石油	석유 石油 seogyu	石油	油井中汲出的碳氫化合物的混合物。為黑色黏滯性大的液體。是有機物質在古地質年代沉積而成。
せきらら 赤裸裸	적나라 赤裸裸 jeongnara	赤裸裸	光著身子，一絲不掛；比喻毫無掩飾。
せしゅ 施主	시주 施主 sijoo	施主	供養財物、飲食給出家人或寺院的俗家信徒。
せしゅう 世襲	세습 世襲 saeseub	世襲	指爵位、領地等可以世代傳給子孫，稱為「世襲」。
せじょう 世上	세상 世上 saesang	世上	世界上、社會上。
せじょう 世情	세정 世情 saejeong	世情	世態人情。
ぜぜひひ 是是非非	시시비비 是是非非 sisibibi	是是非非	確定對的，否定錯的。指能明辨是非對錯。

Track
350

日文漢字	韓文漢字	中文字	意思
せぞく 世俗	세 속 世俗 saesog	世俗	指當時社會的風俗習慣；塵世。世間；指俗人。
せ たい 世態	세 태 世態 saetae	世態	世俗的情態。
せっ き 石器	석 기 石器 seokggi	石器	石器時代以石頭為原料製成的工具，是人類最早使用的生產工具。
せっ き 節気	절 기 節氣 jeolgi	節氣	根據太陽位置，在一年中定出24個點，每一點叫一個節氣。通常也指每一點所在的那一天。
せっきょく 積極	적 극 積極 jeokggeug	積極	意願強烈、主動力行。正面的、肯定的。
せっきん 接近	접 근 接近 jeopggeun	接近	離得近。靠近，相距不遠；與人親近。
せっけい 設計	설 계 設計 seolgae	設計	即「設想和計劃，設想是目的，計劃是過程安排」，通常指有目標和計劃的創作行為及活動。
せっけん 接見	접 견 接見 jeopggyeon	接見	召見、會見。在正式場合會見級別較低的來訪者。
せっこう 石膏	석 고 石膏 seokggo	石膏	無機化合物，無色或白色，硬度小，加熱後脫去部分水分成熟石膏。常用於建築、雕塑、藥材等。
ぜっこう 絶交	절 교 絶交 jeolgyo	絶交	斷絕友誼或外交關係。
せっ し 摂氏	섭 씨 攝氏 seopssi	攝氏	寒暑表的簡稱。用來表示溫度的高低。符號為°C。
せっしゅ 摂取	섭 취 攝取 seopchwi	攝取	指吸收，吸取。
せっしゅ 窃取	절 취 竊取 jeolchwi	竊取	指偷取（金錢等）。

日文漢字	韓文漢字	中文字	意思
せっしょう 殺生	살 생 殺生 salssaeng	殺生	佛家用以指殺害生靈。
せっしょく 接触	접 촉 接觸 jeopchog	接觸	碰著、挨上；指人們間的接近交往。
せっせい 節制	절 제 節制 jeoljje	節制	限制使合宜不過度。
ぜっせい 絶世	절 세 絶世 jeolsse	絕世	冠絕當時，舉世無雙。
ぜっせん 舌戦	설 전 舌戰 seoljeon	舌戰	比喻激烈的辯論。
せったい 接待	접 대 接待 jeopddae	接待	迎接招待；佛教語。謂寺剎對掛單僧人免費供給食宿。
せっち 設置	설 치 設置 seolchi	設置	設立；安裝。
せっちゅう 折衷	절 충 折衷 jeolchoong	折衷	採納雙方意見，取其共同可行之點。調和太過與不及，使之得當合理。
せっとう 窃盗	절 도 竊盜 jeolddo	竊盜	偷竊盜取他人財物；竊賊。
せつな 刹那	찰 나 刹那 challa	刹那	表示極短的時間。
せつび 設備	설 비 設備 seolbi	設備	進行某項工作或提供某種需要所必需的成套器物或建築。
ぜつぼう 絶望	절 망 絶望 jeolmang	絕望	斷絕希望。
ぜつみょう 絶妙	절 묘 絶妙 jeolmyo	絕妙	極其美妙。

せ

日文漢字	韓文漢字	中文字	意思
せつめい 説明	설 명 說明 seolmyeong	說明	解釋清楚，講明白某事物的內容、理由、意義等。
せつやく 節約	절 약 節約 jeoryag	節約	節制約束。節省，儉約。
せつりつ 設立	설 립 設立 seolib	設立	成立（組織、機構等）。
ぜ ひ 是非	시 비 是非 sibi	是非	正確與錯誤。
せん 線	선 線 seon	線	像線一般細長的東西；邊緣、邊界；交通路徑；祕密尋求關於人、事、物的門路。
ぜん 善	선 善 seon	善	善行。善舉。善事。
ぜんあく 善悪	선 악 善惡 seonag	善惡	指善與惡；好壞；褒貶。
せん い 繊維	섬 유 纖維 seomyu	纖維	天然或人造的細絲，韌性強。如植物纖維的棉、麻，動物纖維的蠶絲、羊毛，人造纖維的尼龍等。
ぜん い 善意	선 의 善意 seoni	善意	善良的心意；好意。
せんいん 船員	선 원 船員 seonwon	船員	是指包括船長在內的船上一切任職人員。
ぜんいん 全員	전 원 全員 jeonwon	全員	全體人員。
せんえい 尖鋭	첨 예 尖銳 cheomyae	尖銳	指尖而鋒利；言論激烈。
ぜん か 前科	전 과 前科 jeonggwa	前科	指人曾經因犯罪而被判服刑的事實記錄。

179

日文漢字	韓文漢字	中文字	意思
ぜんがく 全額	전 액 全額 jeonaeg	全額	全部規定的數目。全部的數額。
せんかん 戰艦	전 함 戰艦 jeonham	戰艦	具作戰能力的船艦。
せんきょ 占拠	점 거 占據 jeomgeo	佔據	用強力取得並保持（地域、場所等）。
せんきょ 選挙	선 거 選擧 seongeo	選舉	政治組織或社會團體中，依規定由全部或部分成員，以投票等方式，選擇一個或少數人，擔任某種職務的程序。
せんぎょ 鮮魚	선 어 鮮魚 seoneo	鮮魚	活魚；新鮮的魚。
せんぎょう 專業	전 업 專業 jeoneob	專業	專門從事某種職業。
せんきん 千金	천 금 千金 cheongeum	千金	一千斤黃金；指很多的錢財。
せん く しゃ 先駆者	선 구 자 先驅者 seongooja	先驅者	首先嘗試新事物或在前領導的人。
せんこう 閃光	섬 광 閃光 seomgwang	閃光	忽然一現或搖動不定的亮光。
ぜんこう 全校	전 교 全校 jeongyo	全校	包括教職員工及學生在內的學校全體成員。
ぜんこく 宣告	선 고 宣告 seongo	宣告	宣佈，告知。
ぜんこく 全国	전 국 全國 jeongoog	全國	整個國家。全國各地。

日文漢字	韓文漢字	中文字	意思
せんさい 繊細	섬 세 纖細 seomsae	纖細	細長柔美；細微。細小。細膩。
せんざい 潜在	잠 재 潛在 jamjae	潛在	潛藏於內在而未顯現出來的。
ぜんさい 前妻	전 처 前妻 jeoncheo	前妻	再婚男子死去的或離了婚的妻子（區別於現在的妻子）。
ぜんさい 前菜	전 채 前菜 jeonchae	前菜	是正餐中的第一道食物，在主菜之前上，起到開胃和打發時間的作用。
せん さ ばんべつ 千差万別	천 차 만 별 千差萬別 cheonchamanbyeol	千差萬別	形容事物各不相同。有許多差別。
せんしゃ 洗車	세 차 洗車 saecha	洗車	洗刷車輛；特指洗刷汽車。
せんしゃ 戦車	전 차 戰車 jeoncha	戰車	作戰用的車輛；坦克車或裝甲車。具有全裝甲結構、全履帶、炮塔、自動武器、通信及觀測等裝置，其越野機動與裝甲防護的能力優越，為地面部隊中具有決定性的戰鬥裝備。
ぜんしゃ 前者	전 자 前者 jeonja	前者	指所述兩種情況的前一種；所述兩物的前一物；所述的兩人、兩團體的前一人或前一團體。
せんしゅ 選手	선 수 選手 seonsoo	選手	由多人挑選出來的能手。多指參加體育、辯論等比賽的人。
ぜんしゅう 全集	전 집 全集 jeonjib	全集	把一個作者或幾個相關作者的全部著作編在一起的書（多用於書名）。
せんじょ 仙女	선 녀 仙女 seonnyeo	仙女	形容品德高尚，智慧非凡，纖塵不染，高雅脫俗，具非凡能力、長生不死的女子和較高地位的神。
せんじょう 煽情	선 정 煽情 seonjeong	煽情	以文字、言語、動作等煽動人內心的情緒。

Track
360

せ

日文漢字	韓文漢字	中文字	意思
せんしん 先進	선 진 先進 seonjin	先進	先輩、前輩。
ぜんしん 全心	전 심 全心 jeonsim	全心	集中或用盡所有的心力。
ぜんしん 全身	전 신 全身 jeonsin	全身	整個身體。
ぜんしん 前進	전 진 前進 jeonjin	前進	向前行進。
ぜんしん 善心	선 심 善心 seonsim	善心	形容好心。善良的心意。是一種好的心態，好的思想。
せんすい 潛水	잠 수 潛水 jamsoo	潛水	潛入水面以下。
せんせい 先生	선 생 先生 seonsaeng	先生	老師。
せんせい 宣誓	선 서 宣誓 seonseo	宣誓	參加某一組織或擔任某一職務時，在一定的儀式下當眾說出表示忠誠和決心的話。
せんせい 專制	전 제 專制 jeonjae	專制	憑一己之意，獨斷行事，操縱一切。
ぜんせい 全盛	전 성 全盛 jeonseong	全盛	最為興盛或強盛。
せんせん 戰線	전 선 戰線 jeonseon	戰線	兩軍交戰的接觸地帶；比喻政治團體或群眾的聯合。
ぜんせん 前線	전 선 前線 jeonseon	前線	軍隊所在的地方，與敵人接近之地帶。
せんせんきょうきょう 戰戰兢兢	전 전 긍 긍 戰戰兢兢 jeonjeon geunggeung	戰戰兢兢	因畏懼而顫抖。形容戒懼謹慎的樣子。

日文漢字	韓文漢字	中文字	意思
せんそう 戦争	전 쟁 戰爭 jeonjaeng	戰爭	兩個以上的敵對雙方，為屈服對方意志，實現自己主張，運用有形無形的威力以決勝負的鬥爭。
せんぞく 専属	전 속 專屬 jeonsok	專屬	專門歸屬。
ぜんそく 喘息	천 식 喘息 cheonsig	喘息	呼吸困難或呼吸急促的樣子。
ぜんたい 全体	전 체 全體 jeonchae	全體	全部、整體；指整個身體。
せんたく 洗濯	세 탁 洗濯 saetag	洗濯	清洗。
せんたく 選択	선 택 選擇 seontaeg	選擇	挑選、擇取。從一群或一組中挑選。是人在經過思量後所採取的自願性行動。
せんたん 尖端	첨 단 尖端 cheomdan	尖端	物體尖銳的末端；頂點；科學技術上指發展水準最高的。
ぜんちょう 前兆	전 조 前兆 jeonjo	前兆	是事情發生前的徵兆，可方便我們確認事實。
ぜんてい 前提	전 제 前提 jeonjae	前提	事物產生或發展的先決條件、必要條件；指邏輯推理中所根據的已知判斷，即推理的根據。
せんでん 宣伝	선 전 宣傳 seonjeon	宣傳	公開傳播宣揚，使眾人知曉。
ぜんと 前途	전 도 前途 jeondo	前途	前面的道路；比喻未來的景況。
せんとう 戦闘	전 투 戰鬪 jeontoo	戰鬥	敵對雙方兵團、部隊、分隊（單機、單艦）進行有組織的武裝衝突。奪取戰爭勝利的主要手段。
せんどう 先導	선 도 先導 seondo	先導	在前引路。

せ

日文漢字	韓文漢字	中文字	意思
せんどう 煽動	선 동 煽動 seondong	煽動	鼓動、從旁慫恿。
せんにゅう 潜入	잠 입 潛入 jamib	潛入	暗中進入。暗中侵入。
せんにん 専任	전 임 專任 jeonim	專任	專門負責擔任某事；專職。相對於兼任而言。
せんねん 千年	천 년 千年 cheonnyeon	千年	比喻很長久的時間。
せんのう 洗脳	세 뇌 洗腦 saenwe	洗腦	透過系統性方法，對人密集性的灌輸觀念，以改變其原有的思想和態度的一連串的手法與過程。
せんぱく 浅薄	천 박 淺薄 cheonbak	淺薄	膚淺。多指人的學識、修養等。
せんばつ 選抜	선 발 選拔 seonbal	選拔	挑選優秀、適合的人選。
ぜんぶ 全部	전 부 全部 jeonboo	全部	整個、全體；所有的；整個部類。
せんぷ 宣布	선 포 宣布 seonpo	宣布	公開告示，使眾人知道。
せんぷう 旋風	선 풍 旋風 seonpoong	旋風	螺旋狀的風。某處氣壓驟低時，四面空氣，向該處急吹而形成；喻來勢猛的某種運動或活動。
せんぷく 潜伏	잠 복 潛伏 jambog	潛伏	隱匿埋伏而不被人發覺；隱晦，不直露。
せんぺんいちりつ 千篇一律	천 편 일 률 千篇一律 cheonpyeonilyul	千篇一律	文章的形式或內容毫無變化。
ぜんぼう 全貌	전 모 全貌 jeonmo	全貌	是指事物的全部情況，全部面貌。

日文漢字	韓文漢字	中文字	意思
ぜんぽう 前方	전 방 前方 jeonbang	前方	正面所對著的方向。前面（跟「後方」相對）。
せんまん 千万	천 만 千萬 cheonman	千萬	數目的名稱。在百萬之上，億之下；形容數目極多。
せんみん 賤民	천 민 賤民 cheonmin	賤民	古代指沒有社會地位的低下層人民。
せんめい 鮮明	선 명 鮮明 seonmyeong	鮮明	色彩鮮豔耀眼。
せんめい 闡明	천 명 闡明 cheonmyeong	闡明	詳細說明。
ぜんめん 全面	전 면 全面 jeonmyeon	全面	涵蓋全體的各個層面。
せんもん 專門	전 문 專門 jeonmoon	專門	專精某一門技藝或學術。
ぜんや 前夜	전 야 前夜 jeonya	前夜	昨天或昨天的前一天的晚上；亦指前些日子的一天晚上。比喻重大事件即將發生的時刻。
せんよう 宣揚	선 양 宣揚 seonyang	宣揚	廣泛宣傳，使大家知道。 .
せんよう 專用	전 용 專用 jeonyong	專用	專供某種需要、目的使用；專供某個人使用。
せんり 千里	천 리 千里 cheoli	千里	形容路途的遙遠。
せんりつ 旋律	선 율 旋律 seonyul	旋律	指音樂上有規律、節奏的組合。是音樂的內容、風格、體裁和民族特徵等的主要表現手段。
せんりつ 戰慄	전 율 戰慄 jeonyul	戰慄	因恐懼而顫抖。

日文漢字	韓文漢字	中文字	意思
せんりゃく 戰略	전 략 戰略 jeolyag	戰略	指導戰爭全局的計劃和策略。
せんりょう 占領	점 령 占領 jeomnyeong	占領	侵略占有。占有對方所統轄的土地。
せんりょう 染料	염 료 染料 yeomnyo	染料	供染色用的物質。有用化學方法所製成的人工染料，或直接染色於纖維或織品的染料。
ぜんりょく 全力	전 력 全力 jeolyeog	全力	是指盡所有的能力去做事情。
せんれい 先例	선 례 先例 seolae	先例	最先出現的或已有的事例。
せんれい 洗礼	세 례 洗禮 saerae	洗禮	基督教及天主教的入教禮。原意為藉著受祝福後的聖水，洗去人的原罪；喻鬥爭中的磨練和考驗。
ぜんれい 前例	전 례 前例 jeolae	前例	可以供後人參考或援用的事例。
せんれつ 先烈	선 열 先烈 seonyeol	先烈	尊稱已故有功烈的人。
せんれん 洗練	세 련 洗練 saeryeon	洗練	形容語言、文字、技藝等，運用得非常簡練俐落；清洗磨練，指修身養性。
そうあん 草案	초 안 草案 choan	草案	指未正式確定的或只是公佈試行的法令、規章、條例等。
そう い 創意	창 의 創意 changi	創意	獨創的見解。表現出新意與巧思。
ぞう お 憎悪	증 오 憎惡 jeungo	憎惡	憎恨惡人、壞事。
そうか 插花	삽 화 插花 sapwa	插花	一種將花材作適當的安排，使之美觀，藉以陶冶心性的藝術。插花於冠帽以為飾。

日文漢字	韓文漢字	中文字	意思
そうが 挿画	삽화 挿畫 sapwa	插畫	插畫是將文字內容、故事或思想以視覺化的方式呈現。插附在書刊中的圖片（包括影印的文字資料）。用以補充說明文字的內容或增加文字的感染力。
ぞうか 造化	조화 造化 johwa	造化	古代指創造、化育萬物的主宰；也指自然界。
ぞうか 増加	증가 增加 jeungga	增加	是在原來的基礎上添加。
そうかい 滄海	창해 滄海 changhae	滄海	青色的海，泛指大海。
そうかつ 総括	총괄 總括 chonggwal	總括	概括、歸結、綜合。
そうかん 相関	상관 相關 sanggwan	相關	彼此有關係。
そうかん 創刊	창간 創刊 changgan	創刊	書報雜誌的創辦刊行。
そうかん 壮観	장관 壯觀 janggwan	壯觀	壯麗雄偉的景象。
そうき 早期	조기 早期 jogi	早期	某個時代或過程的最初階段。某一過程的最初階段、時間在前的。
そうぎ 争議	쟁의 爭議 jaengi	爭議	尚有爭論，未達成一致結論。
そうぎょう 創業	창업 創業 changeob	創業	開創事業。
ぞうきょう 増強	증강 增強 jeunggang	增強	增進、強化。

そ

日文漢字	韓文漢字	中文字	意思
ぞうげ 象牙	상 아 象牙 sanga	象牙	大象上頜的門牙，伸出口外，略呈圓錐形，微彎。質地堅硬、細密，白色有光澤。可制工藝品。現國際上已禁止象牙貿易。
そうけい 総計	총 계 總計 chonggae	總計	統括計算。
そうげん 草原	초 원 草原 chowon	草原	雨量較少，僅生長耐旱短草的平原。多位於熱帶及沙漠之間。泛指長滿青草的原野。
ぞうげん 増減	증 감 增減 jeunggam	增減	數量等的增添與減去。
そうこ 倉庫	창 고 倉庫 changgo	倉庫	儲藏貨物等地方。
そうご 相互	상 호 相互 sangho	相互	彼此對待的一種關係。
そうこう 草稿	초 고 草稿 chogo	草稿	未成定稿或未謄清的文稿，也指初步完成的畫作。
そうごう 綜合	종 합 綜合 jonghap	綜合	不同種類、不同性質的事物組合在一起。
そうこく 相克	상 극 相剋 sanggeug	相剋	互相剋害、犯衝。
そうさ 操作	조 작 操作 jojag	操作	照一定的步驟、程序來進行工作或使用機器。
そうさく 創作	창 작 創作 changjag	創作	出於己意而非模仿的文學或藝術作品的製作。
そうさく 搜索	수 색 搜索 soosaeg	搜索	仔細尋找（隱藏的人或東西）；檢察機關為發現被告、犯罪證據或得沒收之物品，而對於被告或第三人之身體、物件、電磁紀錄、住宅或其他處所，所實施之強制處分行為。

日文漢字	韓文漢字	中文字	意思
そうし 創始	창 시 創始 changsi	創始	開創建立。
そうし 壯士	장 사 壯士 jangsa	壯士	豪壯而勇敢的人。
そうしつ 喪失	상 실 喪失 sangsil	喪失	失去。
そうしゅ 双手	쌍 수 雙手 ssangsoo	雙手	兩隻手。兩手。
そうじゅう 操縱	조 종 操縱 jojong	操縱	掌控管理機器；控制、指揮。
ぞうしょ 藏書	장 서 藏書 jangseo	藏書	圖書館或私人等收藏的圖書。
そうしょう 総称	총 칭 總稱 chongching	總稱	總合稱呼。
そうしょく 装飾	장 식 裝飾 jangsig	裝飾	為了美化而修飾、點綴。
ぞうしん 増進	증 진 增進 jeungjin	增進	增加並促進。
そうせき 踪跡	종 적 蹤跡 jongjeog	蹤跡	足跡、行蹤。
そうせつ 創設	창 설 創設 changseol	創設	最先開創設立。
そうそう 層層	층 층 層層 cheungcheung	層層	一層又一層。
そうぞう 創造	창 조 創造 changjo	創造	想出新方法、建立新理論、做出新的成績或東西。

そ

日文漢字	韓文漢字	中文字	意思
そうぞう 想像	상 상 想像 sangsang	想像	假想。對不在眼前的事物，利用過去的記憶或類似的經驗，構想具體的形象。
そうたい 早退	조 퇴 早退 jotwae	早退	在工作、學習或集體活動中不到規定時間就提前離開。
そうたい 相対	상 대 相對 sangdae	相對	相向、面對面。
そうだつ 争奪	쟁 탈 爭奪 jaengtal	爭奪	爭相奪取，互不退讓。
そうち 装置	장 치 裝置 jangchi	裝置	安裝配置。
そうてい 壮丁	장 정 壯丁 jangjeong	壯丁	年齡已達可服兵役的男子。或泛指年輕力壯的男子；年壯的男子。
そうとう 掃蕩	소 탕 掃蕩 sotang	掃蕩	用武力或其他手段肅清敵人。
そうなん 遭難	조 난 遭難 jonan	遭難	遭到不幸和災難。
そうにゅう 挿入	삽 입 挿入 sabib	插入	從中加入。
そうはん 相反	상 반 相反 sangban	相反	事物的兩個方面互相矛盾、互相排斥。
ぞうぶつ 贓物	장 물 贓物 jangmool	贓物	用不正當的方法所獲得的財物。
そうべつ 送別	송 별 送別 songbyeol	送別	送人離別。
そうほう 双方	쌍 방 雙方 ssangbang	雙方	指在某種場合中相對的兩個人或兩個集體。

Track
38

日文漢字	韓文漢字	中文字	意思
そうめい 聡明	총 명 聰明 chongmyeong	聰明	形容人智力發達，記憶與理解力強。聰敏、聰穎。形容人智力發達，記憶與理解力強。
ぞうよ 贈与	증 여 贈與 jeungyeo	贈與	是贈與人將自己的財產無償給予受贈人、受贈人表示接受的一種行爲。
そうり 総理	총 리 總理 chongni	總理	內閣制國家的行政首長；總管掌理。
そうりつ 創立	창 립 創立 changnib	創立	新設立某組織、機構或公司等。
そうりょ 僧侶	승 려 僧侶 seungnyeo	僧侶	出家人。亦指其他宗教的修道人。
そうれい 葬礼	상 례 葬禮 jangnae	葬禮	埋葬死者的禮儀。
そうわ 総和	총 화 總和 chonghwa	總和	指的是加起來的總量或全部內容。
そえん 疎遠	소 원 疏遠 sowon	疏遠	不親近；關係上感情上有距離。
そくいん 惻隠	측 은 惻隱 cheugeun	惻隱	見人遭遇不幸，而生不忍、同情之心。
そくじ 即時	즉 시 卽時 jeukssi	即時	立即。當下。立刻。
そくじつ 即日	즉 일 卽日 jeugil	即日	當天。當日。
ぞくしょう 俗称	속 칭 俗稱 sokching	俗稱	通俗的稱呼；非正式的名稱；一般大眾給予的稱呼。
そくしん 促進	촉 진 促進 chokjjin	促進	促使發展前進。推動使發展。

日文漢字	韓文漢字	中文字	意思
<ruby>俗世<rt>ぞくせ</rt></ruby>	<ruby>속 세</ruby> 俗世 sokssae	俗世	泛指紅塵人間。
<ruby>速成<rt>そくせい</rt></ruby>	속 성 速成 soksseong	速成	在短期間內很快完成。
<ruby>測定<rt>そくてい</rt></ruby>	측 정 測定 cheukjjeong	測定	是指使用測量儀器和工具，通過測量和計算，得到一系列測量數據。
<ruby>速度<rt>そくど</rt></ruby>	속 도 速度 sokddo	速度	事物進行過程的快慢程度。
<ruby>速読<rt>そくどく</rt></ruby>	속 독 速讀 sokddog	速讀	一種增加閱讀速度和閱讀量的閱讀方法。訓練閱讀者將逐字閱讀或在口中、心中逐字默念的習慣，改變為由眼睛看到文字，能立即反映到腦中，直接了解文意的閱讀方式。
<ruby>束縛<rt>そくばく</rt></ruby>	속 박 束縛 sokbbag	束縛	拘束或限制。
<ruby>族譜<rt>ぞくふ</rt></ruby>	족 보 族譜 jokbbo	族譜	記載宗族或家族譜系的簿冊。
<ruby>俗物<rt>ぞくぶつ</rt></ruby>	속 물 俗物 songmool	俗物	庸俗無趣的人。
<ruby>側面<rt>そくめん</rt></ruby>	측 면 側面 cheungmyeon	側面	旁邊的一面；指構成總體的某一個方面。
<ruby>測量<rt>そくりょう</rt></ruby>	측 량 測量 cheungnyang	測量	使用儀器或量具以測定速度、長度等數值，或有關地形、地物之高下、大小等狀態。
<ruby>狙撃<rt>そげき</rt></ruby>	저 격 狙擊 jeogyeog	狙擊	暗中埋伏，伺機襲擊。
<ruby>祖国<rt>そこく</rt></ruby>	조 국 祖國 jogoog	祖國	祖籍所在的國家，即父系祖先所在的國家。也指自己所生所居的國家。

日文漢字	韓文漢字	中文字	意思
そ ざい 素材	소 재 素材 sojae	素材	文學或藝術作品裡所用的題材。
そ しき 組織	조 직 組織 jojig	組織	構成；一群人為達特定目標，經由一定的程序所組成的團體；生物學上指多細胞生物體中，各細胞和細胞間質依一定秩序聯合為一體，並產生一定功能的基本結構。
そ しつ 素質	소 질 素質 sojil	素質	原有的資質、稟賦、天分。
そ しょう 訴訟	소 송 訴訟 sosong	訴訟	是一種法律行動，分為民事和刑事兩類，前者原訴人是受害者當事人，因為有未可解決的爭議，所以訴諸法律。後者涉及刑事犯罪，由政府當局控告疑犯（提起公訴）。
そ ぜい 租税	조 세 租稅 josae	租稅	政府為執行職務，根據法律規定，向國民所徵收的各項稅捐。
そっこく 即刻	즉 각 卽刻 jeukggag	即刻	立刻、馬上。
そっちょく 率直	솔 직 率直 soljjig	率直	坦率而爽直。
そ びょう 素描	소 묘 素描 somyo	素描	繪畫技法，以單色線條和塊面形塑物體，是造型藝術基礎。使用工具為鉛筆、木炭、毛筆等。
そ ふ 祖父	조 부 祖父 joboo	祖父	父親的父親。
そ ふ ぼ 祖父母	조 부 모 祖父母 joboomo	祖父母	父親跟母親的父母親。
そ ぼ 祖母	조 모 祖母 jomo	祖母	父親的母親。

そ

日文漢字	韓文漢字	中文字	意思
そぼく 素朴	소 박 素樸 sobag	素樸	指樸實；質樸無華。
そよう 素養	소 양 素養 soyang	素養	平日的修養。
そんがい 損害	손 해 損害 sonhae	損害	是指一定行爲或事件使某人的人身遭受到不利、不良後果或不良狀態。
そんけい 尊敬	존 경 尊敬 jongyeong	尊敬	尊崇敬重。
そんげん 尊厳	존 엄 尊嚴 joneom	尊嚴	尊貴嚴肅、崇高莊嚴。
そんざい 存在	존 재 存在 jonjae	存在	持續占據時間或空間，尚未消失。
そんしつ 損失	손 실 損失 sonsil	損失	指失去東西，不會有補償。
そんしょう 尊称	존 칭 尊稱 jonching	尊稱	尊貴的稱謂或稱號。敬稱。
そんしょう 損傷	손 상 損傷 sonsang	損傷	是指人體受到外界各種創傷因素作用所引起的皮肉、筋骨、臟腑等組織結構的破壞，及其所帶來的局部和全身反應。
そんしょく 遜色	손 색 遜色 sonsaeg	遜色	比較差、不如人。
そんらく 村落	촌 락 村落 cholag	村落	主要指大的聚落或多個聚落形成的群體，常用作現代意義上的人口集中分佈的區域。

た行

他・他・他 ／日文漢字▸韓文漢字▸中文字

た
ta

同じ意味の漢字
중국어와 뜻이 같은 한자어

別的，另外的。

日文漢字	韓文漢字	中文字	意思
たいいく 体育	체육 體育 cheyoog	體育	以鍛鍊體能、增進健康為主的教育。
だいいち 第一	제일 第一 jaeil	第一	列在等級、次序首位的；最先、最前、最好、最重要的。
たいいん 隊員	대원 隊員 daewon	隊員	小型集體組織的成員。
たいおう 対応	대응 對應 daeeung	對應	對應方法、對應策略；兩個系統中的某一項在性質、作用、位置或數量上相似相當。
たいおん 体温	체온 體溫 cheon	體溫	身體的溫度。人類正常的體溫維持在攝氏 36 度至 37 度。
たいか 大家	대가 大家 daega	大家	著名的專家；世家望族。
たいか 退化	퇴화 退化 twaehwa	退化	生物體的一部分器官變小，機能減退、甚至完全消失；泛指事物由優變劣，由好變壞。
だいか 代価	대가 代價 daegga	代價	指為達到特定目標所花費的精力、物品或勞務的價值，並不專指金錢。
たいかい 大会	대회 大會 daehwae	大會	規模大或內容重要的會議。
たいがい 大概	대개 大概 daegae	大概	內容大要、大致情形；大約、約略。
たいかく 体格	체격 體格 chegyeog	體格	指人體外表的形態結構。

日文漢字	韓文漢字	中文字	意思
たいがく 退学	퇴 학 退學 twaehag	退學	指學生因故中止學校學習，也指學校不許嚴重違反校規或課業成績不及格達一定比例學生繼續在校就讀。
だいがく 大学	대 학 大學 daehag	大學	提供教學和研究條件，授權頒發副學位和學位的高等教育機構。四書之一。
たいがん 対岸	대 안 對岸 daean	對岸	所在的湖、河或海岸的另一邊陸地。
たいき 大気	대 기 大氣 daegi	大氣	包圍地球的氣體。由多種氣體組成，以氮、氧為主要成分；氣度宏偉。
たいき 待機	대 기 待機 daegi	待機	等待時機。
だいきぼ 大規模	대 규 모 大規模 daegyumo	大規模	廣大的氣勢、範圍或場面。規模宏大。
たいきゃく 退却	퇴 각 退却 twaegag	退卻	軍隊在作戰中向後撤退。
たいきょ 退去	퇴 거 退去 twaegeo	退去	撤離；離開。
たいきょう 胎教	태 교 胎敎 taegyo	胎教	孕婦謹言慎行，心情舒暢，給胎兒以良好教育，叫做胎教。
たいきょうしつしょく 大驚失色	대 경 실 색 大驚失色 daegyeongsilssaek	大驚失色	形容十分驚嚇，以致變了臉色。
たいきょく 太極	태 극 太極 taegeug	太極	其一為卦畫，就是以S形分割左右為一白一黑的圓形圖；其二說的是卦象形成前，混而為一的狀態，即是天地未分的「渾沌」。之後，產生了「陽」直線、「陰」斷線的符號，合稱「兩儀」，分別稱之陽爻、陰爻。

日文漢字	韓文漢字	中文字	意思
たいぐう **待遇**	대 우 **待遇** daewoo	**待遇**	享有的權利、地位和報酬等；對待人的態度、方式等。
たいけい **体系**	체 계 **體系** chegae	**體系**	若干有關事物或思想意識互相聯繫而構成的一個整體。
たいけつ **対決**	대 결 **對決** daegyeol	**對決**	雙方對立決戰。爭鋒相對。
たいけん **体験**	체 험 **體驗** cheheom	**體驗**	親身體會、感受。
たいこう **大綱**	대 강 **大綱** daegang	**大綱**	重要的綱領。
たいさく **対策**	대 책 **對策** daechaeg	**對策**	對付問題的策略方案。
たいざん **泰山**	태 산 **泰山** taesan	**泰山**	山名。起於山東省膠州灣西南，橫亙省境中部，盡於運河東岸。主峰在泰安縣北，為五嶽中的東嶽。
たいし **大使**	대 사 **大使** daesa	**大使**	一國地位最高的外交官員，派駐在邦交國，代表國家與一國元首。
たいし **太子**	태 자 **太子** taeja	**太子**	一般是指皇帝冊立的「皇太子」，簡稱「太子」。
たいじ **胎児**	태 아 **胎兒** taea	**胎兒**	是指妊娠8週以後的胎體。妊娠4～8週娩出的胎體為胚胎。胚胎期重要器官逐漸形成，在胎兒期各器官進一步發育成熟。
たいじ **対峙**	대 치 **對峙** daechı	**對峙**	是指兩山相對聳立；也可以指對抗、抗衡。
だいしぜん **大自然**	대 자 연 **大自然** daejayeon	**大自然**	自然界。常指山川景物而言。

日文漢字	韓文漢字	中文字	意思
たいしつ 体質	체 질 體質 chejil	體質	身體素質。人體健康狀況和對外界的適應能力。
たいしゅう 大衆	대 중 大衆 daejoong	大眾	泛指民眾，群眾。猶言眾人或大夥兒。
たいじゅう 体重	체 중 體重 chejoong	體重	身體的重量。
たいしょう 大勝	대 승 大勝 daeseung	大勝	獲得全面性勝利。
たいしょう 大賞	대 상 大賞 daesang	大賞	（對某一領域成就卓越者的）大獎。
たいしょう 対象	대 상 對象 daesang	對象	指行動或思考時作為目標的事物。
たいしょう 対照	대 조 對照 daejo	對照	用相反對比的方法，以加強或襯托兩者的特性。
たいしょう 対称	대 칭 對稱 daeching	對稱	就是物體相同部分有規律的重複。
たいじょう 退場	퇴 장 退場 twaejang	退場	表演者或觀眾，因表演終了，而退離表演場所。離開演出、比賽等場所。
だいしょう 大小	대 소 大小 daeso	大小	大的和小的。
だいじょうぶ 大丈夫	대 장 부 大丈夫 daejangboo	大丈夫	有志氣、有節操、有作為的男子。日語也有「沒關係」的意思。
たいしょく 褪色	퇴 색 褪色 twaesaeg	褪色	顏色脫落或變淡。
たいせい 耐性	내 성 耐性 naeseong	耐性	忍耐能力；承受性。

た

日文漢字	韓文漢字	中文字	意思
たいせい 態勢	태 세 態勢 taesae	態勢	狀態、形勢和陣勢。
たいせいよう 大西洋	대 서 양 大西洋 daeseoyang	大西洋	是世界第二大洋。原面積 8221 萬 7 千平方公里，在南冰洋確立後，面積調整為 7676 萬 2 千平方公里。
たいせん 対戦	대 전 對戰 daejeon	對戰	兩軍對陣作戰，也可指某些體育運動項目（如乒乓、棋類等）中雙方交鋒。
たいそう 体操	체 조 體操 chejo	體操	鍛鍊身體的人為運動。
だいたい 大体	대 체 大體 daechae	大體	大略、概要；大約、大致。
だいたい 大腿	대 퇴 大腿 daetwae	大腿	下肢從臀部到膝蓋的一段。
だいたい 代替	대 체 代替 daechae	代替	替換別人或別的事物，並能起到被替換的人或事物的作用。
だいだい 代代	대 대 代代 daedae	代代	世世代代。一代又一代。
だい た すう 大多数	대 다 수 大多數 daedasoo	大多數	超過半數很多的數量。
だいたん 大胆	대 담 大膽 daedam	大膽	不畏怯，膽子大。
だいだんえん 大団円	대 단 원 大團圓 daedanwon	大團圓	小說、戲劇、電影等故事中的主要人物經過悲歡離合後，最後終於團聚的結局。
たいちょう 退潮	퇴 조 退潮 twaejo	退潮	在海洋潮汐週期中，海面的水位由高至低逐漸下降的期間。

Track 40

日文漢字	韓文漢字	中文字	意思
たいちょう 隊長	대 장 隊長 daejang	隊長	一隊的主要負責人；對一群人或一個單位行使權力和負有責任的人。
たい ど 態度	태 도 態度 taedo	態度	對人或事的看法在其言行中的表現。
だいどうみゃく 大動脈	대 동 맥 大動脈 daedongmaeg	大動脈	主動脈。從心臟出，分布於頭、上肢、胸、腹及下肢等處；比喻重要的交通運輸線。
だい と し 大都市	대 도 시 大都市 daedosi	大都市	是指在一個國家或地區內在政治、經濟和文化上具有重要地位，且人口眾多的城市。
たいのう 滯納	체 납 滯納 chenap	滯納	超過規定期限繳納（稅款、保險費等）。
たいはい 大敗	대 패 大敗 daepae	大敗	遭受嚴重的失敗。以大差距敗北。
たいはい 頹廃	퇴 폐 頹廢 twaepae	頹廢	泛指自我放縱，無視於道德與社會觀感。意志消沉，精神萎靡。
たいばつ 体罰	체 벌 體罰 chebeol	體罰	使人身體感到痛苦的懲罰。如鞭打、罰站等。
たい ひ 退避	퇴 피 退避 twaepi	退避	退後躲避。
たい ひ 堆肥	퇴 비 堆肥 twaebi	堆肥	堆肥是利用各種植物殘體（作物秸桿、雜草、樹葉、泥炭、垃圾以及其它廢棄物等）為主要原料，混合人畜糞尿經堆制腐解而成的有機肥料。
だいひょう 代表	대 표 代表 daepyo	代表	代替個人或集體發表意見或擔任工作的人；能顯示同一類事物共同特徵的人或事物。
たいふう 台風	태 풍 颱風 taepoong	颱風	發生在西太平洋上強烈熱帶性低氣壓或熱帶氣旋引起的暴風，強度達到一定標準時即為颱風。

た

日文漢字	韓文漢字	中文字	意思
だい ぶ ぶん 大部分	대 부 분 大部分 daebooboon	大部分	全體的大多數。
たいへいよう 太平洋	태 평 양 太平洋 taepyeongyang	太平洋	地球上 4 大洋中最大最深和島嶼最多的洋。在亞洲、澳洲、南極洲和南、北美洲之間。
だいべん 大便	대 변 大便 daebyeon	大便	排泄糞便。
たい ほ 退步	퇴 보 退步 twaebo	退步	倒退落後。比原來差。
たい ほ 逮捕	체 포 逮捕 chepo	逮捕	對於現行犯、準現行犯或通緝犯加以緝拿，並拘束其行動自由，而進行偵查或處罰。
たいほう 大砲	대 포 大砲 daepo	大砲	口徑大，發射大的彈丸的火炮。
たいまん 怠慢	태 만 怠慢 taeman	怠慢	怠惰放蕩。
たいめん 体面	체 면 體面 chemyeon	體面	當個體的作為受到其所處的時空的認可或嘉許時內心的感受。
だいもく 題目	제 목 題目 jaemog	題目	文章詩篇或演講等的標名；考試時要求應試人作答的問題。
だいもん 大門	대 문 大門 daemoon	大門	整個建築物通向外面的主要的門。
たいよう 太陽	태 양 太陽 taeyang	太陽	日的通稱。
だい り 代理	대 리 代理 daeri	代理	代表授權方處理事務。
たいりく 大陸	대 륙 大陸 daeryug	大陸	地表巨大的陸塊。

日文漢字	韓文漢字	中文字	意思
たいりつ 対立	대 립 對立 daerib	對立	兩種事物互相敵對、排斥、牴觸及矛盾。
たいりゃく 大略	대 략 大略 daeryag	大略	大致的情況或內容；遠大的謀略。
たいりゅう 滯留	체 류 滯留 cheryu	滯留	（事物）停滯；停留。
たいりょう 大量	대 량 大量 daeryang	大量	數目很多，事物的集合、匯總；寬宏肚量大。
たいりょく 体力	체 력 體力 cheryeog	體力	人體活動時所能付出的力量；身體能持續工作的能力，對疾病的抵抗力。
たい ろ 退路	퇴 로 退路 twaero	退路	倒退回去的道路。
たい わ 対話	대 화 對話 daehwa	對話	相互間的交談語句。
たいわん 台湾	대 만 台灣 daeman	台灣	位於中國大陸東南沿海的大陸架上，東臨太平洋，東北鄰琉球群島，南界巴士海峽與菲律賓群島相對，西隔台灣海峽與福建省相望，總面積約 3.6 萬平方公里。
たか 多寡	다 과 多寡 dagwa	多寡	指數量的多和少。
だ き 唾棄	타 기 唾棄 tagi	唾棄	吐唾於地，輕視鄙棄。
た きょう 他郷	타 향 他鄉 tahyang	他鄉	異鄉，家鄉以外的地方。
だ きょう 妥協	타 협 妥協 tahyeob	妥協	彼此退讓部分的意見、原則等，以避免爭端或衝突。

日文漢字	韓文漢字	中文字	意思
たく 宅	댁 宅 daek	宅	住所、家庭居住的房子。
たくえつ 卓越	탁 월 卓越 tagwol	卓越	非常優秀，超出常人。
だくおん 濁音	탁 음 濁音 tageum	濁音	語音學中，將發音時聲帶振動的音稱爲濁音。
だげき 打擊	타 격 打擊 tagyeog	打擊	敲打。
たこく 他国	타 국 他國 tagoog	他國	別國、其他的國家。
たさい 多彩	다 채 多彩 dachae	多彩	色彩豐富；比喻種類、內容、特點等多種多樣。
ださん 打算	타 산 打算 tasan	打算	考慮思量、預先籌畫。
たじ 多事	다 사 多事 dasa	多事	本指諸多事端，後用以比喻不安定的狀態；多管閒事。
だしゃ 打者	타 자 打者 taja	打者	棒球比賽中，進攻方上場擔任打擊任務的球員稱為擊球員，通常簡稱為「打者」。
だじゃく 懦弱	나 약 懦弱 nayak	懦弱	膽怯軟弱。
たしょう 多少	다 소 多少 daso	多少	指數量的多和少；多少，稍微。
たじょう 多情	다 정 多情 dajeong	多情	富於感情，常指對情人感情深摯。現在也指男女感情上同時對多個異性感興趣。
たすう 多数	다 수 多數 dasoo	多數	整體中占較大比例的數量。

た

日文漢字	韓文漢字	中文字	意思
ただ が 但し書き	단 서 但書 danseo	但書	法律上表示特別或除外的意思，用來補充條文的正面意義。
たち ば 立場	입 장 立場 ipjjang	立場	批評、觀察或研究問題時所持的基本態度及思想。
だつ い 脱衣	탈 의 脱衣 tari	脱衣	脱掉衣服。
たっきゅう 卓球	탁 구 卓球 takggoo	桌球	使用球拍擊球，球桌上有長條形小網的球類運動。也稱為「乒乓」、「乒乓球」。
だつ じ 脱字	탈 자 脱字 taljja	脱字	書刊中脱漏的字。
だっしゅ 奪取	탈 취 奪取 talchwi	奪取	使用力量強行取得。
だっしょく 脱色	탈 색 脱色 talssaeg	脱色	顏色脱落、變淡。也作「退色」；用化學方法去掉物質原來的色素。
たつじん 達人	달 인 達人 darin	達人	在某一領域非常專業，出類拔萃的人物。指在某方面很精通的人，即某方面的高手；思想樂觀、開朗、達觀的人。
たっせい 達成	달 성 達成 dalsseong	達成	做到、完成。
だっとう 脱党	탈 당 脱黨 talddang	脱黨	脱離所屬的政黨。
だっ ぴ 脱皮	탈 피 脱皮 talpi	脱皮	皮膚脱離掉落。
だつぼう 脱帽	탈 모 脱帽 talmo	脱帽	脱下帽子；降服。甘拜下方。

Track
410

日文漢字	韓文漢字	中文字	意思
だつもう 脱毛	탈 모 脱毛 talmo	脱毛	脫去毛髮。
だつらく 脱落	탈 락 脱落 talag	脫落	掉落。指從附著的物體上掉下來。
たてもの 建物	건 물 建物 geonmool	建物	附著於土地的建築物。
だ とう 打倒	타 도 打倒 tado	打倒	擊打使橫躺下來；攻擊使垮臺。推翻。
だ とう 妥当	타 당 妥當 tadang	妥當	穩妥適當。
たなばた 七夕	칠 석 七夕 chilsseok	七夕	農曆 7 月 7 日的夜晚。相傳為天上牛郎織女一年一度相會的時刻，後世以此日為情人節。
た なん 多難	다 난 多難 danan	多難	災難頻繁。
た ねん 多年	다 년 多年 danyeon	多年	謂歲月長久。很多年。表示時間的久遠。
だ は 打破	타 파 打破 tapa	打破	使物體破壞、損傷；突破原有的限制和約束。
だ ほ 拿捕	나 포 拿捕 napo	拿捕	捉拿；逮捕。
たましい 魂	혼 魂 hon	魂	迷信的人指附在人體上主宰人，又可離開肉體而獨立存在的實體；指精神或情緒。
だ らく 堕落	타 락 墮落 tarag	墮落	行為不正，亦指人品趨於下流。
だんあつ 弾圧	탄 압 彈壓 tanab	彈壓	控制；制服；鎮壓。

た

日文漢字	韓文漢字	中文字	意思
だんあん 断案	단 안 斷案 danan	斷案	裁決訴訟案件；由前提引出的推斷。也稱為「結論」。
たん い 単位	단 위 單位 danwi	單位	計算物體數量的標準。如公尺、公斤等；機關團體組織的部門。
たん か 単価	단 가 單價 dangga	單價	貨物一個單位的賣價。
だんがい 弾劾	탄 핵 彈劾 tanhaeg	彈劾	監察機關或民意機關，糾舉違法失職的官員，並追究其法律責任的行動，稱為「彈劾」。
だんがん 弾丸	탄 환 彈丸 tanhwan	彈丸	彈弓所用的鐵丸或泥丸；槍彈的彈頭。
たん き 短期	단 기 短期 dangi	短期	短時間。短期間。
たんきょり 短距離	단 거 리 短距離 dangeori	短距離	不長的路程。距離短。
だんけつ 団結	단 결 團結 dangyeol	團結	為實現共同的理想而聚集結合眾人的力量。
たんけん 探検	탐 험 探險 tamheom	探險	到不為人知或危險的地方去冒險探索。
だんげん 断言	단 언 斷言 daneon	斷言	十分肯定的說。
たん ご 端午	단 오 端午 dano	端午	我國傳統民俗節日之一。在每年農曆5月5日。主要為了紀念屈原的忠貞愛國，投江而死，所以至今民間仍有包粽子、划龍舟等習俗。
たんこう 炭鉱	탄 광 炭鑛 tangwang	炭礦	指富含煤炭資源的地方，通常也指採用地下採掘或露天採掘方式生產煤炭的工廠。

日文漢字	韓文漢字	中文字	意思
だんこう 断交	단 교 斷交 dangyo	斷交	斷絕交往；國家與國家中止正式外交關係。
たんさく 探索	탐 색 探索 tamsaeg	探索	指研究未知事物的精神，或指對事物進行搜查的行爲，或指多方尋求答案的過程。
だん し 男子	남 자 男子 namja	男子	男人。男性；指剛強有作為的男人。
だん じ 男児	남 아 男兒 nama	男兒	男孩子；有大丈夫氣概的人。
だんじき 断食	단 식 斷食 dansig	斷食	就是不吃東西、禁食的意思。
たんしゅく 短縮	단 축 短縮 danchoog	短縮	縮短。由長變短。
たんじゅん 単純	단 순 單純 dansoon	單純	人或事物簡單而不複雜。
だんじょ 男女	남 녀 男女 namnyeo	男女	男性與女性。
たんじょう 誕生	탄 생 誕生 tansaeng	誕生	指出生，降生；也用於比喻新事物的出現。成立、創辦。
たんしん 丹心	단 심 丹心 dansim	丹心	赤誠的心。
たんしん 誕辰	탄 신 誕辰 tansin	誕辰	生日。
たんしん 単身	단 신 單身 dansin	單身	獨身無家室的人；獨自一人。
だんすい 断水	단 수 斷水 dansoo	斷水	斷絕水源、停止供水。

た

日文漢字	韓文漢字	中文字	意思
たんせい 端正	단 정 端正 danjeong	端正	是指姿勢挺直或者態度品行正派。
だんせい 男性	남 성 男性 namseong	男性	男子的通稱。
だんせい 彈性	탄 성 彈性 tanseong	彈性	物體受外力作用，會改變其形體，而當外力除去後，即恢復其原狀，此種性質稱「彈性」。
だんぜつ 斷絕	단 절 斷絕 danjeol	斷絕	是指原來連貫的不再連貫；原來有聯繫的失去聯繫。
たんそく 嘆息	탄 식 嘆息 tansig	嘆息	又叫嘆氣、唉聲嘆氣，主要形容人失望、失落時的心情，多伴隨無可奈何之意。
だんたい 団体	단 체 團體 danchae	團體	具有共同目標的人群所結合而成的集團或組織。
たんちょう 單調	단 조 單調 danjo	單調	簡單而且缺乏變化；形容簡單呆板，少變化而無趣味。
だんてい 斷定	단 정 斷定 danjeong	斷定	認定、判定。決斷性的認定。
たんでき 耽溺	탐 닉 耽溺 tamnig	耽溺	沉溺入迷。
だんとう 彈頭	탄 두 彈頭 tandoo	彈頭	飛彈炮彈及槍彈等前端部位。子彈經擊發後，只有彈頭向外射出，產生殺傷及破壞作用。
だんどう 彈道	탄 도 彈道 tando	彈道	是指彈丸或其它發射體質心運動的軌跡。
たんどく 單独	단 독 單獨 dandog	單獨	單一、獨自；獨自一人。
たんぱくしつ 蛋白質	단 백 질 蛋白質 danbaekjjil	蛋白質	含氮、氧、氫、碳、硫的有機化合物。構成生物體最重要部分，可促進人體成長與維持健康。

日文漢字	韓文漢字	中文字	意思
談判 だんぱん	談判 담 판 dampan	談判	商議解決重大事情或糾紛。
短編 たんぺん	短編 단 편 danpyeon	短編	篇幅短的作品，如詩歌、小說、散文等。
担保 たん ぽ	擔保 담 보 dambo	擔保	承當保證的責任。若出問題，擔保者須負起責任。
短命 たんめい	短命 단 명 danmyeong	短命	壽命不長、早死。
弾薬 だんやく	彈藥 탄 약 tanyag	彈藥	槍彈、炮彈、炸彈、火藥等具有殺傷力，或其他特殊作用的爆炸物的統稱。
段落 だんらく	段落 단 락 dalag	段落	文章、事物根據內容劃分後該停頓或結束的地方；工作、事情等相對獨立的階段。
団欒 だんらん	團欒 단 란 dalan	團欒	團聚。團圓聚集。
胆力 たんりょく	膽力 담 력 damnyeog	膽力	膽量和魄力。
弾力 だんりょく	彈力 탄 력 talyeog	彈力	物體受外力作用產生形變時，本身所具有的恢復原狀的力量。
鍛練 たんれん	鍛鍊 단 련 dalyeon	鍛鍊	從艱苦中養成任勞耐苦的習慣，或練習敏銳的知覺及正確的觀念；冶鍊金屬使其更加精純。
暖炉 だん ろ	暖爐 난 로 nalo	暖爐	取暖禦寒的火爐。
談話 だん わ	談話 담 화 damhwa	談話	說話。
千秋 ち あき	千秋 천 추 cheonchoo	千秋	千年、千載。比喻長久的時間。

ち

Track 420

日文漢字	韓文漢字	中文字	意思
治安 ち あん	치 안 治安 chian	治安	泛指國家社會秩序的安寧。
地位 ち い	지 위 地位 jiwi	地位	人或團體在社會關係中所處的位置。
地域 ち いき	지 역 地域 jiyeog	地域	通常是指一定的地域空間，是自然要素與人文因素作用形成的綜合體。
智慧 ち え	지 혜 智慧 jihae	智慧	高等生物具有的基於神經器官（物質基礎）一種高級的綜合能力，包含：感知、知識、記憶、理解、聯想、情感、邏輯、辨別、計算、分析、判斷、文化、中庸、包容、決定等多種能力。
地下 ち か	지 하 地下 jiha	地下	地面以下；謂政黨、團體等處於非法、秘密活動狀態；指陰間。
知覚 ち かく	지 각 知覺 jigag	知覺	知覺是客觀事物直接作用於人的感覺器官，人腦對客觀事物整體的反映；知道、察覺。
地球 ち きゅう	지 구 地球 jigoo	地球	是太陽系 8 大行星之一，按離太陽由近及遠的次序排為第 3 顆，也是太陽系中直徑、質量和密度最大的類地行星，距離太陽 1.5 億公里。地球自西向東自轉，同時圍繞太陽公轉。現有 40 ～ 46 億歲，它有一個天然衛星。
地区 ち く	지 구 地區 jigoo	地區	較大範圍的地方。常為對一定的區域泛稱。
致死 ち し	치 사 致死 chisa	致死	導致死亡。
知識 ち しき	지 식 知識 jisig	知識	人在學習、實踐過程中所獲得的學問、經驗等。

ち

日文漢字	韓文漢字	中文字	意思
ちじょう 地上	지상 地上 jisang	地上	地面上。陸地上；指人間，陽世。
ちじょう 痴情	치정 癡情 chijeong	癡情	形容癡迷的愛情。
ちじょく 恥辱	치욕 恥辱 chiyog	恥辱	羞恥侮辱。
ちず 地図	지도 地圖 jido	地圖	是根據一定的數學法則，即某種地圖投影，將地球或其他星球的自然現象和社會現象通過概括和符號縮繪在平面上的圖形。
ちたい 地帯	지대 地帶 jidae	地帶	地帶是具有獨特的天然邊界的區域，是具有某種性質或範圍的一片地方。
ちちおや 父親	부친 父親 boochin	父親	對爸爸的稱呼。
ちつじょ 秩序	질서 秩序 jilsseo	秩序	有條理，不混亂；符合社會規範化狀態。
ちっそく 窒息	질식 窒息 jilssik	窒息	因氧氣不足，或呼吸道阻塞不通，以致呼吸困難或停止的現象。
ちてん 地点	지점 地點 jijeom	地點	所在的地方。
ちぶさ 乳房	유방 乳房 yubang	乳房	位處於哺乳動物的胸部或腹部，左右成對出現。雌性的乳房包含乳腺等腺体，可分泌乳汁哺育幼兒。男性乳房一般不發育，但存有乳腺組織。
ちへいせん 地平線	지평선 地平線 jipyeongseon	地平線	向水平的方向望去，大海或陸地與天空連成一條線，此線稱為「地平線」。

▶日文漢字	▶韓文漢字	▶中文字	▶意思
ちほう 地方	지방 地方 jibang	地方	指地面的某一個特定地區，地點，各行政區、部分等；各級行政區劃的統稱。
ちめい 知名	지명 知名 jimyeong	知名	名聲出名等。
ちめい 致命	치명 致命 chimyeong	致命	可使生命喪失的；獻出生命。拼死。
ちゃ 茶	차 茶 cha	茶	指利用茶樹的葉子所加工製成的飲料，多烹成茶湯飲用，也可以加入食物中調味，也可入中藥使用。現代的茶按製作工序主要分爲6大類，綠茶、白茶、黃茶、青茶、紅茶、黑茶。
ちゃいろ 茶色	다색 茶色 dasaeg	茶色	茶色。略帶黑色的紅黃色，褐色。
ちゃくがん 着眼	착안 著眼 chagan	著眼	考慮、觀察。
ちゃくしゅ 着手	착수 著手 chakssoo	著手	動工、開始做。
ちゃくしょく 着色	착색 著色 chakssaeg	著色	繪畫塗顏色。
ちゃくそう 着想	착상 著想 chakssang	著想	構想；想像。
ちゅうい 注意	주의 注意 jooi	注意	注意，留神。謂把心神集中在某一方面。
ちゅうおう 中央	중앙 中央 joongang	中央	中心的地方；中間；今指國家政權或政治團體的最高領導機構。
ちゅうか 中華	중화 中華 joonghwa	中華	中國別稱之一，古代華夏族多建都於黃河南北，以其在四方之中，因稱之為中華。

日文漢字	韓文漢字	中文字	意思
ちゅうかい 仲介	중 개 仲介 joonggae	仲介	從中為買賣雙方介紹、提供商品資訊等，並於成交後抽取部分佣金的行為。
ちゅうがく 中学	중 학 中學 joonghak	中學	中等學校的簡稱，為緊跟著小學教育之後的學歷教育機構，通常也稱為中等教育機構。
ちゅうかん 中間	중 간 中間 joonggan	中間	指在事物兩端之間；兩者（人或地、時、物）之間；在…過程中。
ちゅうきゅう 中級	중 급 中級 joonggeub	中級	介於高級與低級、上階層與下階層之間的等級。
ちゅうけん 中堅	중 견 中堅 joonggyeon	中堅	古時指軍隊中最精銳的部分；現指集體中最有力的並起較大作用的成分。
ちゅうこ 中古	중 고 中古 joonggo	中古	較晚的古代；二手的意思。舊貨或使用過的物品。
ちゅうごく 中国	중 국 中國 joonggoog	中國	古代華夏族建國於黃河流域一帶，以為居天下之中，故稱中國。
ちゅうこく 忠告	충 고 忠告 choonggo	忠告	盡心盡力規勸。
ちゅうさい 仲裁	중 재 仲裁 joongjae	仲裁	雙方發生爭執時，由第三者或法院進行評斷裁決。
ちゅうし 中止	중 지 中止 joongji	中止	中途停止。
ちゅうし 注視	주 시 注視 joosi	注視	集中視線，專心的看。
ちゅうしゃ 注射	주 사 注射 joosa	注射	使用注射器將液態藥劑經皮層或靜脈管強迫注入體內。
ちゅうしゃく 注釈	주 석 註釋 jooseog	註釋	以簡單的文字解釋複雜艱深的文句。

ち

日文漢字	韓文漢字	中文字	意思
ちゅうじゅん **中旬**	중 순 **中旬** joongsoon	中旬	每月 11 日到 20 日。
ちゅうしょう **中傷**	중 상 **中傷** joongsang	中傷	惡意攻擊或陷害他人。
ちゅうしょう **抽象**	추 상 **抽象** choosang	抽象	從許多事物中，捨棄個別的、非本質的屬性，抽出共同的、本質的屬性，叫抽象。相對於具體而言。
ちゅうしょう きぎょう **中小企業**	중 소 기 업 **中小企業** joongsogieob	中小企業	是指在經營規模上較小的企業，雇用人數與營業額皆不大。
ちゅうしん **中心**	중 심 **中心** joongsim	中心	正中央，指跟四周的距離相等的位置；核心，事物的主要部分。在某一方面占重要地位、起主導作用的地方。
ちゅうしん **衷心**	충 심 **衷心** choongsim	衷心	指發自內心的；真心的、無保留的、忠實的、熱情。
ちゅうせい **忠誠**	충 성 **忠誠** choongseong	忠誠	真心誠意，無二心。
ちゅうせん **抽籤**	추 첨 **抽籤** choocheom	抽籤	在神廟中抽取書有籤號的竹籤以卜吉凶；遇事難以決定時，為求公平而依人數做籤，用以抽取決定的方式。
ちゅうだん **中断**	중 단 **中斷** joongdan	中斷	是指半中間發生阻隔、停頓或故障而斷開。
ちゅうちょ **躊躇**	주 저 **躊躇** joojeo	躊躇	猶豫不決。
ちゅうと **中途**	중 도 **中途** joongdo	中途	爲半路、進程中間或在起點到終點之間的任何地方。

Track 43

日文漢字	韓文漢字	中文字	意思
ちゅうどく 中毒	중 독 中毒 joongdog	中毒	人或動物由於某些有害的化學物質進入體內，導致生理機能障礙或死亡的現象。患者一般會有噁心、嘔吐、腹瀉、頭痛，眩暈等症狀。
ちゅうねん 中年	중 년 中年 joongnyeon	中年	是指年齡已越過青壯年，但尚未開始步入老年族群的人。世界衛生組織（WHO）對中年人的年齡界定為 45 至 59 周歲年紀的人。
ちゅうぼう 厨房	주 방 廚房 joobang	廚房	烹調食物的地方。
ちゅうもく 注目	주 목 注目 joomog	注目	把視線集中在一點上；引申爲注意，重視。
ちゅうや 昼夜	주 야 晝夜 jooya	晝夜	日夜。
ちゅうよう 中庸	중 용 中庸 joongyong	中庸	待人處事不偏不倚，無過無不及；形容才德平凡；四書之一。
ちゅうりつ 中立	중 립 中立 joongnib	中立	是指不偏袒任何一方，對任何一方不表明任何態度和行為，處在任何對立事物中，任何對立事物不會對中立事物產生相互關係。
ちょうあい 寵愛	총 애 寵愛 chongae	寵愛	特別偏愛、疼愛。
ちょうあん 長安	장 안 長安 jangan	長安	西漢隋唐等朝的都城，在今陝西西安一帶。
ちょうえつ 超越	초 월 超越 chowol	超越	贏過別的事物。

日文漢字	韓文漢字	中文字	意思
ちょうおん ぱ **超音波**	초 음 파 **超音波** choeumpa	**超音波**	是指任何聲波或振動，其頻率超過人類耳朵可以聽到的最高閾值 20kHz（千赫）。超音波由於其高頻特性而被廣泛應用於醫學、工業、情報等眾多領域。
ちょう か **超過**	초 과 **超過** chogwa	**超過**	超出、高於；在品質、功績、道德或技術等方面超出。
ちょうかん **長官**	장 관 **長官** janggwan	**長官**	地位高的官吏。
ちょうこく **彫刻**	조 각 **雕刻** jogag	**雕刻**	在金屬、象牙、骨頭或其他材料上雕琢刻鏤。
ちょう さ **調査**	조 사 **調査** josa	**調査**	為了瞭解情況而進行考察。
ちょう じ **寵児**	총 아 **寵兒** chonga	**寵兒**	指嬌生慣養的孩子，通常指慣壞了、受到特殊優待或照顧的人；特別受寵、吃香的人或物。
ちょう し ぜん **超自然**	초 자 연 **超自然** chojayeon	**超自然**	超自然現象。超於自然世界以外的另一種存在，非理性或科學能說明證實。如上帝、鬼神等。
ちょうじゃ **長者**	장 자 **長者** jangja	**長者**	是指年紀大、輩分高、德高望重的人。
ちょうじゅ **長寿**	장 수 **長壽** jangsoo	**長壽**	壽命長久。
ちょうしゅう **聴衆**	청 중 **聽衆** cheongjoong	**聽眾**	聽講演、音樂或廣播的人。聆聽演說、演唱或廣播的大眾。
ちょうじょ **長女**	장 녀 **長女** jangnyeo	**長女**	排行最大的女兒。
ちょうしょう **嘲笑**	조 소 **嘲笑** joso	**嘲笑**	取笑，戲謔，開玩笑。含有諷刺、不滿意等意味的笑。

日文漢字	韓文漢字	中文字	意思
ちょうすい 潮水	조 수 潮水 josoo	潮水	受潮汐影響而定期漲落的水流。
ちょうせい 調整	조 정 調整 jojeong	調整	調理整頓人事物的現況。如人事異動、改變習慣，改訂價格等。
ちょうせき 朝夕	조 석 朝夕 joseok	朝夕	本指早晨和晚上。後亦比喻為從早到晚、時時刻刻。
ちょうせん 挑戰	도 전 挑戰 dojeon	挑戰	鼓動對方與自己競賽。
ちょうたん 長短	장 단 長短 jangdan	長短	長度。
ちょうのうりょく 超能力	초 능 력 超能力 choneungnyeog	超能力	超出人類體能的限制，現科學不能做出合理解釋的超自然，令人不可思議的能力。
ちょうはつ 挑発	도 발 挑發 dobal	挑發	挑動誘發。刺激對方引起紛爭等。
ちょうぼ 帳簿	장 부 帳簿 jangboo	帳簿	記載金錢貨物出入的簿冊。
ちょうほう 諜報	첩 보 諜報 cheopbbo	諜報	刺探到的關於敵方軍事、政治、經濟等的情報人員。
ちょうみ 調味	조 미 調味 jomi	調味	調理食物的滋味。
ちょうやく 跳躍	도 약 跳躍 doyag	跳躍	跳動騰躍。
ちょうりゅう 潮流	조 류 潮流 joryu	潮流	海水受潮汐影響而產生的週期性流動；比喻社會發展的趨勢。
ちょうれいぼかい 朝令暮改	조 령 모 개 朝令暮改 joryeongmogae	朝令暮改	早上下達的命令，到晚上就改變了。比喻政令、主張或意見反覆無常。

日文漢字	韓文漢字	中文字	意思
ちょうろう 長老	장 로 長老 jangno	長老	年長者的通稱；指佛教的得道高僧或基督教長老會中的執事者。
ちょうろう 嘲弄	조 롱 嘲弄 jorong	嘲弄	譏笑戲弄，拿人開心。
ちょうわ 調和	조 화 調和 johwa	調和	調解使和好，調和對立的觀點；和諧色彩調和；配合得適當。
ちょくえい 直営	직 영 直營 jigyeong	直營	總公司直接經營的連鎖店，即由公司總部直接經營、投資、管理各個零售點的經營形態。
ちょくせつ 直接	직 접 直接 jikjjeob	直接	不經過中間事物的。不通過第三者的。沒有其他事物介入的。
ちょくせん 直線	직 선 直線 jiksseon	直線	是一個點在平面或空間沿著一定方向和其相反方向運動的軌跡，是不彎曲的線。
ちょさく 著作	저 작 著作 jeojag	著作	撰述寫作。
ちょじゅつ 著述	저 술 著述 jeosool	著述	寫作撰述。
ちょすい 貯水	저 수 貯水 jeosoo	貯水	把水積存起來。
ちょぞう 貯蔵	저 장 貯藏 jeojang	貯藏	儲存收藏以供需要時使用。
ちょちく 貯蓄	저 축 貯蓄 jeochoog	貯蓄	積聚，指儲存的物品，把節約下來或暫時不用的錢存起來。多指存到銀行裡，或放在倉庫裡。也指積存的錢。
ちょっかく 直角	직 각 直角 jikggag	直角	兩邊互相垂直的角稱為直角，直角的度數為 90 度。

日文漢字	韓文漢字	中文字	意思
ちょめい 著名	저 명 著名 jeomyeong	著名	有顯赫名聲的。
ち り 地理	지 리 地理 jiri	地理	土地、山川等的環境形勢。
ち りょう 治療	치 료 治療 chiryo	治療	用藥物、手術等消除疾病。
ちんあつ 鎮圧	진 압 鎭壓 jinab	鎮壓	用強力壓制，不許進行活動（多用於政治）。
ちん き 珍貴	진 귀 珍貴 jingwi	珍貴	珍奇，貴重。
ちんせい 鎮静	진 정 鎭靜 jinjeong	鎮靜	持重，沉靜。
ちんつう 沈痛	침 통 沈痛 chimtong	沉痛	深刻而令人痛心。深切的悲痛。
ちんつう 鎮痛	진 통 鎭痛 jintong	鎮痛	抑止疼痛。
ちんてい 鎮定	진 정 鎭定 jinjeong	鎮定	鎮壓；平定。
ちんぴん 珍品	진 품 珍品 jinpoom	珍品	珍貴的物品。稀世珍品。
ちんれつ 陳列	진 열 陳列 jinyeol	陳列	把物品依序排列、擺設出來以供人觀賞。
ついおく 追憶	추 억 追憶 chooeok	追憶	回憶從前。
つい か 追加	추 가 追加 chooga	追加	在原定的數額以外再增加。

Track
44

つ

日文漢字	韓文漢字	中文字	意思
ついきゅう 追求	추 구 追求 choogoo	追求	盡力尋找、探索。
ついげき 追撃	추 격 追撃 choogyeog	追擊	追蹤攻擊。
ついとう 追悼	추 도 追悼 choodo	追悼	對死者追思悼念。表示哀悼之情。
つい ぼ 追慕	추 모 追慕 choomo	追慕	追念仰慕。
ついらく 墜落	추 락 墜落 choorag	墜落	從高處落下。
つう か 通貨	통 화 通貨 tonghwa	通貨	作為交易媒介正在流通的某些東西，如硬幣、政府紙幣、銀行券。
つう か 通過	통 과 通過 tonggwa	通過	指通行。穿過；議案等經過法定人數的同意而成立。
つうかい 痛快	통 쾌 痛快 tongkwae	痛快	心情舒暢。
つうかん 通関	통 관 通關 tonggwan	通關	是指進出口貨物和轉運貨物，進出入一國海關關境或國境必須辦理的海關規定手續。只有在辦理海關申報、查驗、徵稅、放行等手續後，貨物才能放行，放行完畢叫通關。
つうこう 通行	통 행 通行 tonghaeng	通行	（行人、車馬等）在交通線上通過；一般通用、流通。廣泛流行。
つうこく 通告	통 고 通告 tonggo	通告	機關或團體對全體成員的告示公文。
つうこく 痛哭	통 곡 痛哭 tonggok	痛哭	大聲哭泣；盡情地哭。

| ▶日文漢字 | ▶韓文漢字 | ▶中文字 | ▶意思 |

日文漢字	韓文漢字	中文字	意思
つうこん 痛恨	통 한 痛恨 tonghan	痛恨	怨恨到了極點。
つうしょう 通商	통 상 通商 tongsang	通商	與外國互相貿易。
つうじょう 通常	통 상 通常 tongsang	通常	平常，普通。
つうせき 痛惜	통 석 痛惜 tongseog	痛惜	心痛惋惜哀痛。
つうせつ 痛切	통 절 痛切 tongjeol	痛切	極其懇切；悲痛而深切。
つうぞく 通俗	통 속 通俗 tongsog	通俗	淺顯易懂，適合大眾品味或水準的。
つう ち 通知	통 지 通知 tongji	通知	把事項告訴人知道；通知事項的文書或口信。
つうほう 通報	통 보 通報 tongbo	通報	通知，傳達。
つうよう 通用	통 용 通用 tongyong	通用	沒有時、地、人的限制，可以共同使用。
つう わ 通話	통 화 通話 tonghwa	通話	在電話中交談。
つぎ き 接木	접 목 接木 jeommok	接木	將木本植物的枝或芽嫁接在另一株植物上，以利生長、繁殖。
つま 妻	처 妻 cheo	妻	男子的正式配偶。
つみ 罪	죄 罪 jwae	罪	犯法的行為。也可泛指一般的過失；刑罰。

日文漢字	韓文漢字	中文字	意思
つみきん **積金**	적 금 **積金** jeokggeum	**積金**	聚積的金錢。
て **手**	수 **手** soo	**手**	人體的兩臂；人體上肢腕以下由指、掌組成的部分。
て あし **手足**	수 족 **手足** soojog	**手足**	手和腳；指黨羽。爪牙。
ていあん **提案**	제 안 **提案** jaean	**提案**	提交會議討論決定的建議、意見。
ていいん **定員**	정 원 **定員** jeongwon	**定員**	規定的人數。
ていえん **庭園**	정 원 **庭園** jeongwon	**庭園**	房屋周圍的空地，通常可種植花木，作為休閒活動的場所。
てい か **定価**	정 가 **定價** jeonggga	**定價**	規定的價格。
てい き **定期**	정 기 **定期** jeonggi	**定期**	有一定期限、期間的。
てい ぎ **定義**	정 의 **定義** jeongi	**定義**	能簡要完整表達某種概念的語言或文字。
てい ぎ **提議**	제 의 **提議** jaei	**提議**	提出主張或意見，以供討論；所提出的意見。
てい きあつ **低気圧**	저 기 압 **低氣壓** jeogiab	**低氣壓**	大氣中氣壓低於四周的地方。在低氣壓的上空，低層的空氣由四周向中心流動，所以低氣壓地區的空氣有向上升的現象，這些上升的空氣到高處冷卻而凝結，形成雲和雨，故低氣壓地區的天氣較不穩定；沉悶不穩定的氣氛。

日文漢字	韓文漢字	中文字	意思
ていきょう 提供	제 공 提供 jaegong	提供	供應、供給。提出可供參考或利用的意見、資料、物資、條件等讓對方自由運用。
てんけい 典型	전 형 典型 jeonhyeong	典型	舊法、模範；某一類人事物中有概括性或代表性意義的。
ていけい 提携	제 휴 提携 jaehyu	提攜	攜手。合作。
ていけつ 締結	체 결 締結 chegyeol	締結	訂立、建立（條約、同盟、邦交等）。
ていこう 抵抗	저 항 抵抗 jeohang	抵抗	抵禦抗拒。用行動反抗或制止對方的攻擊。
ていさつ 偵察	정 찰 偵察 jeongchal	偵察	為探察實情而暗中進行的活動。
てい し 停止	정 지 停止 jeongji	停止	不繼續，不進行。
てい し せい 低姿勢	저 자 세 低姿勢 jeojasae	低姿勢	將身體放低。
ていしゃ 停車	정 거 停車 jeonggeo	停車	停止車輛的行駛。
ていせい 訂正	정 정 訂正 jeongjeong	訂正	校訂改正。
ていそう 貞操	정 조 貞操 jeongjo	貞操	多指女子不失身或從一而終的操守；堅貞不渝的節操。
ていぞく 低俗	저 속 低俗 jeosog	低俗	低級庸俗。
ていたい 停滯	정 체 停滯 jeongchae	停滯	停止、不動。指受某種阻礙，而處於原來狀況，無法繼續發展前進。

て

日文漢字	韓文漢字	中文字	意思
ていちょう 鄭重	정 중 鄭重 jeongjoong	鄭重	嚴肅認真，謹慎小心。
ていでん 停電	정 전 停電 jeongjeon	停電	停止供電，或因線路故障而斷電。
てい ど 程度	정 도 程度 jeongdo	程度	道德、知識、能力等的水準；事物發展所達到的水準、狀況。
ていとう 抵当	저 당 抵當 jeodang	抵擋	抵抗；擋住壓力。
ていのう 低能	저 능 低能 jeoneung	低能	形容人因生理或心理的缺陷，以致智力發展較慢，智商較低，學習困難，缺乏處理生活和適應環境的能力。
ていはく 停泊	정 박 停泊 jeongbag	停泊	船靠岸停駐。
ていぼう 堤防	제 방 堤防 jaebang	堤防	岸邊、港口以土、石等堆築成的建築物。有防止洪水氾濫、波浪侵蝕或泥沙淤積等作用。
てき い 敵意	적 의 敵意 jeogi	敵意	仇視的心理、不友善的態度。
てきおう 適応	적 응 適應 jeogeung	適應	適合某種客觀條件或環境。
でき し 溺死	익 사 溺死 ikssa	溺死	淹死。
てきせい 適性	적 성 適性 jeoksseong	適性	適合個性。適於某人的資質、才能。
てきたい 敵対	적 대 敵對 jeokddae	敵對	是指因利害衝突而不能相容，矛盾衝突到了互不相容的地步，相互仇恨對立。

Track
45

日文漢字	韓文漢字	中文字	意思
てきとう 適当	적 당 適當 jeokddang	適當	合適；妥當。
てきよう 適用	적 용 適用 jeogyong	適用	符合客觀條件的要求，適合應用。
てきりょう 適量	적 량 適量 jeongnyang	適量	適當的數量。
てきれい 適齢	적 령 適齡 jeongnyeong	適齡	切合某種規定的年齡。
でぐち 出口	출 구 出口 choolgoo	出口	把貨物運往國外或外地；流體流出之通道或孔口。
でし 弟子	제 자 弟子 jaeja	弟子	學生、門徒。
てせい 手製	수 제 手製 soojae	手製	親手製作。
てそう 手相	수 상 手相 soosang	手相	手相又稱掌相，是一種以手掌的形態和紋理去推論運程的占卜方法。
てっかい 撤回	철 회 撤回 cheolhwae	撤回	召回派出去的；收回發出去的。
てつがく 哲学	철 학 哲學 cheolhag	哲學	是研究普遍的、基本問題的學科，包括存在、知識、價值、理智、心靈、語言等領域。
てっそう 鉄窓	철 창 鐵窓 cheolchang	鐵窗	裝有鐵柵欄的窗戶。
てったい 撤退	철 퇴 撤退 cheoltwae	撤退	放棄陣地或遷離已占領的地區。
てっつい 鉄槌	철 퇴 鐵槌 cheoltwae	鐵鎚	鐵製的鎚子。

て

日文漢字	韓文漢字	中文字	意思
てつづ 手続き	수속 手續 soosog	手續	辦事的程序，規定步驟。
てってい 徹底	철저 徹底 cheoljjeo	徹底	完全、貫通到底。
てっとう 鉄桶	철통 鐵桶 cheoltong	鐵桶	鐵製的桶子。
てっとう 鉄塔	철탑 鐵塔 cheoltab	鐵塔	鋼鐵建造的高塔；架設高壓電線。
てっとうてつび 徹頭徹尾	철두철미 徹頭徹尾 cheoldducheolmi	徹頭徹尾	從頭到尾、完完全全。
てっぺき 鉄壁	철벽 鐵壁 cheolbyeok	鐵壁	鐵做的牆壁。比喻城壁極堅固。
てつや 徹夜	철야 徹夜 cheorya	徹夜	通宵，一整夜。
てつろ 鉄路	철로 鐵路 cheolo	鐵路	是供火車等交通工具行駛的軌道線路。
でんあつ 電圧	전압 電壓 jeonab	電壓	使電流沿同一方向流動的外加力量。單位為伏特。
てんいん 店員	점원 店員 jeomwon	店員	商店的員工。
てんうん 天運	천운 天運 cheonwoon	天運	即宇宙各種自然現象無心運行而自動；天命。自然的氣數。
てんおん 天恩	천은 天恩 cheoneun	天恩	上天的恩賜；帝王的恩遇。
てんか 天下	천하 天下 cheonha	天下	普天之下。全世界。

226

日文漢字	韓文漢字	中文字	意思
てんか 添加	첨 가 添加 cheomga	添加	添入、增加。
てんか 点火	점 화 點火 jeomhwa	點火	將物品引火點燃。
てんか 転嫁	전 가 轉嫁 jeonga	轉嫁	將所應承受的負擔、罪名、損失等加諸在別人身上。
てんかい 展開	전 개 展開 jeongae	展開	指張開，鋪開，伸展或大規模地進行。
てんがい 天涯	천 애 天涯 cheonae	天涯	指非常遙遠的地方。
てんがく 転学	전 학 轉學 jeonhag	轉學	學生從甲校轉入乙校繼續學習。
てんかん 転換	전 환 轉換 jeonhwan	轉換	轉變更換。
でんき 伝記	전 기 傳記 jeongi	傳記	是某人物人生的真實故事，解釋人物行為背後的原因和動機，詮釋人物的經歷和遭遇，甚至生命的意義。
てんこう 天候	천 후 天候 cheonhoo	天候	在一定的時間內（期間較短），某一地區的大氣物理狀態。如氣溫、氣壓、溼度、風、降水等。
てんさい 天才	천 재 天才 cheonjae	天才	天賦優越、卓絕的才能。
てんさい 天災	천 재 天災 cheonjae	天災	天降的災禍；自然災害。
てんし 天使	천 사 天使 cheonsa	天使	指天神的使者。代表聖潔、良善、正直，上帝（安拉）旨意的傳達者；現在常用來比喻天真可愛、溫柔可愛的人。

て

日文漢字	韓文漢字	中文字	意思
てんじ 展示	전 시 展示 jeonsi	展示	展現、陳列作品等。
でん し 電子	전 자 電子 jeonja	電子	一種穩定的基本粒子。和原子核構成原子。所帶的電量為 -1。602 乘以 10 的 -19 次方庫侖，為電量的最小單位。
てんじゅ 天寿	천 수 天壽 cheonsoo	天壽	猶言天年。
でんじゅ 伝授	전 수 傳授 jeonsoo	傳授	將知識、技能教給他人。
でんしょう 伝承	전 승 傳承 jeonseung	傳承	（制度、信仰、習俗等）傳接繼承。
てんしんらんまん 天真爛漫	천 진 난 만 天眞爛漫 cheonjinnanman	天真爛漫	形容性情率真，毫不假飾。
てんせい 天生	천 생 天生 cheonsaeng	天生	自然生成、與生俱來。
でんせつ 伝説	전 설 傳說 jeonseol	傳說	流傳在民間，關於某人、某事的敘述。內容多附會史實而有所改易，其中亦常夾雜神話。輾轉述說。
でんせん 伝染	전 염 傳染 jeonyeom	傳染	病原從病體侵入另一個生物體內的過程；比喻因接觸使情緒、風氣等受影響，發生類似變化。
でんせん 電線	전 선 電線 jeonseon	電線	傳送電力的導線，多用銅或鋁製成。
でんたつ 伝達	전 달 傳達 jeondal	傳達	將一方的意思轉告給另一方。
でんたん 伝単	전 단 傳單 jeondan	傳單	印成單張散發給人的宣傳品。

日文漢字	韓文漢字	中文字	意思
でん ち 電池	전 지 電池 jeonji	電池	將機械能以外的其他形式能量直接轉化為電能的裝置。如化學電池、太陽能電池等。
てんてき 天敵	천 적 天敵 cheonjeog	天敵	指自然界中某種動物專門捕食或危害另一種動物。
てんとう 点灯	점 등 點燈 jeomdeung	點燈	引火將燈點燃或打開電源使燈亮起。
でんとう 伝統	전 통 傳統 jeontong	傳統	世代相傳,有傳承延續性質的社會因素,如風俗、道德、習慣、信仰、思想、方法等。
でんとう 電灯	전 등 電燈 jeondeung	電燈	照明用的電器,主要是藉電流流經電阻體而發光。
てんねん 天然	천 연 天然 cheonyeon	天然	自然賦予的,生來具備的。
でん ぱ 伝播	전 파 傳播 jeonpa	傳播	廣泛散播。
でん ぱ 電波	전 파 電波 jeonpa	電波	藉電的振動產生向四面八方,或固定方向進行的波動。可用來傳達訊息、偵測物體、測距等。
てん ぷ 天賦	천 부 天賦 cheonboo	天賦	就是天分,是天所給予的,成長之前就已經具備的成長特性、資質。
てん ぽ 店舗	점 포 店鋪 jeompo	店鋪	陳列商品進行銷售的商店。
てんぼう 展望	전 망 展望 jeonmang	展望	指向遠處看;向將來看;估量事物發展的前途。
でんぽう 電報	전 보 電報 jeonbo	電報	以電的訊號來傳送消息的通信方式。通常利用架空線或地下電纜,傳送由長音、短音組合成的脈衝信號,接收端經解碼後即可明瞭信息的內容。

日文漢字	韓文漢字	中文字	意思
てんめい 天命	천 명 天命 cheonmyeong	天命	上天之意旨；由天主宰的命運。
てんもん 天文	천 문 天文 cheonmoon	天文	天空中，日月星辰及風、雲、雨、雪等一切自然現象。
てんらんかい 展覧会	전 람 회 展覽會 jeolamhwae	展覽會	是指陳列物品並於特定時間內供人參觀的集會，為一種大型項目管理及社交活動，其活動展示商品、藝術、公司組織形象及服務。
てん り 天理	천 리 天理 cheoli	天理	天道，自然法則。
でんりょく 電力	전 력 電力 jeolyeog	電力	發電機所產生的電能量。供電的能力。
てんりん 天倫	천 륜 天倫 cheolyun	天倫	自然的倫常關係，如父子、兄弟等；天理，自然的條理次序。自然的道理。
でん わ 電話	전 화 電話 jeonhwa	電話	利用電的作用使兩地互相通話、傳達溝通的工具。其原理在將聲波轉換成電的強弱信號，傳至他處，再還原成聲波。設備包括主機、按鍵、話筒等部分。
とうあん 答案	답 안 答案 daban	答案	問題的解答。
どう い 同意	동 의 同意 dongi	同意	贊成；意見相同。
とういつ 統一	통 일 統一 tongil	統一	將零散、分離的事物統合為一體；一致的、沒有差別的。
とういん 党員	당 원 黨員 dangwon	黨員	加入某一政黨組織，支持其達成政治目標的人。

Track
46

と

日文漢字	韓文漢字	中文字	意思
とうか 透過	투 과 透過 toogwa	透過	穿透；穿過。
どうか 同化	동 화 同化 donghwa	同化	使不相同的事物逐漸變成相近或相同。
とうかい 東海	동 해 東海 donghae	東海	中國東海。東海，東方的海。
とうかつ 統轄	통 할 統轄 tonghal	統轄	統理管轄。
とうき 冬季	동 계 冬季 donggae	冬季	秋春之間的季節。北半球一年當中最寒冷的季節。
とうき 投機	투 기 投機 toogi	投機	投機指利用市場出現的價差進行買賣從中獲得利潤的交易行為。
とうき 陶器	도 기 陶器 dogi	陶器	用黏土燒制的器物，質地較瓷器疏鬆，有吸水性。有的也上粗釉。
とうき 登記	등 기 登記 deunggi	登記	指把有關事項或東西登錄記載在冊籍上。
どうき 動機	동 기 動機 donggi	動機	引發人從事某種行為的力量和念頭。
どうぎ 道義	도 의 道義 doi	道義	道德和正義。
とうきゅう 投球	투 구 投球 toogoo	投球	（棒球）投球；投出的球。
とうぎゅう 闘牛	투 우 鬪牛 toowoo	鬥牛	是指牛與人、牛與牛間在鬥牛場進行打鬥的一項競技活動。

日文漢字	韓文漢字	中文字	意思
どうきゅう **撞球**	당 구 **撞球** danggu	**撞球**	遊戲的方式為在長方形的球檯上放置一或二顆白色母球以及數顆子球，以球桿撞擊母球來碰撞其他子球，使子球進入球檯四周的袋子而得分。
どうきょ **同居**	동 거 **同居** donggeo	**同居**	同住一處或共同居住。
どうきょう **同鄉**	동 향 **同鄉** donghyang	**同鄉**	同一鄉裡或同籍貫的人。
どうぎょう **同業**	동 업 **同業** dongeob	**同業**	從事相同行業的人或團體。
どう ぐ **道具**	도 구 **道具** dogoo	**道具**	工具、器具、家庭生活用具；戲劇、電影或其他表演中所需的舞臺用具。大道具如床、椅子，小道具如茶杯等。
どうくつ **洞窟**	동 굴 **洞窟** donggul	**洞窟**	是指自然形成的人可進入的地下空洞。
とうけい **統計**	통 계 **統計** tonggae	**統計**	總括計算。
とうけつ **凍結**	동 결 **凍結** donggyeol	**凍結**	比喻維持現狀，不做任何變動；物體受凍凝結。
とうこう **投降**	투 항 **投降** toohang	**投降**	停止抵抗，向對方降順。
とうこう **投稿**	투 고 **投稿** toogo	**投稿**	作者將享有著作權的未發表作品投寄給報刊雜誌社、廣播電視臺或出版社並希望被採用的行為。
どうこう **動向**	동 향 **動向** donghyang	**動向**	行動或事情發展的趨向。
どう さ **動作**	동 작 **動作** dongjag	**動作**	身體的活動或行動。

日文漢字	韓文漢字	中文字	意思
とうざい 東西	동 서 東西 dongseo	東西	東方與西方。
どうさつ 洞察	통 찰 洞察 tongchal	洞察	深入、徹底的觀察。
とうし 投資	투 자 投資 tooja	投資	以資本、財物或勞務，直接或間接投入某種企業的經營，以企圖獲利的行為。
とうし 凍死	동 사 凍死 dongsa	凍死	因寒冷而使生物死亡。
とうし 透視	투 시 透視 toosi	透視	利用愛克斯射線透過人體在螢幕上形成的影像觀察人體內部；喻清楚看到事物的本質。
とうし 闘志	투 지 鬪志 tooji	鬥志	鬥爭的意志。奮發進取的意志。
とうじ 冬至	동 지 冬至 dongji	冬至	24 節氣之一，這天北半球夜最長、晝最短，南半球相反。
とうじ 当時	당 시 當時 dangsi	當時	從前、那時候。
どうし 道士	도 사 道士 dosa	道士	信奉道教的人；修佛道之士的略稱；泛稱有道之士。
どうじ 同時	동 시 同時 dongsi	同時	同一時間。
とうじつ 当日	당 일 當日 dangil	當日	即日，當天。
とうしゅ 投手	투 수 投手 toosoo	投手	棒球或壘球比賽中，防守方負責投球供進攻打擊手打擊的球員，常被視為主宰勝負的靈魂人物。
とうしゅく 投宿	투 숙 投宿 toosoog	投宿	前往住宿。臨時住宿。

と

日文漢字	韓文漢字	中文字	意思
とうしょ 当初	당 초 當初 dangcho	當初	一開始，最初。泛指從前或特指過去發生某件事情的時候。
とうしょう 凍傷	동 상 凍傷 dongsang	凍傷	皮膚或皮下組織因溫度過低所引起的傷害。
とうじょう 登場	등 장 登場 deungjang	登場	演員登上舞臺演出。引申為上場。
とうじょう 搭乘	탑 승 搭乘 tapsseung	搭乘	乘坐交通工具。
どうじょう 同情	동 정 同情 dongjeong	同情	指主觀的體會他人內心的感情，能體會到他人的感受，進而產生悲憫他人的心情。
どうじょう 道場	도 장 道場 dojang	道場	泛指修行學道、練功的處所。也泛指佛教、道教中規模較大的誦經禮拜儀式。
どうしょくぶつ 動植物	동 식 물 動植物 dongsingmool	動植物	動物和植物的合稱。
とうすい 陶醉	도 취 陶醉 dochwi	陶醉	表示很滿意地沉浸在某種境界或思想中，沉醉於某種事物或境界裏，以求得內心的安慰。
どうせい 同姓	동 성 同姓 dongseong	同姓	指姓氏相同。
とうせき 党籍	당 적 黨籍 dangjeog	黨籍	具有某一政黨黨員身分的資格。
どうせき 同席	동 석 同席 dongseog	同席	意思為同一席子，或同坐一席，古人席地而坐，因此有這一詞，後來泛指同坐一處。
とうせん 当選	당 선 當選 dangseon	當選	選舉時被選上。在競選中得到合於法定的多數票而中選。
とうぜん 当然	당 연 當然 dangyeon	當然	理應如此。

と

日文漢字	韓文漢字	中文字	意思
どうせん 銅錢	동 전 銅錢 dongjeon	銅錢	以銅製作的貨幣。
とうそう 鬪爭	투 쟁 鬪爭 toojaeng	鬥爭	泛指雙方互不相讓，力求取勝。
どうそう 同窓	동 창 同窓 dongchang	同窗	是有共同學習環境的一群學生。
とうぞく 盜賊	도 적 盜賊 dojeog	盜賊	劫奪和偷竊財物的人。
どうぞく 同族	동 족 同族 dongjog	同族	同一宗族；同一種族。
とうた 淘汰	도 태 淘汰 dotae	淘汰	經由選擇或競爭，剔除較低劣的人或物，適者生存的現象。
とうだい 当代	당 대 當代 dangdae	當代	當今、現代。
とうたつ 到達	도 달 到達 dodal	到達	謂到了某一地點或某一階段、狀態。
とうち 統治	통 치 統治 tongchi	統治	政府為維持國家的生存與發展，運用國權，以支配領土和國民的行為。
とうてき 投擲	투 척 投擲 toocheog	投擲	拋、丟。
とうてつ 透徹	투 철 透徹 toocheol	透徹	清澈。顯明通徹。詳盡而深入。
どうとう 同等	동 등 同等 dongdeung	同等	地位或等級相同。
どうとく 道德	도 덕 道德 dodeog	道德	社會意識形態之一，用以判斷善惡，並以此端正行為，是人共同生活及其行為的準則和規範。

日文漢字	韓文漢字	中文字	意思
とうなん 東南	동 남 東南 dongnam	東南	介於東與南之間的方位或方向。
とうにゅう 投入	투 입 投入 tooib	投入	擲入、丟入；放進去（資本、勞力等）。
とう は 党派	당 파 黨派 dangpa	黨派	因思想、行為、信念等之歧異而形成的派別。
とうばつ 討伐	토 벌 討伐 tobeol	討伐	指征伐，出兵攻打。
どうはん 同伴	동 반 同伴 dongban	同伴	同行或同在一起學習、工作、生活的人。
とう ひ 逃避	도 피 逃避 dopi	逃避	躲開害怕、困難或不願意面對的事物。
とうひょう 投票	투 표 投票 toopyo	投票	選舉或表決時，將個人意見表達在選票上，再投進票箱，再根據多數票決定事物的方式。
とう ふ 豆腐	두 부 豆腐 dooboo	豆腐	將黃豆浸水後磨成豆漿，加入鹽滷或石膏使凝結成塊，再壓去部分水分所製成的食品。
どうぶつ 動物	동 물 動物 dongmool	動物	相對於植物的另一大類生物。多可自行攝食有機物以維生，有神經、感覺，並具運動能力。生存範圍遍及世界各處。
とうべん 答弁	답 변 答辯 dapbbyeon	答辯	反駁別人的批評、指責或論斷。
とうほう 東方	동 방 東方 dongbang	東方	太陽升起的那個大方向；面朝北時的右方。亞洲的泛稱。
とうぼう 逃亡	도 망 逃亡 domang	逃亡	被迫出逃，流亡在外。

と

日文漢字	韓文漢字	中文字	意思
どうほう 同胞	동 포 同胞 dongpo	同胞	同父母所生的兄弟姊妹；同國或同民族的人。
とうほく 東北	동 북 東北 dongboog	東北	介於東和北之間的方向；指國土的東北部。中國的東北。
とうみん 冬眠	동 면 冬眠 dongmyeon	冬眠	指的是變溫動物、某些哺乳類動物和少部分的鳥類在寒冷的季節，會通過降低體溫的方式而進入的類似昏睡的生理狀態。
とうめい 透明	투 명 透明 toomyeong	透明	光線可以穿過，通澈明亮；完全的、清楚的。
どうめい 同盟	동 맹 同盟 dongmaeng	同盟	為採取共同行動而締結盟約。由締結盟約而形成的整體。
とうやく 湯藥	탕 약 湯藥 tangyak	湯藥	指的是用水煎服的中藥。
とうよう 東洋	동 양 東洋 dongyang	東洋	亞洲東部的海洋；自清代以來至抗戰時期，常稱日本為東洋。
とうよう 盜用	도 용 盜用 doyong	盜用	非法使用；竊取而使用。
どうよう 動揺	동 요 動搖 dongyo	動搖	搖晃；不堅定。
どうよう 童謡	동 요 童謠 dongyo	童謠	兒童傳唱的歌謠。舊時認為能預示世運或人事。
どうらん 動乱	동 란 動亂 dongnan	動亂	指社會上、政治上的動盪變亂。
どうり 道理	도 리 道理 dori	道理	事情或論點的是非得失的根據；理由；情理；事物的規律。

日文漢字	韓文漢字	中文字	意思
とうりゅうもん **登竜門**	등 용 문 **登龍門** deungyongmoon	登龍門	龍門位於黃河上游，其流甚急。古代傳說鯉魚登此門即化為龍。比喻考試及第或由微賤變為顯貴。
どうりょう **同僚**	동 료 **同僚** dongnyo	同僚	在同一職場共事的人。
どうりょく **動力**	동 력 **動力** dongnyeog	動力	使機械運動的作用力；比喻推動前進和發展的力量。
とうれい **答礼**	답 례 **答禮** damnae	答禮	回禮；還禮。
どうろ **道路**	도 로 **道路** doro	道路	地面上供人或車馬通行的部分。
とうろく **登録**	등 록 **登錄** deungnog	登錄	註冊或登記。
とうろん **討論**	토 론 **討論** toron	討論	相互探討研究，以尋求結論。
どうわ **童話**	동 화 **童話** donghwa	童話	為兒童編寫的故事，適於兒童心理與興趣，行文淺易，多敘述神奇美妙的故事，啟發兒童的心智，增加幻想的空間。
どき **怒気**	노 기 **怒氣** nogi	怒氣	憤怒的情緒。
どく **毒**	독 **毒** dog	毒	有害的性質或有害的東西。
とくい **得意**	득 의 **得意** deugi	得意	稱心如意或引以自豪。
どくがく **独学**	독 학 **獨學** dokag	獨學	謂自學而無師友指導，憑自己一個人學習。

と

日文漢字	韓文漢字	中文字	意思
どくけ 毒気	독 기 毒氣 dokggi	毒氣	泛指有毒的氣體。
どくさい 独裁	독 재 獨裁 dokjjae	獨裁	意爲獨自裁斷。多指獨攬政權，實行專制統治。
どくさつ 毒殺	독 살 毒殺 dokssal	毒殺	用毒物殺害。
とくしつ 得失	득 실 得失 deukssil	得失	利弊，好處與壞處。
どくしゃ 読者	독 자 讀者 dokjja	讀者	閱讀書報雜誌文章的人。
どくしゅ 毒酒	독 주 毒酒 dokjju	毒酒	含有麻醉藥或毒藥的酒。
どくしょ 読書	독 서 讀書 doksseo	讀書	是指獲取他人已預備好的符號、文字並加以辨認、理解、分析的過程，有時還伴隨著朗讀、鑒賞、記憶等行為。
どくしょう 独唱	독 창 獨唱 dokchang	獨唱	一個人演唱。
どくしん 独身	독 신 獨身 dokssin	獨身	適合結婚年齡但尚未結婚的人。或沒有配偶者。
どくぜつ 毒舌	독 설 毒舌 doksseol	毒舌	刻薄話，挖苦話。用於指對他人說話時具有諷刺性的一種人物性格或具有該性格的人物。
どくそう 独奏	독 주 獨奏 dokjju	獨奏	由一位演奏者單獨奏曲。
どくそう 独創	독 창 獨創 dokchang	獨創	獨特的創造、發明。製造前所未有的事物。

日文漢字	韓文漢字	中文字	意思
とくそく 督促	독 촉 督促 dokchog	督促	監督催促履行某約定或實行某事物。
どくとく 独特	독 특 獨特 dokteug	獨特	指特有的，特別的，獨一無二、與眾不同的。
とくひょう 得票	득 표 得票 deukpyo	得票	選舉或表決時所得到支援的選票。
とくぼう 德望	덕 망 德望 deongmang	德望	道德與聲望。
どくやく 毒薬	독 약 毒藥 dogyag	毒藥	含有毒性，能危害生物生理機能的藥。
どくりつ 独立	독 립 獨立 dongnib	獨立	指單獨的站立或者指關係上不依附、不隸屬。依靠自己的力量去做某事，過生活。
ところどころ 処々	처 처 處處 cheocheo	處處	在各個地方，在各個方面，在所有地方。
とざん 登山	등 산 登山 deungsan	登山	攀登山峰。
どさん 土産	토 산 土産 tosan	土產	當地產的物品。
とし 都市	도 시 都市 dosi	都市	指的是以非農業產業和非農業人口集聚為主要的居民點，由鄉村逐漸演變而來，通常有交通、資源、地形平坦等等有利條件。
としょ 図書	도 서 圖書 doseo	圖書	圖書和書籍的統稱。
どじょう 土壤	토 양 土壤 toyang	土壤	覆蓋在地殼最外圍的一層土質，由土粒與腐植質混合而成。

日文漢字	韓文漢字	中文字	意思
ど じん 土人	토 인 土人 toin	土人	指土著。本地人；文化不發達地區的人。
と せん 渡船	도 선 渡船 doseon	渡船	載運人、物等橫渡江河、湖泊的船。
と たん 塗炭	도 탄 塗炭 dotan	塗炭	陷於塗泥炭火之中。比喻非常困苦的境遇。
と ち 土地	토 지 土地 toji	土地	田地；土壤；地球的純陸地部分。
と ちゅう 途中	도 중 途中 dojoong	途中	路上，路途之間。事物還沒有結束之間。
どっかい 読解	독 해 讀解 dokae	讀解	先去把某一事物所提供的資訊讀取出來，然後進行分析從而對這樣的資訊進行解釋，以達到弄清楚為何是這樣而不是那樣的目的。
どっきょ 独居	독 거 獨居 dokggeo	獨居	指長期的、獨身一人居住、生活。
とっけい 特恵	특 혜 特惠 teukae	特惠	給予特別優惠待遇的。
とつぜん 突然	돌 연 突然 doryeon	突然	形容情況緊急且出人意外。
とっぱ 突破	돌 파 突破 dolpa	突破	衝破或超過某個界限；打破某個僵局、障礙或困難。
とっぱつ 突発	돌 발 突發 dolbal	突發	是指出人意外地發生的事件。
ど とう 怒涛	노 도 怒濤 nodo	怒濤	形容猛烈洶湧的大浪。

と

日文漢字	韓文漢字	中文字	意思
と ばく 賭博	도 박 賭博 dobag	賭博	用錢物作注以比輸贏的一種不正當的娛樂活動。
ど ぼく 土木	토 목 土木 tomog	土木	建築工程。
とりかご 鳥籠	조 롱 鳥籠 jorong	鳥籠	關養鳥的器具，以竹、鐵等製成。
ど りょう 度量	도 량 度量 doryang	度量	用以計量長短和容積的標準；容忍、寬容別人的限度。
ど りょく 努力	노 력 努力 noryeog	努力	為了實現某目標，把能力盡量使出來，勤奮、認真去做。
ど れい 奴隷	노 예 奴隷 noyae	奴隷	通常指失去人身自由並被他人（通常是奴隷主）任意驅使的，為他們做事的人。
と ろ 吐露	토 로 吐露 toro	吐露	說出實情或真心話。
どんかん 鈍感	둔 감 鈍感 doongam	鈍感	感覺遲鈍的。
どん き 鈍器	둔 기 鈍器 doongi	鈍器	不銳利的器具。

MEMO

内科・内科・内科 ／日文漢字・韓文漢字▶中文字

naeggwa

な

醫學上指主要採用藥物來治療內臟疾病的一科。

▲日文漢字	▲韓文漢字	▲中文字	▲意思
ないかく 内閣	내 각 內閣 naegag	內閣	由內閣總理及內閣閣員組成的國家最高行政機關，負責國家政策的擬定及推展。
ないじゅ 内需	내 수 內需 naesoo	內需	國內市場的需求。
ないしん 内心	내 심 內心 naesim	內心	心裡、心中。泛指思想或感情。因為心是思想的主體，二者又都在身體內，故稱為「內心」。
ないせん 内戦	내 전 內戰 naejeon	內戰	指一個國家內部爆發的戰爭，或是由剛從同一個國家分裂的兩個政治實體之間的戰爭。
ないぞう 内臓	내 장 內臟 naejang	內臟	人或動物的胸腔和腹腔內器官的統稱。內臟包括心、肺、胃、肝、脾、腎、腸等。
ないてい 内定	내 정 內定 naejeong	內定	事先內部祕密選定。大多指人事調配。
ない ぶ 内部	내 부 內部 naeboo	內部	指裡邊或界線內的地方或空間；指某一範圍以內。
ないふくやく 内服薬	내 복 약 內服藥 naebogyag	內服藥	供病人口服的藥品。
ないよう 内容	내 용 內容 naeyong	內容	事物內部所包含的東西或意義（跟「形式」相區別）。
ないらん 内乱	내 란 內亂 naeran	內亂	國家內部發生動亂不安的局面。
なな 七	칠 七 chil	七	介於6與8之間的自然數。大寫作「柒」，阿拉伯數字作「7」。

日文漢字	韓文漢字	中文字	意思
なんかい 難解	난 해 難解 nanhae	難解	難以明瞭。
なんかん 難関	난 관 難關 nangwan	難關	不易度過的關頭或具有決定性的重要時期。
なんきょく 南極	남 극 南極 namgeug	南極	地球的最南端，在南緯 90 度上；羅盤上磁針所指向南的一端。
なんこう 軟膏	연 고 軟膏 yeongo	軟膏	為一種或數種藥品，加以軟膏基劑，經研合均勻所製成的半固體外用製劑。
なんじゃく 軟弱	연 약 軟弱 yeonyag	軟弱	不堅強。
なんべい 南米	남 미 南美 nammi	南美	巴拿馬和哥倫比亞二國國界以南的美洲大陸。
なんぼく 南北	남 북 南北 namboog	南北	南邊與北邊。南方和北方。
なんみん 難民	난 민 難民 nanmin	難民	由於天災、戰禍、貧窮、種族和宗教迫害、政治避難等因素流離失所的人。
にくたい 肉体	육 체 肉體 yukchae	肉體	人的身體。
にくよく 肉欲	육 욕 肉慾 yugyok	肉慾	男女間的情慾。
にちご 日語	일 어 日語 ireo	日語	日本語言。
にっき 日記	일 기 日記 ilgi	日記	每日的生活紀錄。
にっこう 日光	일 광 日光 ilgwang	日光	太陽的光。

に

日文漢字	韓文漢字	中文字	意思
にっし 日誌	일 지 日誌 iljji	日誌	每日工作、事件的紀錄。
にっしょく 日食	일 식 日食 ilssig	日食	月球運行到地球和太陽之間，太陽照射地球的光被月球遮擋的現象。太陽光全部被遮住時叫日全食；部分被遮住時叫日偏食；中心部分被遮住時叫日環食。
にってい 日程	일 정 日程 iljjeong	日程	按日排定的辦事或活動程式。
に ほん 日本	일 본 日本 ilbon	日本	位於亞洲東部太平洋與日本海之間，由本州、四國、九州、北海道等4個大島及附近小島所組成，面積37萬8千平方公里，人口約1億2千150萬人。首都為東京（Tokyo），人民信仰日本神道教、道教、佛教，主要語言為日本語。為君主立憲的國家。
にゅうかい 入会	입 회 入會 ipwae	入會	加入團體組織成為會員。
にゅうがく 入学	입 학 入學 ipag	入學	開始進入某個學校學習，成為該校的學生。
にゅうこう 入港	입 항 入港 ipang	入港	船舶進入港口。
にゅうさんきん 乳酸菌	유 산 균 乳酸菌 yusangyun	乳酸菌	分解單醣並使乳酸發酵的細菌。對於酸性有抵抗力，常用於發酵及酪品製造。
にゅうじょう 入場	입 장 入場 ipjjang	入場	進入會場、試場或戲院等各種場合。
にゅうもん 入門	입 문 入門 immoon	入門	進入門內；對某種知識或技藝的初步認識、了解。

日文漢字	韓文漢字	中文字	意思
にょにん 女人	여 인 女人 yeoin	女人	泛稱成年女子。
に るい 二壘	이 루 二壘 iroo	二壘	棒球中，在一壘跟三壘之間。
にん い 任意	임 의 任意 imi	任意	隨意而為，不受拘束。
にん き 任期	임 기 任期 imgi	任期	任職的期限。
にんじょう 人情	인 정 人情 injeong	人情	人的常情、世情。
にんじん 人参	인 삼 人參 insam	人參	五加科人參屬，多年生宿根草本。主根肥大，形狀像人。
にんたい 忍耐	인 내 忍耐 innae	忍耐	按捺住感情或感受，不使發作。
にん む 任務	임 무 任務 immoo	任務	擔任的職務或使命。
にんめい 任命	임 명 任命 immyeong	任命	命其擔任某官職或職務。
ね いろ 音色	음 색 音色 eumsaeg	音色	是指不同聲音表現在波形方面總是有與眾不同的特性，不同的物體振動都有不同的特點。不同的發聲體由於其材料、結構不同，則發出聲音的音色也不同。
ねっ き 熱気	열 기 熱氣 yeolgi	熱氣	熱的氣體；溫度較高的空氣；激情、熱情。
ねつじょう 熱情	열 정 熱情 yeoljjeong	熱情	指人參與活動或對待別人所表現出來的熱烈，積極、主動、友好的情感或態度。

日文漢字	韓文漢字	中文字	意思
ねっしん 熱心	열 심 熱心 yeolssim	熱心	形容人做事積極且富關懷熱情。
ねっせん 熱戰	열 전 熱戰 yeoljjeon	熱戰	泛指各種激烈的競爭；相對於冷戰而言。
ねつぞう 捏造	날 조 捏造 naljjo	捏造	虛構、編造。無中生有。
ねったい 熱帶	열 대 熱帶 yeolddae	熱帶	赤道兩側南回歸線和北回歸線之間的地帶。
ねっとう 熱湯	열 탕 熱湯 yeoltang	熱湯	沸水；熱水。
ねつりょう 熱量	열 량 熱量 yeolyang	熱量	食物經消化吸收後，在體內部分轉變為能量，然後以熱的形式，或以能的形式被利用。
ねんかん 年鑑	연 감 年鑑 yeongam	年鑑	每年出版的作為一年的統計、實況等的報告或總覽的書。
ねんきん 年金	연 금 年金 yeongeum	年金	為撫卹死亡、傷殘或獎勵退休、有功人員所定期支付的固定金額。
ねんしょう 燃燒	연 소 燃燒 yeonso	燃燒	物質劇烈氧化而發熱發光。
ねんだい 年代	연 대 年代 yeondae	年代	將一個世紀以連續的 10 年爲階段進行劃分的叫法，通常適用於用公元紀年；特指一個朝代經歷的時間；年數。
ねんど 年度	연 도 年度 yeondo	年度	根據業務性質和需要而規定的有一定起訖日期的 12 個月。
ねんど 粘土	점 토 粘土 jeomto	黏土	具塑性與黏性的土壤，由細粒的礦物所組成。依成分的不同，可用於燒製磚、瓦、陶瓷器，或其他工業製品。

ね

日文漢字	韓文漢字	中文字	意思
ねんねん 年々	연 년 年年 yeonnyeon	年年	指每年。
ねんぶつ 念仏	염 불 念佛 yeombool	念佛	佛教修行方法的一類，即口誦「阿彌陀佛」或「南無阿彌陀佛」。表示感謝佛的保佑等。
ねんまつ 年末	연 말 年末 yeonmal	年末	一年的最後一段時間。
ねんりょう 燃料	연 료 燃料 yeolyo	燃料	可供燃燒而釋出熱能的物質。如煤、炭、汽油、煤氣等。
ねんりん 年輪	연 륜 年輪 yeolyun	年輪	樹木在一年內生長所產生的一個層，它出現在橫斷面上好像一個（或幾個）輪，圍繞著過去產生的同樣的一些輪。
ねんれい 年齢	연 령 年齡 yeolyeong	年齡	年紀、歲數。
のう 脳	뇌 腦 nwae	腦	中樞神經系統的主要部分。位於顱腔內。
のうか 農家	농 가 農家 nongga	農家	以務農為生計的人家。
のうぎょう 農業	농 업 農業 nongeob	農業	在土地上從事以栽培作物為主的生產事業。
のうさくぶつ 農作物	농 작 물 農作物 nongjangmool	農作物	栽種在農田的植物。如穀類、蔬菜等。
のうさんぶつ 農産物	농 산 물 農產物 nongsanmool	農產物	農作物、農產品，是泛指在大量培植供人食用或做工業原料的物種。
のうじ 農事	농 사 農事 nongsa	農事	農業生產有關的事務。如耕種、除草、收穫等。

日文漢字	韓文漢字	中文字	意思
のうじょう 農場	농 장 農場 nongjang	農場	使用機器、大規模栽培農作物的場所。
のうそん 農村	농 촌 農村 nongchon	農村	居民大部分都是農民集居的村落。
のう ど 濃度	농 도 濃度 nongdo	濃度	定量的溶液中所含溶質的量。
のうみん 農民	농 민 農民 nongmin	農民	以務農為業的人民。
のうやく 農藥	농 약 農藥 nongyag	農藥	在農業生產過程中所使用的藥劑。使用的目的是為了防止農林作物遭受鼠蟲等災害和雜草的侵害，調節農林作物的生長，促進有益昆蟲的繁殖。
のうりょく 能力	능 력 能力 neungnyeog	能力	個人目前實際具備的能力或一為個人可經由學習或刺激而展現出的潛在能力。
の り 海苔	해 태 海苔 haetae	海苔	海中的苔類植物。

の

MEMO

歯・齒・齒

chi

／日文漢字▶韓文漢字▶中文字

人和動物嘴裡咀嚼的器官。

▶日文漢字	▶韓文漢字	▶中文字	▶意思
は あく 把握	파 악 把握 paag	把握	抓住、掌握。
はいいろ 灰色	회 색 灰色 hoesaeg	灰色	淺黑色，介於黑、白之間的顏色；比喻色彩不鮮明或消沉悲觀、黯淡鬱郁。
はいえつ 拝謁	배 알 拜謁 baeal	拜謁	拜見。
ばい か 梅花	매 화 梅花 maehwa	梅花	梅樹的花。
ばいかい 媒介	매 개 媒介 maegae	媒介	起介紹或引導作用，使雙方發生聯繫的人或事物。
はいがん 肺癌	폐 암 肺癌 paeam	肺癌	它是一種生長於支氣管或肺泡的惡性腫瘤。肇因於肺部組織細胞不受控制地生長。如不治療，腫瘤細胞會轉移至鄰近組織或身體的其他地方。
はい き 排気	배 기 排氣 baegi	排氣	排出空氣。
はい き 廃棄	폐 기 廢棄 paegi	廢棄	因失去利用價值而捨棄；廢除、拋棄不用。
はいきゅう 配給	배 급 配給 baegeub	配給	按照規定的數量和價格出售給消費者。
はいきょ 廃墟	폐 허 廢墟 paeheo	廢墟	建築物荒廢後的遺跡。

日文漢字	韓文漢字	中文字	意思
はいけい 背景	배 경 背景 baegyeong	背景	圖畫、攝影中襯托主體的景物；戲劇舞臺上的布景；借指可作倚靠的人物或勢力；影響事件發展的幕後歷史情況或現實環境。
はいけっかく 肺結核	폐 결 핵 肺結核 paegyeolhaeg	肺結核	為結核桿菌感染引起的疾病。結核通常造成肺部感染，也会感染身體的其他部分。
はい ご 背後	배 후 背後 baehoo	背後	身體或物體的後面；事物的背後。
はいこう 廃校	폐 교 廢校 paegyo	廢校	是指以公共行政或法律手段迫使學校停止辦學的行為。
ばいこく 売国	매 국 賣國 maegug	賣國	出賣國家主權、領土、尊嚴為代價，獲得某種利益的行為。
はい し 廃止	폐 지 廢止 paeji	廢止	使法律上無效，宣佈在法律上不再生效；取消。廢棄不用。
はいしゅつ 排出	배 출 排出 baechool	排出	使放出、排出。
ばいしゅん 売春	매 춘 賣春 maechoon	賣春	女子為金錢或其他報酬出賣貞操。
ばいしょう 賠償	배 상 賠償 baesang	賠償	指對損失、損壞或傷害的補償；對受害的一方補償或賠款。
はいしん 背信	배 신 背信 baesin	背信	背棄信用。背信棄義。
はいじん 廃人	폐 인 廢人 paein	廢人	殘廢的人。
ばいしん 陪審	배 심 陪審 baesim	陪審	不是法律專業的人，陪審人員參加案件的審理工作。

は

日文漢字	韓文漢字	中文字	意思
はいすい 廃水	폐 수 廢水 paesoo	廢水	即受外物污染，主要是人為污染的水。
はいせき 排斥	배 척 排斥 baecheog	排斥	指不相容、排除或不使進入。
はいぞう 肺臟	폐 장 肺臟 paejang	肺臟	人和高等動物的呼吸器官。人的肺在胸腔內，左右各一，和支氣管相連。
はいち 配置	배 치 配置 baechi	配置	分配佈置。
ばいばい 売買	매 매 賣買 maemae	賣買	是指售出購進，交易。
はいびょう 肺病	폐 병 肺病 paebbyeong	肺病	肺臟疾病的通稱。
はいひん 廃品	폐 품 廢品 paepoom	廢品	質量不合格，不能使用的成品。
はいぼう 敗亡	패 망 敗亡 paemang	敗亡	因失敗而滅亡。
ばいよう 培養	배 양 培養 baeyang	培養	以適宜的條件促使其發生、成長和繁殖，也指按照一定目的長期地教育和訓練，使其成長。
はかい 破壞	파 괴 破壞 pagwae	破壞	毀壞、損害。
はかせ 博士	박 사 博士 bakssa	博士	是教育機構授予的最高一級學位，如某科系哲學博士；博學多聞，通達古今的人士。
はき 破棄	파 기 破棄 pagi	破棄	破除。破壞。
はき 覇気	패 기 霸氣 paegi	霸氣	霸者的強悍氣勢。

▶日文漢字	▶韓文漢字	▶中文字	▶意思
は きゅう **波及**	파 급 **波及** pageub	**波及**	水波擴散，及於四周。比喻有所影響、牽累。
はくあい **博愛**	박 애 **博愛** bagae	**博愛**	平等遍及眾人的愛心。廣泛地愛一切人。
はくがい **迫害**	박 해 **迫害** bakae	**迫害**	逼迫殘害。
はくがく **博学**	박 학 **博學** bakag	**博學**	廣泛地學習；學識豐富廣博。
はくし **白紙**	백 지 **白紙** baekjji	**白紙**	白色的紙；比喻一片空白。
はくしき **博識**	박 식 **博識** bakssig	**博識**	學識廣博；指學識淵博的人。
はくじゃく **薄弱**	박 약 **薄弱** bagyag	**薄弱**	身體柔弱，意志不堅、易挫敗；形容事物在外界影響下容易受挫折、被破壞或發生動搖。
はくしゅ **拍手**	박 수 **拍手** bakssoo	**拍手**	兩手手掌互相拍擊，表示歡迎、讚賞、激勵、高興等。
はくじょう **薄情**	박 정 **薄情** bakjjeong	**薄情**	感情淡薄。形容不顧情義，背棄情義（多用於男女之情）。
はくしん **迫真**	박 진 **迫眞** bakjjin	**迫真**	逼真。跟真的極相像。
はくじん **白人**	백 인 **白人** baegin	**白人**	白色人種。
ばくだい **莫大**	막 대 **莫大** makddae	**莫大**	沒有比這個再大。即最大的意思。
はくだつ **剝奪**	박 탈 **剝奪** baktal	**剝奪**	以不正當的手段侵奪他人權益或財物。

は

日文漢字	韓文漢字	中文字	意思
ばくだん **爆弾**	폭 탄 **爆彈** poktan	**爆彈**	炸彈。
ばくちく **爆竹**	폭 죽 **爆竹** pokjjook	**爆竹**	古時以火燃竹，劈啪作響，用以驅鬼。今則用紙捲裹火藥做成，點燃引線就會炸裂，發出巨大聲響，常在喜慶時燃放。
はくちゅう **伯仲**	백 중 **伯仲** baekjjoong	**伯仲**	兄弟排行次第，即老大和老二；比喻人或事物的優劣不分上下。
はくはん **白飯**	백 반 **白飯** baekbban	**白飯**	白米煮成的飯。
はくぶつかん **博物館**	박 물 관 **博物館** bangmoolgwan	**博物館**	蒐集、陳列各式各樣物品，讓人觀賞，並永久保存及提供研究的場所。
はくめい **薄命**	박 명 **薄命** bangmyeong	**薄命**	苦命，命運不佳。
はくらんかい **博覧会**	박 람 회 **博覽會** bangnamhwae	**博覽會**	指規模龐大、內容廣泛、展出者和參觀者眾多的展覽會。目的是為了振興產業、貿易、學術及技藝等各種產業。
はくり **薄利**	박 리 **薄利** bangni	**薄利**	是指微小的利益或利潤。
はくりょく **迫力**	박 력 **迫力** bangnyeog	**迫力**	文學藝術作品的強烈的感染力。
ばくろ **暴露**	폭 로 **暴露** pongno	**暴露**	是指露在外面，無所遮蔽；顯露（隱蔽的事物、缺陷、矛盾、問題等）。
はけん **派遣**	파 견 **派遣** pagyeon	**派遣**	以賦予或給予正式證件或授權的證明文件的方式委派；派往某特定目的地。

▶日文漢字	▶韓文漢字	▶中文字	▶意思
はこ 箱	상 자 箱子 sangja	箱子	裝各種東西用的方形容器，可用木頭、塑膠、皮革等製成，有底蓋可貯藏物件的器具。
は さん 破産	파 산 破産 pasan	破產	喪失全部財產。
は しゃ 覇者	패 자 霸者 paeja	霸者	以武力、權力稱霸的諸侯盟主。
ば しょ 場所	장 소 場所 jangso	場所	活動的地方。
ば しょう 芭蕉	파 초 芭蕉 pacho	芭蕉	芭蕉屬多年生的幾種樹狀的草本植物，葉子很大，果實像香蕉，可以吃。
は そん 破損	파 손 破損 pason	破損	殘破損壞。
は たん 破綻	파 탄 破綻 patan	破綻	衣被靴帽等的裂縫。（日語另外還有「關係破裂」之意）。
はちく いきおい 破竹の勢	파 죽 지 세 破竹之勢 pajukjjise	破竹之勢	比喻作戰或工作順利，毫無阻礙。
はちみつ 蜂蜜	봉 밀 蜂蜜 bongmil	蜂蜜	工蜂用採集到的花蜜釀成黏稠液體。黃白色，味甜，有高的營養價值，可供食用和藥用。
ばつ 罰	벌 罰 beol	罰	針對犯罪或過錯，對人的身體、財物施以處分或懲治。
はついく 発育	발 육 發育 baryug	發育	指生命現象的發展，是一個有機體從其生命開始到成熟的變化，是生物有機體的自我構建和自我組織的過程。
はつおん 発音	발 음 發音 bareum	發音	泛指發出聲音。

日文漢字	韓文漢字	中文字	意思
はっか 薄荷	박 하 薄荷 baka	薄荷	多年生草本植物，莖有四棱，葉子對生，花呈紅、白或淡紫色，莖和葉子有清涼的香味，可以入藥，或用於食品。
はつ が 発芽	발 아 發芽 bara	發芽	種子的胚胎發育長大，突破種皮而出。
はっかく 発覚	발 각 發覺 balgag	發覺	發現，覺察。隱藏的秘密、陰謀或罪跡等被察覺。
はっき 発揮	발 휘 發揮 balhwi	發揮	將能力、精神等不加以隱藏表現出來。
ばっきん 罰金	벌 금 罰金 beolgeum	罰金	一種刑罰上的財產刑。以判決輕微犯罪者繳納一定金錢為內容。
はつげん 発言	발 언 發言 bareon	發言	表達意見、發表言論。
はっこう 醱酵	발 효 發酵 balhyo	發酵	複雜有機化合物在微生物的作用下分解成較簡單的物質。發麵、釀酒等都是發酵的應用。
はっこつ 白骨	백 골 白骨 baekggol	白骨	死人的骨頭，指人的屍體經陽光曝曬、風吹雨打，腐爛後剩下的骨頭。
はっしゃ 発車	발 차 發車 balcha	發車	從車站或停車點依照排定班次駛出車輛。
はっしゃ 発射	발 사 發射 balssa	發射	利用機械或動力使物體射出。例如射出（槍彈、炮彈、火箭、電波、人造衛星等）。
はつじょう 発情	발 정 發情 baljjeong	發情	指性成熟的雌性哺乳動物在特定季節表現的生殖週期現象，在生理上表現為排卵，準備受精和懷孕，在行為上表現為吸引和接納異性。

は

日文漢字	韓文漢字	中文字	意思
はっそう 発想	발 상 發想 balssang	發想	動腦筋。動心思。
ばってき 抜擢	발 탁 拔擢 baltak	拔擢	提拔、進用。
はってん 発展	발 전 發展 baljjeon	發展	事物從出生開始的一個進步變化過程，是事物的不斷更新。指一種連續不斷的變化過程。
はつでん 発電	발 전 發電 baljjeon	發電	泛指從其它種類的能源轉換為電力的過程。
はっぴょう 発表	발 표 發表 balpyo	發表	表示思想、觀點、文章和意見等東西通過報紙、書刊或者公眾演講等形式公諸於眾。
はっぽう 発砲	발 포 發砲 balpo	發砲	發射砲彈。開砲。
はつめい 発明	발 명 發明 balmyeong	發明	用自己的精神識力創作、闡發出前所未有的事、物、義理。
は とう 波濤	파 도 波濤 pado	波濤	大波浪。
は どう 波動	파 동 波動 padong	波動	起伏不定；不穩定；物理學上指物質某一點的振動，能漸次傳播到四周，產生週期相同的振動。
はなぞの 花園	화 원 花園 hwawon	花園	指種植花木供遊玩休息的場所。
はな わ 花環	화 환 花環 hwahwan	花環	鮮花或人造花紮成的輪圈，用於慶吊儀式。
ははおや 母親	모 친 母親 mochin	母親	或稱媽媽，是一種親屬關係的稱謂，是子女對雙親中的女性的稱呼。
は へい 派兵	파 병 派兵 pabyeong	派兵	派遣兵士或軍隊。

日文漢字	韓文漢字	中文字	意思
は めつ 破滅	파 멸 破滅 pamyeol	破滅	指希望或幻想消失不見。
ば めん 場面	장 면 場面 jangmyeon	場面	表面的排場。場合、局面。
は もん 波紋	파 문 波紋 pamoon	波紋	水面微浪形成的紋理。
はや お 早起き	조 기 早起 jogi	早起	很早起床。
ば ら 薔薇	장 미 薔薇 jangmi	薔薇	是薔薇屬部分植物的通稱，主要指蔓藤薔薇的變種及園藝品種。大多是一類藤狀爬籬笆的小花，是原產於中國的落葉灌木，變異性強。
は らん 波瀾	파 란 波瀾 paran	波瀾	波浪、波濤；比喻世事或人心的起伏變化。
はり 針	침 針 chim	針	用來引線縫紉、刺繡或編結的工具。
は ろう 波浪	파 랑 波浪 parang	波浪	水面因各種力量所產生的週期性起伏。
はん い 範囲	범 위 範圍 beomwi	範圍	周圍界限、領域。
はんえい 反映	반 영 反映 banyeong	反映	反照出人或物體的形象；比喻顯現出客觀事物的本質。
はんえい 繁栄	번 영 繁榮 beonyeong	繁榮	指經濟或事業蓬勃發展。
ばんかい 挽回	만 회 挽回 manhwae	挽回	扭轉不利的局面；收回已經失去的東西。

日文漢字	韓文漢字	中文字	意思
はんがく 半額	반 액 半額 banaeg	半額	數額的一半。
はんかん 反感	반 감 反感 bangam	反感	反對或不滿的情緒。
はんきょう 反響	반 향 反響 banhyang	反響	音波遇到障礙後的反射回聲；事物所引起的意見、態度或行動。
はんげき 反擊	반 격 反擊 bangyeog	反擊	對敵對人物或勢力的進攻進行回擊。
はんけつ 判決	판 결 判決 pangyeol	判決	法院依據法律對訴訟案件所做的裁斷。
はんけん 版權	판 권 版權 panggwon	版權	一種法律權力用以保護著作人之智慧財產權不被他人不當的複製。
はんこう 反抗	반 항 反抗 banhang	反抗	因不滿或不願服從而跟施壓的一方抵抗。
はんざい 犯罪	범 죄 犯罪 beomjwae	犯罪	違犯刑律，對國家、社會、集體或他人造成危害。犯罪應依法受到刑罰。
ばんざい 万歲	만 세 萬歲 mansae	萬歲	是歡呼口號；祝福人長壽的頌詞；意為千年萬代，永世存在。
ばんさん 晚餐	만 찬 晚餐 manchan	晚餐	晚間用的正餐。
ばん じ 万事	만 사 萬事 mansa	萬事	一切事情；全部事情。
ばんしゅう 晚秋	만 추 晚秋 manchoo	晚秋	秋季的末期。陰曆9月。
はんじゅく 半熟	반 숙 半熟 bansoog	半熟	食物還未完全煮熟。

は

日文漢字	韓文漢字	中文字	意思
はんしんはんぎ 半信半疑	반신반의 半信半疑 bansinbani	半信半疑	有點兒相信，也有點兒懷疑。表示對於是非真假無法判定。
はんすう 半数	반수 半數 bansoo	半數	總數的一半。
はんせい 反省	반성 反省 banseong	反省	省察自己過去言行的是非好壞。
ばんぜん 万全	만전 萬全 manjeon	萬全	萬無一失；絕對安全。
ばんそう 伴奏	반주 伴奏 banjoo	伴奏	為配合唱歌、跳舞或獨奏等而演奏（樂器）。
はんたい 反対	반대 反對 bandae	反對	就是在問題上存在爭執，互不相讓。
はんだん 判断	판단 判斷 pandan	判斷	做為動詞指的是心理的活動，指人對外在客觀情境或己身內在狀態進行評估或衡量。
はんちゅう 範疇	범주 範疇 beomjoo	範疇	範圍、領域。性質相同，可自成系統的各大門類。
はんてい 判定	판정 判定 panjeong	判定	分辨斷定。通常依照客觀事實加以斷定。
はんと 版図	판도 版圖 pando	版圖	指國家的疆域。
はんとう 半島	반도 半島 bando	半島	指陸地一半伸入海洋或湖泊，一半與大陸或更大島嶼相連的地貌狀態，三面被水包圍。
はんにん 犯人	범인 犯人 beomin	犯人	犯罪的人。大部分指在押的。
ばんねん 晩年	만년 晩年 mannyeon	晩年	指人年老的時期。

Track
51

は

日文漢字	韓文漢字	中文字	意思
ばんのう 万能	만 능 萬能 manneung	萬能	全能。無所不能；有多種用途的，對一切都有效的。
はんのう 反応	반 응 反應 baneung	反應	事情所引起的意見、態度或行動；由特定事物刺激所引發的回響；物質間引起的化學反應。
はんばい 販売	판 매 販賣 panmae	販賣	買進貨品後再售出，從中賺取差價；銷售商品。
はんばく 反駁	반 박 反駁 banbag	反駁	用反對的理由辯駁。
はんぱく 斑白	반 백 斑白 banbaek	斑白	花白的髮色。有一半以上都是白髮。
はんぶつ 万物	민 물 萬物 manmool	萬物	統指宇宙內外一切存在物（即物質）；狹指地球一切存在物。
はんめん 反面	반 면 反面 banmyeon	反面	事情顯示否定效益的一面。與正面相對。
はんもく 反目	반 목 反目 banmog	反目	雙方的關係從和睦變為不和睦。
はんもん 反問	반 문 反問 banmoon	反問	反過來問提問的人。
はんもん 煩悶	번 민 煩悶 beonmin	煩悶	內心煩躁、厭煩而鬱悶，心情不暢快。悶悶不樂甚至是不知所措的樣子。
はんらん 反乱	반 란 反亂 balan	反亂	針對政府或支配者進行造反作亂。
はんらん 氾濫	범 람 氾濫 beomnam	氾濫	河水潰堤，大水橫流，漫溢四處；比喻事物不正常或過度擴散滋長。
はんりょ 伴侶	반 려 伴侶 balyeo	伴侶	同在一起生活、工作或旅行的人；共同生活在一起的情人或夫妻。

日文漢字	韓文漢字	中文字	意思
灯 ひ	燈 등 deung	燈	照明或作為他用的發光器具。
悲哀 ひ あい	悲哀 비 애 biae	悲哀	極度傷心；哀痛。
被害 ひ がい	被害 피 해 pihae	被害	是指受傷害。
比較 ひ かく	比較 비 교 bigyo	比較	取兩樣以上的事物，評比較量其優劣、高下等。
皮革 ひ かく	皮革 피 혁 pihyeog	皮革	是指經鞣製等製革過程處理的動物皮膚，是一種服裝和工藝材料。
悲観 ひ かん	悲觀 비 관 bigwan	悲觀	對人生或一切事物的發展缺乏信心的生活態度。
卑怯 ひ きょう	卑怯 비 겁 bigeob	卑怯	卑微怯懦。
卑屈 ひ くつ	卑屈 비 굴 bigool	卑屈	屈從奉迎。卑躬屈膝。低三下四。
悲劇 ひ げき	悲劇 비 극 bigeug	悲劇	內容以敘述悲傷情懷為主，而結局令人感傷的戲劇；比喻悲慘不幸的事件。
否決 ひ けつ	否決 부 결 boogyeol	否決	否定議案或意見。
秘訣 ひ けつ	秘訣 비 결 bigyeol	秘訣	不公開的能解決問題的竅門、辦法。最好的方法。
庇護 ひ ご	庇護 비 호 biho	庇護	袒護；保護。
飛行 ひ こう	飛行 비 행 bihaeng	飛行	在空中飛翔，起飛。

日文漢字	韓文漢字	中文字	意思
ひ さく 秘策	비 책 秘策 bichaeg	秘策	暗中構思的奇秘的策略。
ひ さん 悲惨	비 참 悲慘 bicham	悲慘	處境或遭遇極其痛苦，令人傷心。
ひ しゅ 匕首	비 수 匕首 bisoo	匕首	短劍。劍頭像匕，呈半圓形，有如飯匙，故稱為「匕首」。
び じゅつ 美術	미 술 美術 misul	美術	通過線條、色彩或可視的形象等作品，來創造美的藝術門類。現在指繪畫、雕刻、書法、建築、工藝等造形藝術。
ひ しょ 秘書	비 서 秘書 biseo	秘書	掌管機密事物或文書，並協助機關或部門位居要職的人，處理日常工作的人員。
ひ しょ 避暑	피 서 避暑 piseo	避暑	夏季遷居到清涼的地方，以避開暑氣。
び じょ 美女	미 녀 美女 minyeo	美女	指容貌姣好、儀態優雅的女子。
び しょう 微笑	미 소 微笑 miso	微笑	不明顯、不出聲地笑。
び しょくか 美食家	미 식 가 美食家 misikgga	美食家	對飲食有研究，善於品嚐、鑒別美味佳餚的人。
び じん 美人	미 인 美人 miin	美人	指容貌美麗、相貌出挑養眼的人。多指女子。
ひ すい 翡翠	비 취 翡翠 bichwi	翡翠	硬玉中含鉻而呈翠綠色者。主成分為鈉鋁矽酸鹽，屬單斜晶系，光澤如脂，半透明，可作珍貴的飾品；動物名。鳥綱佛法僧目翠鳥科。為一種獨棲性水鳥。體形圓胖，尾羽和腳皆短。身上有美麗如翡翠的羽毛，顏色、形狀因種類不同而各有差異。嘴巴粗尖，擅長捕魚、昆蟲等。

ひ

日文漢字	韓文漢字	中文字	意思
びせん 微賤	미천 微賤 micheon	微賤	卑微低賤，指地位低下。
ひだい 肥大	비대 肥大 bidae	肥大	肥胖、碩大；病理學上指組織因細胞體積的增加而變大的情形。
びだん 美談	미담 美談 midam	美談	為人所樂道稱頌的事。
ひっき 筆記	필기 筆記 pilgi	筆記	用筆記錄。亦指聽課、聽報告、讀書等所作的記錄。
ひっきょう 畢竟	필경 畢竟 pilgyeong	畢竟	終歸、到底。表示經過各種過程，最終所得的結論。
ひつじ 羊	양 羊 yang	羊	泛稱哺乳綱偶蹄目牛科部分動物。如綿羊、山羊、羚羊等。皮、毛、角、骨都具利用價值，肉、乳可供人食用。
ひっしょう 必勝	필승 必勝 pilsseung	必勝	一定獲勝。
ひっす 必須	필수 必須 pilssoo	必須	表示事理上的必要和情理上的必要。
ひっせい 畢生	필생 畢生 pilsaeng	畢生	畢生即一生、終生、今生今世或全部的人生。
ひっせき 筆跡	필적 筆跡 piljjeog	筆跡	文字書寫的架構或習慣筆法。指各個人所寫的字所特有的形體特點。
ひつだん 筆談	필담 筆談 pilddam	筆談	兩人對面在紙上寫字交換意見，代替談話。
ひってき 匹敵	필적 匹敵 piljjeog	匹敵	雙方地位平等、力量相當。

日文漢字	韓文漢字	中文字	意思
ひっとう 筆筒	필 통 筆筒 piltong	筆筒	擱放毛筆的專用器物。
ひつめい 筆名	필 명 筆名 pilmyeong	筆名	有些作家發表文章時，基於某種理由不以真實姓名發表而採用的化名。
ひ てい 否定	부 정 否定 boojeong	否定	不承認事物的存在或事物的真實性。
び とく 美德	미 덕 美德 mideog	美德	美好的品德。讓人可自我增添力量的東西，包括力量，勇氣，自信等，都可稱之爲美德。
ひとじち 人質	인 질 人質 injil	人質	被對方所拘留，或為了取信對方而作為抵押的人。
ひととき 一時	일 시 一時 ilssi	一時	一段時期；暫時、短時間內。
ひととなり 為人	위 인 爲人 wiin	為人	做人處世的態度。
ひ なん 非難	비 난 非難 binan	非難	指責別人的過失。
ひ にん 否認	부 인 否認 booin	否認	不承認某一事實。
ひ はん 批判	비 판 批判 bipan	批判	評論判斷。指對錯誤的思想或言行批駁否定。
ひ ひょう 批評	비 평 批評 bipyeong	批評	評論是非好壞。通常針對缺點、錯誤提出意見或加以攻擊。
ひ ふ 皮膚	피 부 皮膚 piboo	皮膚	是包住脊椎動物的軟層，是組織之一。在人體是最大的器官。
び ぼう 美貌	미 모 美貌 mimo	美貌	美麗的容貌。

ひ

日文漢字	韓文漢字	中文字	意思
ひほう 秘法	비법 秘法 bibbeob	秘法	不公開的，不讓大家知道的秘密方法。
ひぼう 誹謗	비방 誹謗 bibang	誹謗	以不實的言論對他人做惡意的批評，企圖破壞其名聲。
ひぼん 非凡	비범 非凡 bibeom	非凡	與眾不同的、不平凡的。
ひみつ 秘密	비밀 秘密 bimil	秘密	隱蔽不爲人知的事情或事物。
びみょう 微妙	미묘 微妙 mimyo	微妙	深奧玄妙。精深復雜，難以捉摸。難以言喻。
ひめい 悲鳴	비명 悲鳴 bimyeong	悲鳴	發出哀怨傷痛的聲音。哀傷的鳴叫。
ひめん 罷免	파면 罷免 pamyeon	罷免	公民對民選的議員或行政官員，在其法定任期未滿前，用投票方式使其去職。
ひやく 飛躍	비약 飛躍 biyag	飛躍	鳥類或蟲類等用翅膀在空中往來活動；比喻事物有快速而突破性的進展。
ひゃくねん 百年	백년 百年 baengnyeon	百年	比喻時間、年代的久遠；指人壽百歲。一百年。
ひゃくまん 百万	백만 百萬 baengman	百萬	數量單位，一百個萬、一千個千，實數；一般也被用來表示虛指，言數量極多。
ひゃっか 百科	백과 百科 baekggwa	百科	指天文、地理、自然、人文、宗教、信仰、文學等全部學科的知識的總稱。
ひゃっかてん 百貨店	백화점 百貨店 baekwajeom	百貨店	是一種在寬敞的銷售大廳裡，售賣多種貨品的大型零售商店，它的產品分門別類。
ひゃっぱつひゃくちゅう 百発百中	백발백중 百發百中 baekbbal baekjjung	百發百中	指射箭技術高明，每次都能百發百中、彈無虛射；比喻料事準確無誤。

日文漢字	韓文漢字	中文字	意思
ひ ゆ 比喩	비 유 比喩 biyu	比喩	比喻是一種常用的修辭手法，用跟甲事物有相似之點的乙事物來描寫或說明甲事物。
ひ よう 費用	비 용 費用 biyong	費用	花用的錢財；花費；開支。
びょう 秒	초 秒 cho	秒	計算時間的單位。60 秒等於一分。
び よう 美容	미 용 美容 miyong	美容	保養、修飾容顏。使容貌變美麗。
びょう やまい 病・病	병 病 byeong	病	生理上或心理上出現的不健康、不正常狀態。
ひょう か 評価	평 가 評價 pyeonggga	評價	評估人、事、物的優劣、善惡美醜、或合不合理，稱為「評價」。
ひょうけつ 表決	표 결 表決 pyogyeol	表決	會議時，對議案舉行投票以決定議案是否成立。
ひょうげん 表現	표 현 表現 pyohyeon	表現	表示出來。顯現出來；表示出來的行爲、作風或言論等。
ひょう ご 標語	표 어 標語 pyoeo	標語	或口號，是在政治、社會、商業、軍事或是宗教等範籌上所使用的一句容易記憶的格言或者宣傳句子，主要用作反覆表達一個概念或者目標。
ひょうざん 氷山	빙 산 氷山 bingsan	冰山	浮在海中的巨大冰塊，為兩極冰河末端斷裂，滑落海中所形成。
ひょう し 拍子	박 자 拍子 bakjja	拍子	音樂中劃分小節時值的單位；用以表現樂曲的節奏和強弱。
ひょう じ 表示	표 시 表示 pyosi	表示	用言行表現出；事物本身顯出某種意義或者憑藉某種事物顯出某種意義。

日文漢字	韓文漢字	中文字	意思
ひょうじ 標示	표 시 標示 pyosi	標示	標明、揭示。
ひょうしき 標識	표 식 標識 pyosig	標識	立標指示位置；同標誌，表明特徵的記號或事物。
ひょうじゅん 標準	표 준 標準 pyojoon	標準	衡量事物的依據或準則。
ひょうじょう 表情	표 정 表情 pyojeong	表情	表現在面部或姿態上的思想感情。
びょうせい 病勢	병 세 病勢 byeongsae	病勢	疾病的情勢。
ひょうせつ 剽窃	표 절 剽竊 pyojeol	剽竊	偷取他人的作品以為己有。
ひょうだい 標題	표 제 標題 pyojae	標題	標明文章或作品內容的簡短語句。
ひょうてき 標的	표 적 標的 pyojeog	標的	箭靶子；引申為目標或目的。
びょうどう 平等	평 등 平等 pyeongdeung	平等	彼此同等、相等。指社會主體在社會關係、社會生活中處於同等的地位，具有相同的發展機會，享有同等的權利。
ひょうばん 評判	평 판 評判 pyeongpan	評判	判定勝負或優劣的定論、判斷、意見。
ひょうぼう 標榜	표 방 標榜 pyobang	標榜	表揚、稱讚。誇耀、稱揚。
ひょうほん 標本	표 본 標本 pyobon	標本	經過處理，可長久保存原貌的動、植、礦物等；在某一類事物中可以作為代表的事物。猶標準、典型。

ひょうめい 表明	표 명 表明 pyomyeong	表明	清楚的表達自己意見、情感或事情的真相。
ひょうめん 表面	표 면 表面 pyomyeon	表面	物體跟外界接觸的部分;事物的外在現象或非實質的部分。
ひょうりゅう 漂流	표 류 漂流 pyoryoo	漂流	漂浮流動;漂泊,行蹤無定。
ひょうろん 評論	평 론 評論 pyeongnon	評論	針對於事物進行主觀或客觀的自我印象闡述。
ひ よく 肥沃	비 옥 肥沃 biog	肥沃	土地中養分多、水分足,讓農作物生長更好。
ひ りつ 比率	비 율 比率 biyul	比率	甲數和乙數相比所得的值。
ひ りょう 肥料	비 료 肥料 biryo	肥料	能給植物提供養分、促進發育的物質。分有機肥料、無機肥料、細菌肥料等。
び れい 美麗	미 려 美麗 miryeo	美麗	好看。漂亮。即在形式、比例、布局、風度、顏色或聲音上接近完美或理想境界,使各種感官極為愉悅。
ひ れつ 卑劣	비 열 卑劣 biyeol	卑劣	品行或行為低下鄙俗;卑鄙惡劣。
ひ ろう 鄙陋	비 루 鄙陋 biroo	鄙陋	見識粗俗淺薄。
ひ ろく 秘録	비 록 秘錄 birog	秘錄	鮮為人知的紀錄或史料。
ひろ ば 広場	광 장 廣場 gwangjang	廣場	是在傳統城市中的一個廣闊、平坦的開放空間,主要用途是讓民眾聚集,或用作政治用途。在廣場中通常會設有一些銅像、雕塑、紀念碑或噴泉等裝飾。

日文漢字	韓文漢字	中文字	意思
びん 瓶	병 瓶 byeong	瓶	口小腹大的器皿，多爲瓷或玻璃做成，通常用來盛液體。
ひんかく 品格	품 격 品格 poomggyeog	品格	品性；性格。爲個人情感、思想與行動整體表現之一致而獨特的現象。
びんかん 敏感	민 감 敏感 mingam	敏感	感覺敏銳。對外界事物反應很快；反應很快速，對一件事或某種東西非常敏銳，察覺快速，可很快判斷或反應過來。
ひんきゃく 賓客	빈 객 賓客 bingaeg	賓客	客人的總稱。
ひんこう 品行	품 행 品行 poomhaeng	品行	人的品格和德行。
ひんこん 貧困	빈 곤 貧困 bingon	貧困	生活貧窮而困難的。
ひんしつ 品質	품 질 品質 poomjil	品質	指物品的質量。物品的質量指物品滿足用戶需要的標準。
ひんじゃく 貧弱	빈 약 貧弱 binyag	貧弱	貧乏；薄弱；低劣。
ひんしゅ 品種	품 종 品種 poomjong	品種	產品的種類；通過人工選擇，在生態和形態上具有共同遺傳特徵的生物體。
ひんせい 品性	품 성 品性 poomseong	品性	人的品德與個性。
ひんせい 稟性	품 성 稟性 poomseong	稟性	就是人的本性，是指一個人與生俱來的天生的資質。個人先天具有的性情、素質。
ひんぱん 頻繁	빈 번 頻繁 binbeon	頻繁	連續，接連不斷。

日文漢字	韓文漢字	中文字	意思
ひんみん 貧民	빈 민 貧民 binmin	貧民	貧苦的人民。生活無法自給自足，或雖能自足而無法達到某一程度的生活水準的人。
ふ あん 不安	불 안 不安 booran	不安	（環境、情況等）不安定；（心情）不安寧。
ふ い 不意	불 의 不意 boori	不意	出乎意料之外。
ふううん 風雲	풍 운 風雲 poongoon	風雲	泛指天氣；比喻動盪變化的情勢；比喻時勢。謂英雄豪傑憑藉時勢的好契機。
ふうかく 風格	풍 격 風格 poonggyeog	風格	人物的言行或態度表現出來的風度、品格；文學或美術作品中，充分表現作者才性或時代特性，而形成的藝術格式。
ふうきん 風琴	풍 금 風琴 poonggeum	風琴	一種可產生持續樂音並用琴鍵演奏的大型樂器。
ふうけい 風景	풍 경 風景 poonggyeong	風景	指的是供觀賞的自然風光、景物，包括自然景觀和人文景觀。
ふうこう 風向	풍 향 風向 poonghyang	風向	是指風吹過來的方向；比喻時勢變化的趨向。
ふう さ 封鎖	봉 쇄 封鎖 bongswae	封鎖	指用強制力量使與外界斷絕聯繫或往來。
ふうさい 風采	풍 채 風采 poongchae	風采	意爲風度、神采。多指美好的儀表舉止。
ふう し 諷刺	풍 자 諷刺 poongja	諷刺	指用比喻、誇張等手法對人或事進行揭露、批評。
ふうしゅ 風趣	풍 취 風趣 poongchwi	風趣	風格、意趣。

日文漢字	韓文漢字	中文字	意思
ふうすい **風水**	풍 수 **風水** poongsoo	**風水**	命相學上指房屋或墳地的方向及周圍的地脈、山勢、水流等地理形勢。
ふうせつ **風雪**	풍 설 **風雪** poongseol	**風雪**	指風和雪同時襲來，形容天氣十分惡劣。
ふうそう **風霜**	풍 상 **風霜** poongsang	**風霜**	風和霜；比喻旅途上或生活中所經歷的艱難困苦。
ふうぞく **風俗**	풍 속 **風俗** poongsok	**風俗**	是指在地區社會文化中長期形成之風尚、禮節、習慣以及禁忌等的總和。（日語又有「風月場所」的意思。
ふう ど **風土**	풍 토 **風土** poongto	**風土**	指一個地方特有的自然環境（土地、山川、氣候、物產等）和風俗、習慣的總稱。
ふう は **風波**	풍 파 **風波** poongpa	**風波**	風浪、波浪；比喻人事的糾紛或不和。
ふう び **風靡**	풍 미 **風靡** poongmi	**風靡**	形容事物很風行，像風吹倒草木一樣。比喻流行、轟動。
ふう ふ **夫婦**	부 부 **夫婦** booboo	**夫婦**	男女二人結成的合法婚姻關係。
ふう み **風味**	풍 미 **風味** poongmi	**風味**	果實或食物的香氣、滋味等，引起食用者感官上的優劣反應，稱為「風味」。
ふうりゅう **風流**	풍 류 **風流** poongnyoo	**風流**	流風餘韻；風雅灑脫，才華出眾，自成一派，不拘禮法。
ふうりょく **風力**	풍 력 **風力** poongnyeog	**風力**	指從風得到的機械力。
ふうろう **風浪**	풍 랑 **風浪** poongnang	**風浪**	泛指水面的風與浪。

日文漢字	韓文漢字	中文字	意思
ふ おう 不応	불 응 不應 booreung	不應	不回應。
ふ おん 不穏	불 온 不穩 booron	不穩	不安穩、不妥當；（時局等）不安定，動蕩，動亂。
ふ か 付加	부 가 附加 booga	附加	附帶或額外加上。
ぶ か 部下	부 하 部下 booha	部下	軍隊、公司或團體裡被統率的人，接受命令而行動的人。
ふ かい 不快	불 쾌 不快 boolkwae	不快	不高興；不舒服。
ふ か こうりょく 不可抗力	불 가 항 력 不可抗力 boolgahangnyeog	不可抗力	出於自然或人為，使人無法抵抗的強制力量。如天災、地變或戰爭等。
ふ か のう 不可能	불 가 능 不可能 boolganeung	不可能	不會有可能。
ふ き 不帰	불 귀 不歸 boolgwi	不歸	不返回。不再回來。
ふ ぎ 不義	불 의 不義 boori	不義	不合乎正義；不該做的事。
ぶ き 武器	무 기 武器 moogi	武器	用於殺傷或破壞敵人攻防設施的器械、裝備；比喻用於鬥爭的工具。用在做某事的有力手段。
ふ き そく 不規則	불 규 칙 不規則 boolgyuchig	不規則	變化無常，不循常規。
ふ きつ 不吉	불 길 不吉 boolgil	不吉	不善；不吉利。
ふ きゅう 不朽	불 후 不朽 boolhoo	不朽	價值不會磨滅，比喻永存。

日文漢字	韓文漢字	中文字	意思
ふ きょう 布教	포 교 布教 pogyo	布教	傳佈教義。
ふ きん 付近	부 근 附近 boogeun	附近	距某地較近的地方。
ふく 福	복 福 bog	福	富貴壽考的統稱。或泛稱吉祥幸運的事。
ふくいん 福音	복 음 福音 bogeum	福音	從神來的佳音、喜信、好消息。
ふ ぐう 不遇	불 우 不遇 booroo	不遇	不得志；不被賞識。
ふくぎょう 副業	부 업 副業 booeob	副業	主要事業以外附帶經營或從事的事業。
ふくざつ 複雑	복 잡 複雜 bokjjab	複雜	指的是事物的種類、頭緒多而雜。結構或關係等錯綜複雜。
ふく さ よう 副作用	부 작 용 副作用 boojagyong	副作用	隨著主要作用而附帶發生的不良作用。
ふく し 福祉	복 지 福祉 bokjji	福祉	人們生活上的幸福、福利。
ふくしゅう 復習	복 습 復習 boksseub	復習	溫習已學習的課程。
ふくしゅう 復讐	복 수 復讐 bokssu	復仇	對仇人進行報復。
ふくじゅう 服従	복 종 服從 bokjjong	服從	屈服於別人的意志、命令或權力。
ふくそう 服装	복 장 服裝 bokjjang	服裝	指的是衣服鞋包玩具飾品等的總稱，多指衣服。

日文漢字	韓文漢字	中文字	意思
ふ く つ 不屈	불 굴 不屈 boolgool	不屈	不屈服、不順從。不屈不撓。通常形容人不畏強暴的精神，面對自身利益甚至生命安全受到威脅時，依然堅持自身的價值觀，絲毫不妥協以及不受誘惑而放棄自己的原則。
ふ けい 不敬	불 경 不敬 boolgyeong	不敬	無禮，不尊敬。（在日本尤指對皇室及神靈等不敬的行為。）
ふ けい き 不景気	불 경 기 不景氣 boolgyeonggi	不景氣	經濟發展狀況不佳。
ふ けつ 不潔	불 결 不潔 boolgyeol	不潔	一般是指不乾淨、不清潔的意思。
ふ こう 不幸	불 행 不幸 boolhaeng	不幸	倒楣、運氣不好；死亡、喪事。
ふ こく 布告	포 고 佈告 pogo	佈告	正式宣告；指官方或群眾團體張貼的告示。
ふ こく 富国	부 국 富國 boogoog	富國	使國家富有；富裕的國家。經濟發達的國家。
ふ さい 負債	부 채 負債 boochae	負債	欠人錢財。
ふ ざい 不在	부 재 不在 boojae	不在	指不在家或不在某處。
ふ し 父子	부 자 父子 booja	父子	父親和兒子。
ぶ し 武士	무 사 武士 moosa	武士	武士是 10 世紀到 19 世紀在日本的一個社會階級，原為接受文武合一教育、負責文政或打仗的貴族階層；後來也衍伸用來指通曉刀法、佩刀不離身的的日本劍客。

日文漢字	韓文漢字	中文字	意思
ぶじ 無事	무 사 無事 moosa	無事	沒有變故。多指沒有戰事、災異等。
ふじつ 不実	부 실 不實 boosil	不實	不確實、不正確、虛假。
ふじゅん 不純	불 순 不純 boolsoon	不純	不純正；不純淨。
ふじゅん 不順	불 순 不順 boolsoon	不順	不正常、異常
ふじょ 扶助	부 조 扶助 boojo	扶助	指扶持幫助。
ふしょう 負傷	부 상 負傷 boosang	負傷	受傷。掛彩。
ふじょう 不浄	부 정 不淨 boojeong	不淨	不乾淨，骯髒。
ぶじょく 侮辱	모 욕 侮辱 moyog	侮辱	欺侮羞辱；傷害或羞辱他人人格、尊嚴等行為。
ふしん 不信	불 신 不信 boolsin	不信	沒有信用或失信；不相信。
ふじん 夫人	부 인 夫人 booin	夫人	尊稱別人的妻子。
ふじん 婦人	부 인 婦人 booin	婦人	成年女子，或已婚的女性。
ふせい 不正	부 정 不正 boojeong	不正	偏斜、不端正。
ぶそう 武装	무 장 武裝 moojang	武裝	軍服、武器等裝備。

日文漢字	韓文漢字	中文字	意思
ふそく **不足**	부 족 **不足** boojog	**不足**	不充足；不滿（某個數目）；有怨憾，對人不滿。
ふぞく **付属**	부 속 **附屬** boosog	**附屬**	依附隸屬，從屬於總體的；指某一單位所附設或管轄的。
ふたい **布袋**	포 대 **布袋** podae	**布袋**	布製的袋子。
ぶたい **舞台**	무 대 **舞臺** moodae	**舞臺**	供表演的臺子；比喻進行某種活動、大顯身手的場所。
ふたん **負担**	부 담 **負擔** boodam	**負擔**	承當（責任、工作、費用等）。
ふだん **不断**	부 단 **不斷** boodan	**不斷**	是指保持或繼續，常以沒有停頓、沒有終止和不間斷的方式。
ぶちょう **部長**	부 장 **部長** boojang	**部長**	是一個部的首長，政府、企業、社團、政黨等下屬的「部」大多都會任命「部長」。
ふちん **浮沈**	부 침 **浮沈** boochim	**浮沉**	在水中時而浮起，時而沉下，指隨波逐流。也比喻盛衰、升降。比喻得意或失意。
ふつう **不通**	불 통 **不通** booltong	**不通**	阻塞。滯礙。斷絕；不相通。不往來。
ふつう **普通**	보 통 **普通** botong	**普通**	平常、一般。相對於特別或專門而言。
ふっかつ **復活**	부 활 **復活** boohwal	**復活**	死後又活過來；已經沉寂、廢棄的事物，又出現生機。
ぶっきょう **仏教**	불 교 **佛敎** boolgyo	**佛教**	世界主要宗教之一，為釋迦牟尼所創，漢明帝時由西域傳入中國。主張生命是痛苦的，一切是無常的，只有息滅貪、瞋、痴，證得圓滿智慧，才能得究竟解脫。

日文漢字	韓文漢字	中文字	意思
ぶっきょう 仏経	불경 佛經 bulgyeong	佛經	佛教的經典，包括經、律、論等。如華嚴經、四分律、大乘起信論等。
ふっこ 復古	복고 復古 bokggo	復古	恢復舊時的制度、習俗或風尚。
ふっこう 復興	부흥 復興 booheung	復興	衰微後使其再度興盛起來。
ぶっし 物資	물자 物資 mooljja	物資	泛稱有使用價值的物品。人類生活或活動必須的物品。
ぶっしつ 物質	물질 物質 mooljil	物質	具有重量，在空間占有地位，並能憑感官而知其存在的，稱為「物質」。
ぶっしょう 物証	물증 物證 mooljjeung	物證	是指能夠證明案件真實情況的一切物品痕跡。
ぶっしょく 物色	물색 物色 moolsaaeg	物色	尋找。訪求人才。
ふっとう 沸騰	비등 沸騰 bideung	沸騰	液體加熱至一定溫度時，液體上湧並發生氣化現象；喧噪動盪；比喻情緒高漲或群情激昂。
ぶつどう 仏堂	불당 佛堂 boolddang	佛堂	供奉佛像以供誦經膜拜的廳堂。
ぶっぴん 物品	물품 物品 moolpoom	物品	泛指各種具體的東西或零星的物品。
ぶつり 物理	물리 物理 mooli	物理	事物的內在規律。事物的道理；物理學。
ふで 筆	필 筆 pil	筆	寫字、畫圖的用具。
ふてい 不貞	부정 不貞 boojeong	不貞	不忠、不堅守節操。

日文漢字	韓文漢字	中文字	意思
ふ てい き 不定期	부 정 기 不定期 boojeonggi	不定期	不是固定的時間狀態。不一定的期限；不一定的日期。
ふ とう 不当	부 당 不當 boodang	不當	不合適、不恰當。
ぶ どう 葡萄	포 도 葡萄 podo	葡萄	植物名。葡萄科葡萄屬，落葉大藤本。葉掌狀分裂，具長柄，互生，心狀圓形。花色黃綠，呈圓錐形。果實也稱為「葡萄」。
ふ どうさん 不動産	부 동 산 不動産 boodongsan	不動産	指依自然性質或法律規定不可移動的財產，如土地，房屋、探礦權、採礦權等土地定著物，與土地尚未脫離的土地生成物、因自然或者人力添附於土地並且不能分離的其他物。
ふ のう 不能	불 능 不能 boolneung	不能	無法、不能夠；能力不足、沒有能力。
ふ はい 腐敗	부 패 腐敗 boopae	腐敗	腐爛敗壞；政治、社會風氣等墮落、腐化敗壞。
ふ ふく 不服	불 복 不服 boolbog	不服	不信服；不服從。
ぶ ぶん 部分	부 분 部分 booboon	部分	整體中的局部或若干個體。
ふ へい 不平	불 평 不平 boolpyeong	不平	心中不滿意。含有氣憤的意味。
ぶ べつ 侮蔑	모 멸 侮蔑 momyeol	侮蔑	傲視和輕慢他人，沒有禮貌。
ふ へん 不変	불 변 不變 boolbyeon	不變	保持原狀毫不更動。

ふ

日文漢字	韓文漢字	中文字	意思
ふ へん 普遍	보 편 普遍 bopyeon	普遍	適合於廣大範圍的；具有共同性的。
ふ べん 不便	불 편 不便 boolpyeon	不便	不方便。不適宜。不便利。
ふ ぼ 父母	부 모 父母 boomo	父母	父親和母親。
ふ ほう 不法	불 법 不法 boolbbeob	不法	違反法律的意圖或行為。
ふ まん 不満	불 만 不滿 boolman	不滿	不滿意。不符合心意。
ふ めつ 不滅	불 멸 不滅 boolmyeol	不滅	不消失、不滅亡。
ふ もん 不問	불 문 不問 boolmoon	不問	不計較，不管。
ぶ もん 部門	부 문 部門 boomoon	部門	組成某一整體的部分或單位。
ふ り 不利	불 리 不利 boolli	不利	有壞處，沒有好處。
ぶ りょう 無聊	무 료 無聊 mooryo	無聊	精神空虛、愁悶。
ぶ りょく 武力	무 력 武力 mooryeog	武力	軍事力量；使用暴力。
ぶ れい 無礼	무 례 無禮 moorae	無禮	指缺乏禮貌；缺乏對人適當的尊敬、尊重。
ふん 糞	분 糞 boon	糞	屎，動物的肛門排泄物。

日文漢字	韓文漢字	中文字	意思
ぶん か 文化	문 화 文化 moonhwa	文化	人類在歷史發展過程中創造的總成果。包括宗教、道德、藝術、科學等各方面；文明開化，生活更加便利。
ふんがい 憤慨	분 개 憤慨 boongae	憤慨	憤怒而激動。
ぶんがく 文學	문 학 文學 moonhag	文學	是以語言文字為工具，形象化地反映客觀現實、表現作家心靈世界的藝術，包括詩歌、散文、小說、劇本、寓言童話等。
ぶん ぐ 文具	문 구 文具 moongoo	文具	讀書寫字所用的器具。如紙、筆、橡皮擦等。
ぶんげい 文芸	문 예 文藝 moonye	文藝	文學和藝術的總稱，包括文學、美術、音樂、建築等。
ぶんけん 文献	문 헌 文獻 moonheon	文獻	是古代為官方或民間收藏的用來記錄群體或個人在政治、經濟、軍事、文化、科學以及宗教等方面活動的文字。
ぶんさん 分散	분 산 分散 boonsan	分散	分離散開。散在各處。
ぶんしょう 文章	문 장 文章 moonjang	文章	由文字連綴而成的篇章。
ぶんせき 分析	분 석 分析 boonseog	分析	對事理的分解辨析；把事物、概念分解成較簡單的組成部分，分別加以考察，找出各自的本質屬性及彼此間的聯繫。
ふんそう 扮装	분 장 扮裝 boonjang	扮裝	喬裝、扮演。
ふんそう 紛争	분 쟁 紛爭 boonjaeng	紛爭	糾紛爭執。個人或團體之間，各執己見，互不相讓。

ふ

日文漢字	韓文漢字	中文字	意思
ぶんたん **分担**	분 담 **分擔** boondam	**分擔**	分別擔負；代人承擔一部分。
ぶんだん **文壇**	문 단 **文壇** moondan	**文壇**	文學界。指有關文學研究、創作的領域。
ふん ぬ **憤怒**	분 노 **憤怒** boonno	**憤怒**	生氣、發怒。
ぶんぴつ **分泌**	분 비 **分泌** boonbi	**分泌**	從生物體的某些細胞、組織或器官裡產生出某種物質。
ぶん ぷ **分布**	분 포 **分佈** boonpo	**分佈**	是指散布（在一定的地區內）。
ぶんべん **分娩**	분 만 **分娩** boonman	**分娩**	從母體產出嬰兒的動作或過程。
ぶんぼう **文法**	문 법 **文法** moonbbeob	**文法**	文詞、文句的結構規則。
ふんまん **憤懣**	분 만 **憤懣** boonman	**憤懣**	內心忿恨不滿，難以發洩。
ぶんみゃく **文脈**	문 맥 **文脈** moonmaeg	**文脈**	文章前後的連慣性、邏輯性及關係等。文章的脈絡。文章的線索。
ぶんめい **文明**	문 명 **文明** moonmyeong	**文明**	文明與野蠻、蒙昧相對，指社會發展到較高文化階段，人類建立起某種群居秩序，製造便利生活的工具，脫離野蠻的狀況，成為進步的狀態。
ぶんらん **紛乱**	분 란 **紛亂** boolan	**紛亂**	紛爭；混亂。
ぶんらん **紊乱**	문 란 **紊亂** moolan	**紊亂**	散亂、無秩序。

日文漢字	韓文漢字	中文字	意思
ぶん り 分離	분 리 分離 booli	分離	分開、隔離。
ぶんれつ 分裂	분 열 分裂 boonyeol	分裂	指裂開，整個事物分開，也指使整體分開。
へいあん 平安	평 안 平安 pyeongan	平安	就是沒有事故，沒有危險；平穩安全；也指心境平靜安定等。
へい い 平易	평 이 平易 pyeongi	平易	文字淺顯易懂。
へいおん 平穩	평 온 平穩 pyeongon	平穩	平靜安穩，沒有任何驚險或波動。
へい か 陛下	폐 하 陛下 paeha	陛下	對帝王的尊稱。
へいかい 閉會	폐 회 閉會 paehwae	閉會	會議結束。
へいがい 弊害	폐 해 弊害 paehae	弊害	弊病。惡劣影響。
へいきん 平均	평 균 平均 pyeonggyun	平均	輕重相等，分量一致；把總數按份數均勻計算。
べいぐん 米軍	미 군 美軍 migoon	美軍	是美國的聯邦武裝部隊。
へいこう 平行	평 행 平行 pyeonghaeng	平行	兩個平面或一個平面內的兩條直線或一條直線與一個平面始終不能相交，叫做平行；同時進行的。
べいこく 米国	미 국 美國 migook	美國	美利堅合眾國。
へい さ 閉鎖	폐 쇄 閉鎖 paeswae	閉鎖	封閉。關閉。阻塞。

Track 56

日文漢字	韓文漢字	中文字	意思
へいじ **平時**	평 시 **平時** pyeongsi	平時	平常時候，平日，平素。太平時日，和平時期。
へいじつ **平日**	평 일 **平日** pyeongil	平日	平時；平常的日子（區別於特定的日子，如假日、節日等）。
へいしゅう **弊習**	폐 습 **弊習** paeseub	弊習	是指壞習氣。
べいしゅう **米州**	미 주 **美洲** mijoo	美洲	全稱亞美利加洲。東臨大西洋，北接北冰洋，南隔德雷克海峽同南極洲相望。由北美和南美兩個大陸及其鄰近許多島嶼組成。
へいじょう **平常**	평 상 **平常** pyeongsang	平常	普通，無特異；平時。往常。
へいせい **平静**	평 정 **平靜** pyeongjeong	平靜	形容平和安靜。安寧。沒有騷擾動蕩；鎮靜、冷靜。
へいぜい **平生**	평 생 **平生** pyeongsaeng	平生	平素。平時。平常。
へいたん **平坦**	평 탄 **平坦** pyeongtan	平坦	沒有高低凹凸；沒有曲折，沒有困難阻礙，很順利。
へいふう **弊風**	폐 풍 **弊風** paepoong	弊風	不良的習尚。
へいぼん **平凡**	평 범 **平凡** pyeongbeom	平凡	平常、不出色。
へいみん **平民**	평 민 **平民** pyeongmin	平民	指普通市民、公民，沒有任何特權或官職的自由人。（區別於貴族或特權階級）。
へいや **平野**	평 야 **平野** pyeongya	平野	平坦而空曠的原野。

日文漢字	韓文漢字	中文字	意思
へきれき 霹靂	벽 력 霹靂 byeongnyeog	霹靂	又急又響的雷，是雲與地面之間發生的強烈雷電現象。
べっし 蔑視	멸 시 蔑視 myeolssi	蔑視	小看，輕視，輕蔑鄙視。
へんあい 偏愛	편 애 偏愛 pyeonae	偏愛	在眾多的人或事物當中，特別喜愛某一個或某一件。
へんか 変化	변 화 變化 byeonhwa	變化	事物在形態上或本質上產生新的狀況。
へんかく 変革	변 혁 變革 byeonhyeog	變革	改變事物的本質。
へんかん 返還	반 환 返還 banhwan	返還	歸還。
へんこ 変故	변 고 變故 byeongo	變故	意外發生的災難、事故。
べんご 弁護	변 호 辯護 byeonho	辯護	法律上指辯護人為保護當事人利益及權利，防禦不法或不當的指控，在口頭或文字上所做的辯白。
へんさ 偏差	편 차 偏差 pyeoncha	偏差	統計數據與代表值（通常為算術平均）的差，稱為「偏差」。
へんさん 編纂	편 찬 編纂 pyeonchan	編纂	猶編輯。編寫纂集成書等。
へんしゃ 編者	편 자 編者 pyeonja	編者	文稿的編纂人員；將他人著作彙編成書的人。
へんしゅ 騙取	편 취 騙取 pyeonchwi	騙取	用手段欺騙而獲取。
へんしゅう 編輯	편 집 編輯 pyeonjip	編輯	蒐集資料，加以鑑別、選擇、分類、整理、排列和組織。

日文漢字	韓文漢字	中文字	意思
へんしょく 偏食	편 식 偏食 pyeonsig	偏食	指只喜歡吃某幾種食物的不良習慣。
へんしん 変心	변 심 變心 byeonsim	變心	改變心意。多指改變對人的愛或忠誠。
へんせん 変遷	변 천 變遷 byeoncheon	變遷	是描述事物變化轉移的意思。
へんちょ 編著	편 저 編著 pyeonjeo	編著	編輯著述。將現有的材料及自己研究的成果加以整理寫成書或文章。
へんちょう 偏重	편 중 偏重 pyeonjoong	偏重	特別看重。
へんつう 変通	변 통 變通 byeontong	變通	為了順應時勢的變化，做非原則性的彈性處置。
へんどう 変動	변 동 變動 byeondong	變動	變化。變更著交替活動。
へんとうせん 扁桃腺	편 도 선 扁桃腺 pyeondoseon	扁桃腺	口腔及咽頭旁的腺體，屬於淋巴系統，有攔阻細菌的作用。因形如扁桃，故稱之。
へんにゅう 編入	편 입 編入 pyeonib	編入	按一定的原則、規則或次序來組織或排列，編排進去。
へん ぱ 偏頗	편 파 偏頗 pyeonpa	偏頗	偏向於一方，有失公正。
べん ぴ 便秘	변 비 便秘 byeonbi	便秘	指因糞便會太硬或太乾，而排便不順或難以排出的狀況。
べん り 弁理	변 리 辯理 byeoli	辯理	申辯，申理。
べん り 便利	편 리 便利 pyeoli	便利	使用或行動起來不感覺困難。

日文漢字	韓文漢字	中文字	意思
べんろん 弁論	변론 辯論 byeolon	辯論	它指彼此用一定的理由來說明自己對事物或問題的見解，揭露對方的矛盾，以便最後得到共同的認識和意見。辯論旨在培養人的思維能力。
ほうあん 法案	법안 法案 beoban	法案	政府向立法機關提出以備審議制定的法律草案。
ほうい 包囲	포위 包圍 powi	包圍	由四面八方圍住。
ぼうう 暴雨	폭우 暴雨 pogoo	暴雨	急而猛烈的雨。
ぼうえい 防衛	방위 防衛 bangwi	防衛	對外部來的攻擊給予防禦和保衛。
ぼうえき 防疫	방역 防疫 bangyeog	防疫	預防傳染病流行。如進行消毒、接種疫苗等。
ぼうえき 貿易	무역 貿易 mooyeog	貿易	是指買賣或交易行為的總稱。通常指以貨幣為媒介的一切交換活動或行為。
ぼうえんきょう 望遠鏡	망원경 望遠鏡 mangwongyeong	望遠鏡	用來觀察天體或遠處物體的儀器。
ほうおん 報恩	보은 報恩 boeun	報恩	報答所受到的恩惠。
ほうか 放火	방화 放火 banghwa	放火	為某種目的點火焚燒山林、糧草、房屋等。
ほうか 砲火	포화 砲火 pohwa	砲火	指戰場上發射的炮彈與炮彈爆炸後發出的火焰。
ぼうか 防火	방화 防火 banghwa	防火	防止發生火災。

日文漢字	韓文漢字	中文字	意思
ぼうがい 妨害	방 해 妨害 banghae	妨害	阻礙及損害。
ほうかつ 包括	포 괄 包括 pogwal	包括	表示包含；總括。
ほうかん 法官	법 관 法官 beopggwan	法官	具有司法審判權，在法院依法裁量刑責的人。
ほうがん 包含	포 함 包含 poham	包含	包括。裡邊含有。
ぼうかん 防寒	방 한 防寒 banghan	防寒	防御寒冷；防備寒冷的侵害。
ぼうかん 傍観	방 관 傍觀 banggwan	旁觀	在一旁觀看，不涉入事件本身。
ほう き 法規	법 규 法規 beopggyu	法規	與國民的權利和義務有關的，因某種特定範圍、目的而制訂的規則條文。
ぼうぎゃく 暴虐	포 학 暴虐 pohag	暴虐	指兇惡殘酷。
ぼうぎょ 防禦	방 어 防禦 bangeo	防禦	指防守抵御，多指被動型或做好準備的防守。
ぼうくう 防空	방 공 防空 banggong	防空	為防備敵人空襲而採取各種措施。
ぼうくん 暴君	폭 군 暴君 pokggoon	暴君	專制無道的君主。殘酷地或野蠻地行使專制權力的統治者。
ほうけん 封建	봉 건 封建 bonggeon	封建	封國土、建諸侯的政治制度。君主把土地分封給親屬和功臣，使其在封地上建立諸侯國。被封的諸侯有為天子鎮守疆土、隨從作戰、交納貢賦和朝覲述職的義務，同時要治理諸侯國，保衛國家。

ほ

日文漢字	韓文漢字	中文字	意思
ほうげん 方言	방 언 方言 bangeon	方言	一種語言在演變過程中形成的地域分支，跟標準語有區別，只在一定地區使用。如中文的閩南語、廣東話等。日語則有沖繩語、北海道方言等。
ぼうけん 冒険	모 험 冒險 moheom	冒險	不顧危險而從事某一活動。
ほうこ 宝庫	보 고 寶庫 bogo	寶庫	指儲存金銀財寶的地方；豐富的資源。
ほうこう 方向	방 향 方向 banghyang	方向	東，西，南，北4個方位；在生活中，方向代表了人生的理想，追求的目標。
ほうこう 咆哮	포 효 咆哮 pohyo	咆哮	野獸怒吼；形容人在激怒時的吼叫。
ほうこう 芳香	방 향 芳香 banghyang	芳香	氣味芬芳。
ぼうこう 暴行	폭 행 暴行 pokaeng	暴行	凶狠殘暴的舉動。
ほうこく 報告	보 고 報告 bogo	報告	專指陳述調查本身或由調查得出的結論；報告的言語內容或文書。
ぼうさい 防災	방 재 防災 bangjae	防災	防範地震、颱風等災禍的發生。
ぼうし 防止	방 지 防止 bangji	防止	預先想辦法使消極或有害的情況不發生。
ぼうし 帽子	모 자 帽子 moja	帽子	戴在頭上用來保護頭部（如保暖、防雨、防曬等）或作裝飾的用品。
ほうしき 方式	방 식 方式 bangsig	方式	說話做事所採取的方法和形式；用以規定或認可的形式和方法。

日文漢字	韓文漢字	中文字	意思
ほうしゃ 放射	방 사 放射 bangsa	放射	（光線等）由一點向四外射出。
ほうしゅ 砲手	포 수 砲手 posoo	砲手	指專門負責，炮彈發射之人。
ほうしゅう 報酬	보 수 報酬 bosoo	報酬	對出力者所提供的酬資、回饋。
ほうじゅう 放縱	방 종 放縱 bangjong	放縱	縱容，不加約束。不守規矩。
ぼうしょ 某処	모 처 某處 mocheo	某處	某個地方。
ほうしょう 報償	보 상 報償 bosang	報償	報答和補償；報復。
ぼうしょく 暴食	폭 식 暴食 pokssik	暴食	飲食過度。
ほうしん 方針	방 침 方針 bangchim	方針	計畫所進行的方向和目標。
ぼうすい 防水	방 수 防水 bangsoo	防水	防止水的浸入。
ほうせい 炮声	포 성 砲聲 poseong	砲聲	大砲發炮時的聲響。
ぼうせい 暴政	폭 정 暴政 pokjjeong	暴政	專制政權所施行的殘暴凶惡的措施。
ほうせき 宝石	보 석 寶石 boseog	寶石	被切割、擦潤、拋光的礦物、石料、土化物體，為收集品、收藏品或穿著裝飾之用。
ぼうぜん 茫然	망 연 茫然 mangyeon	茫然	形容完全不了解或不知所措的樣子；形容因失意而神情恍惚的樣子。

日文漢字	韓文漢字	中文字	意思
ほうそう 包装	포 장 包装 pojang	包裝	把商品包裹起來或裝進盒子、瓶子等。
ほうそう 放送	방 송 放送 bangsong	放送	放映、播放。
ほうそく 法則	법 칙 法則 beopchig	法則	指法度。規範。必須遵守的規則；指的是具有一定出現頻率或週期的事件。
ほうたい 包帯	붕 대 繃帶 boongdae	繃帶	包紮傷口的布條，用柔軟的紗布做成。
ほうだん 砲弾	포 탄 砲彈 potan	砲彈	用炮發射的彈藥。
ぼうだん 防弾	방 탄 防彈 bangtan	防彈	防止子彈射進。
ぼうちょう 傍聴	방 청 傍聽 bangcheong	旁聽	在會議或法庭上，在一旁聽講而沒有發言權。
ぼうちょう 膨張	팽 창 膨脹 paengchang	膨脹	物體由原體積而擴大或增長；引申為事件、勢力的升高或擴充。
ぼう と 暴徒	폭 도 暴徒 pokddo	暴徒	用強暴手段迫害別人、擾亂社會秩序的壞人。
ほうとう 報答	보 답 報答 bodap	報答	酬謝恩惠（日語還有報仇的意思）；回答。
ほうどう 報道	보 도 報道 bodo	報道	通過報紙、雜誌、廣播、電視等形式把新聞告訴群眾，或指書面或廣播、電視發表的新聞稿。
ばっとっ 暴投	폭 두 暴投 poktoo	暴投	是棒球裡投手的一項數據，指的是比賽中投于所投出的球太高、太低、或離本壘板太遠，使得捕手於正常蹲捕時無法接住球，也讓壘上的跑者進壘，甚至得分。

ほ

日文漢字	韓文漢字	中文字	意思
ぼうどう **暴動**	폭 동 **暴動** pokddong	**暴動**	群眾共同實施的不法暴力行為，方式有威脅、打鬥、破壞等，嚴重破壞社會秩序及安寧。
ぼうとく **冒涜**	모 독 **冒瀆** modog	**冒瀆**	冒犯、褻瀆。
ほうねん **豊年**	풍 년 **豐年** poongnyeon	**豐年**	農田收成富足的年頭。
ぼうはつ **暴発**	폭 발 **暴發** pokbbal	**暴發**	急起，突然而猛烈發生。
ぼう は てい **防波堤**	방 파 제 **防波堤** bangpajae	**防波堤**	海港、大湖泊或水庫中，為了防止波浪沖擊停泊的船隻等而修建的提防。
ぼう び **防備**	방 비 **防備** bangbi	**防備**	指爲應付攻擊或避免傷害預先作好準備。
ほう ふ **抱負**	포 부 **抱負** poboo	**抱負**	心中有所懷抱。指志向、理想、願望。
ほう ふ **豊富**	풍 부 **豐富** poongboo	**豐富**	充裕富厚。
ほうふく **報復**	보 복 **報復** bobog	**報復**	對傷害自己的人進行反擊。
ほうふつ **彷彿**	방 불 **彷彿** bangbool	**彷彿**	似乎、好像、近似。
ほうへい **砲兵**	포 병 **砲兵** pobyeong	**砲兵**	是以火炮、火箭炮和戰役戰術導彈為基本裝備，遂行地面火力突擊任務的兵種。
ほうほう **方法**	방 법 **方法** bangbeob	**方法**	一般是指爲獲得某種東西或達到某種目的而採取的手段與行爲方式。
ぼうぼう **茫々**	망 망 **茫茫** mangmang	**茫茫**	廣闊無邊；模糊不清。

ほ

日文漢字	韓文漢字	中文字	意思
ほうまつ 泡沫	포 말 泡沫 pomal	泡沫	聚在一起的許多小泡；引申意思是比喻事物存在表面上繁榮、興旺，實際上虛浮不實。
ほうまん 豊満	풍 만 豐滿 poongman	豐滿	豐富充足；形容女子身材碩美勻稱。
ぼうめい 亡命	망 명 亡命 mangmyeong	亡命	流亡；改變姓名而逃亡。消除戶籍而逃亡在外。
ほうめん 方面	방 면 方面 bangmyeon	方面	方向。某範圍、地區。
ほうもん 訪問	방 문 訪問 bangmoon	訪問	有目的地去探望人並跟他談話。
ほうよう 包容	포 용 包容 poyong	包容	指容納。收容；寬容大度。
ぼうらく 暴落	폭 락 暴落 pongnag	暴落	急劇下降。
ぼうり 暴利	폭 리 暴利 pongli	暴利	以不正當手段，在短時間內取得的巨額利潤。
ほうりつ 法律	법 률 法律 beomnyul	法律	經由特定成員共同討論制訂，可為大家共同遵守並具有約束懲治效率的法規條文。
ぼうりょく 暴力	폭 력 暴力 pongnyeog	暴力	故意侵犯或傷害他人心理，而使用激烈且富有強制性力量之行為，包括有形物理或無形心理。
ほおん 保温	보 온 保溫 boon	保溫	維持一定的溫度使不易冷卻。
ほかく 捕獲	포 획 捕獲 pohwaeg	捕獲	捕捉而有所獲得。捉到。拿獲。
ほかん 保管	보 관 保管 bogwan	保管	對物品進行保存及對其數量、質量進行管理控制的活動。

日文漢字	韓文漢字	中文字	意思
ぼくさつ 撲殺	박 살 撲殺 bakssal	撲殺	消滅、擊殺。打死捕殺。
ぼくし 牧師	목 사 牧師 mokssa	牧師	基督教的團體中，管理教務，主持各項禮儀、講道，專職牧養及照顧信徒的神職人員。
ぼくじょう 牧場	목 장 牧場 mokjjang	牧場	放養牛、羊的場所。有放牧設備的地方。
ぼくどう 牧童	목 동 牧童 mokddong	牧童	放牧牛、羊等畜牲的孩童。
ほく ぶ 北部	북 부 北部 bookbboo	北部	在北方的區域。與南部相對。
ぼくめつ 撲滅	박 멸 撲滅 bangmyeol	撲滅	指撲打消滅。
ほ げい 捕鯨	포 경 捕鯨 pogyeong	捕鯨	獵取鯨類以充當食物和提取油脂的行為。
ほ けん 保健	보 건 保健 bogeon	保健	保持身體和心理的健康。
ほ けん 保険	보 험 保險 boheom	保險	透過繳納一定的費用，將一個實體潛在損失的風險向一個實體集合的平均轉嫁。
ほ ご 保護	보 호 保護 boho	保護	指盡力照顧，使自身（或他人、或其他事物）的權益不受損害。
ぼ こう 母校	모 교 母校 mogyo	母校	稱呼自己所畢業或曾就讀的學校。
ぼ こく 母国	모 국 母國 mogoog	母國	本國、祖國，自己出生長大的地方。
ぼ し 母子	모 자 母子 moja	母子	母親和兒子。

日文漢字	韓文漢字	中文字	意思
ほ しゃく 保釈	보 석 保釋 boseog	保釋	刑事未決的嫌疑犯，提出相當保證，由法院暫時釋放之，稱為「保釋」。
ほ しゅ 保守	보 수 保守 bosoo	保守	行為或觀念上傾向尊重舊有的傳統、制度或習慣，而缺乏勇於創新的企圖。
ほ しゅ 捕手	포 수 捕手 posoo	捕手	棒球比賽中，在本壘後方的守備隊員。
ぼ しゅう 募集	모 집 募集 mojib	募集	廣泛地招募聚集。
ほ じょ 補助	보 조 補助 bojo	補助	貼補、支助。對生活困難者加以周濟。
ほ しょう 保証	보 증 保證 bojeung	保證	擔保負責做到；作為擔保的事物。
ほ しょう 保障	보 장 保障 bojang	保障	保護（生命、財產、權利等），使不受侵犯和破壞。
ぼ せい 母性	모 성 母性 moseong	母性	母親愛護子女的本性。
ほ そく 捕捉	포 착 捕捉 pochag	捕捉	追捕捉拿。
ほ ぞん 保存	보 존 保存 bojon	保存	使事物、性質、意義、作風等繼續存在，不受損失或不發生變化的意思。
ほ ちょう 歩調	보 조 步調 bojo	步調	走路時腳步的快慢。今多用以比喻事情進展的情況。
ぼっ か 牧歌	목 가 牧歌 mokgga	牧歌	牧童、牧人唱的歌謠；以農村、田園生活情趣為題材的詩歌和樂曲。
ほっ き 発起	발 기 發起 balgi	發起	首先倡議或發動某件事。

ほ

日文漢字	韓文漢字	中文字	意思
ほっさ 発作	발작 發作 baljjag	發作	（隱伏的事物或疾病）突然暴發或起作用。
ぼっしゅう 没収	몰수 沒收 molssoo	沒收	私有財物因違反規定而予以強制扣留或充公。
ほったん 発端	발단 發端 balddan	發端	開始；開端（如一個過程或一連串的事件）。
ぼっぱつ 勃発	발발 勃發 balbal	勃發	突然發生（戰爭、事件等）。
ほっぽう 北方	북방 北方 bookbbang	北方	北邊、北面。與南方相對。
ぼつらく 没落	몰락 沒落 molag	沒落	衰敝蕭條。破產。
ほどう 歩道	보도 步道 bodo	步道	只可步行不能通車的小路。
ほとけ 仏	불 佛 bool	佛	佛陀的簡稱。
ほにゅう 哺乳	포유 哺乳 poyoo	哺乳	指的是女性以乳房餵食嬰兒母乳的行為。
ほりゅう 保留	보류 保留 boryu	保留	保存不改變、暫時留著不處理。
ほりょ 捕虜	포로 捕虜 poro	捕虜	指被俘者。
ぼん 盆	분 盆 boon	盆	底小口大，形狀像盤而較深的盛物容器，多用陶、木、金屬等製成。

日文漢字	韓文漢字	中文字	意思
ほんぎょう 本業	본 업 本業 boneob	本業	本身原來從事過或一直從事的本職工作。
ほんしつ 本質	본 질 本質 bonjil	本質	事物所具有的最基本且永久不變的性質。
ほんしょう 本性	본 성 本性 bonseong	本性	本來的性質或個性。
ほんしょく 本色	본 색 本色 bonsaeg	本色	未加塗染的原色;原來的特色、風貌。
ほんそう 奔走	분 주 奔走 boonjoo	奔走	快速奔跑;為某事奔波、忙碌、斡旋。
ぼんち 盆地	분 지 盆地 boonji	盆地	四周被高山或高地圍繞而中間低平的地形。
ほんにん 本人	본 인 本人 bonin	本人	自稱,指說話人自己;當事人自己或前邊所提到的人自己。
ほんのう 本能	본 능 本能 bonneung	本能	與生俱來不需學習即擁有的能力。如飲食、喜、怒等均屬本能。
ほんぶ 本部	본 부 本部 bonboo	本部	指司令部、總部或說話人所隸屬的中心部門。
ほんぶん 本文	본 문 本文 bonmoon	本文	正文、原文。
ほんらい 本来	본 래 本來 bolae	本來	原來、原先;表示理所當然。

ほ

ま行

Track 59

邁進・邁進・邁進 ／日文漢字▸韓文漢字▸中文字

邁開步伐，勇往前進。

▲日文漢字	▲韓文漢字	▲中文字	▲意思
まいせつ 埋設	매 설 埋設 maeseol	埋設	挖開土安設並埋好。
まいそう 埋葬	매 장 埋葬 maejang	埋葬	掩埋屍體。
まいぞう 埋藏	매 장 埋藏 maejang	埋藏	藏在土裡或地下深處。
まいふく 埋伏	매 복 埋伏 maebok	埋伏	暗中躲藏，伺機突擊敵人。
まいぼつ 埋没	매 몰 埋没 maemol	埋没	埋在地下；比喻才能無法顯現，隱而不彰。
まご 孫	손 孫 son	孫	兒女的兒女。
ま ごころ 真心	진 심 眞心 jinsim	真心	純潔善良的心；誠心實意。
ま さつ 摩擦	마 찰 摩擦 machal	摩擦	兩物接觸並來回擦動；比喻爭執或衝突。
ま じゅつ 魔術	마 술 魔術 masool	魔術	藉各種道具，以祕密且快速的手法，表演超出尋常的動作。
ま じょ 魔女	마 녀 魔女 manyeo	魔女	魔界之女人。
ますい 麻醉	마 취 麻醉 machwi	麻醉	用藥物或針刺使肌體暫時喪失知覺；比喻用某種手段使人認識模糊、意志消沉。

日文漢字	韓文漢字	中文字	意思
まつじつ 末日	말 일 末日 maril	末日	基督教謂世界最後毀滅的日子。泛指死亡或滅亡的一天。
まつ ろ 末路	말 로 末路 malo	末路	沒落衰亡、無路可走的境地。
まど 窓	창 窓 chang	窗	房屋中用來透光通氣的洞孔。
ま ひ 麻痺	마 비 麻痺 mabi	麻痺	由於神經或肌肉受到損傷，而失去知覺或導致動作功能的障礙。
ま ほう 魔法	마 법 魔法 mabeob	魔法	妖魔施展的法術。
ま やく 麻薬	마 약 麻藥 mayag	麻藥	內服或外用後使人失去感覺的藥。
まんいち 万一	만 일 萬一 manil	萬一	可能性極小的意外事件。
まんいん 満員	만 원 滿員 manwon	滿員	（部隊、人員、火車乘客等）達到規定的人數。
まん が 漫画	만 화 漫畫 manhwa	漫畫	抓住人物特點，大膽地用省略、誇張等手法，表現出滑稽、諷刺等感覺的繪畫。
まん き 満期	만 기 滿期 mangi	滿期	到期，期限已滿。
まんげつ 満月	만 월 滿月 manwol	滿月	陰曆每月 15 日夜晚的月亮。因其圓滿光亮，故稱為「滿月」。
まんしん 満身	만 신 滿身 mansin	滿身	遍身，全身上下。
まんぞく 満足	만 족 滿足 manjog	滿足	指對某一事物感到已經足夠。

日文漢字	韓文漢字	中文字	意思
まんてん 満点	만 점 滿點 manjjeom	滿點	滿分；百分之百。
まんねん 万年	만 년 萬年 mannyeon	萬年	極其久遠的年代。
みこん 未婚	미 혼 未婚 mihon	未婚	還沒結婚。
みせいねん 未成年	미 성 년 未成年 miseongnyeon	未成年	未成年人在一般是指未滿 18 周歲的公民，但日本是指未滿 20 周歲的公民。
みぜん 未然	미 연 未然 miyeon	未然	還沒有成為事實。事態還沒有形成。
みち 未知	미 지 未知 miji	未知	不知道。還不知道的。
みつげつりょこう 蜜月旅行	밀 월 여 행 蜜月旅行 mirwolyeohaeng	蜜月旅行	是新婚夫妻一起到某一個地方所度過的休閒時光。
みっこく 密告	밀 고 密告 milgo	密告	秘密地報告。秘密地告訴；秘密地檢舉告發。
みっぺい 密閉	밀 폐 密閉 milpae	密閉	指嚴密封閉的事物或空間等，與外界不接觸。
みつやく 密約	밀 약 密約 miryag	密約	祕密約會；祕密訂定的條約。
みてい 未定	미 정 未定 mijeong	未定	尚未決定。
みどりいろ 緑色	녹 색 綠色 nokssaeg	綠色	像草和樹葉一般的顏色。
みぶん 身分	신 분 身分 sinboon	身分	人的出身、資格或在社會上的地位。

み

日文漢字	韓文漢字	中文字	意思
みぼうじん 未亡人	미망인 未亡人 mimangin	未亡人	死了丈夫的婦人的自稱之詞。
みまん 未満	미만 未滿 miman	未滿	沒有達到一定的期限、數字。
みゃくらく 脈絡	맥락 脈絡 maengnag	脈絡	血管的統稱。中醫對動脈和靜脈的統稱；比喻條理或頭緒。
みょうさく 妙策	묘책 妙策 myochaeg	妙策	巧妙的計策。
みょうねん 明年	명년 明年 myeongnyeon	明年	今年的後一年。
みらい 未来	미래 未來 mirae	未來	將來。相對於現在、過去而言。
みりょく 魅力	매력 魅力 maeryeog	魅力	與眾不同，獨一無二的人，指一個人「充滿了吸引力」。形容一個人的個性與容貌之美有著很強的誘惑力與吸引力。
みわく 魅惑	매혹 魅惑 maehog	魅惑	以美貌或媚態來迷惑人。
みんい 民意	민의 民意 mini	民意	人民群眾的願望和意見。
みんかん 民間	민간 民間 mingan	民間	人民群眾之間；在野，指民眾方面，與官方相對。
みんけん 民権	민권 民權 minggwon	民權	人民在政治上所享的權利。如保有自己的生命、身體、自由、財產等權利。人民參與政事及管理政事的權力。
みんしゅ 民主	민주 民主 minjoo	民主	國家主權屬於人民，施政以民意為準則，人民得依法選舉代表，以控制國家政策的政治體制。

日文漢字	韓文漢字	中文字	意思
みんしゅう 民衆	민 중 民衆 minjoong	民眾	泛指一般人民、大眾、群眾。
みんしん 民心	민 심 民心 minsim	民心	人民共同的感情和心願。
みんぞく 民俗	민 속 民俗 minsog	民俗	民間的風俗習慣。民眾的生活、生產、風尚習俗等情況。
みんぞく 民族	민 족 民族 minjog	民族	由自然力結合的團體。具共同血統、生活方式、語言、文化、宗教、風俗等結合而成的團體。
みんよう 民謡	민 요 民謠 minyo	民謠	民間流行的、賦予民族色彩的歌曲。
む えき 無益	무 익 無益 mooig	無益	沒有好處、沒有幫助。
む き 無期	무 기 無期 moogi	無期	無窮盡；無限度。
む きめい 無記名	무 기 명 無記名 moogimyeong	無記名	不署名。不記名。
む きゅう 無窮	무 궁 無窮 moogoong	無窮	沒有盡頭、極限。
む げん 無限	무 한 無限 moohan	無限	指在空間和時間上都沒有限制的，在數量程度沒有線限度的。
む こ 無辜	무 고 無辜 moogo	無辜	沒有罪過；沒有罪過的人。
む こう 無効	무 효 無效 moohyo	無效	沒有效力；沒有效果。
む ざい 無罪	무 죄 無罪 moojwe	無罪	沒有罪過；沒有犯罪。

Track
60

日文漢字	韓文漢字	中文字	意思
む さく 無策	무 책 無策 moochaek	無策	沒有計謀；沒有辦法。
む し 無視	무 시 無視 moosi	無視	指不放在眼裡；根本不考慮。
む じゅん 矛盾	모 순 矛盾 mosoon	矛盾	比喻言行等自相抵觸。
む しょう 無償	무 상 無償 moosang	無償	法律上指不得因報酬而移轉所有物、權利，或指服勞務、供勞力而不索求報酬。
む じょう 無常	무 상 無常 moosang	無常	時常變動、變化不定。
む じょう 無情	무 정 無情 moojeong	無情	沒有感情。無同情心；佛教用語。指沒有情識作用的東西。如植物、礦物等。
む じょうけん 無条件	무 조 건 無條件 moojoggeon	無條件	不附加任何條件。
む しょく 無色	무 색 無色 moosaeg	無色	沒有顏色。
む じん 無人	무 인 無人 mooin	無人	沒有人；沒人在。
む じん 無尽	무 진 無盡 moojin	無盡	沒有窮盡、止境。
む すう 無数	무 수 無數 moosoo	無數	無法計算。極言其多。
む せん 無線	무 선 無線 mooseon	無線	利用無線電波來作為傳送的媒介。
む そう 無双	무 쌍 無雙 moossang	無雙	獨一無二、最卓越的。

日文漢字	韓文漢字	中文字	意思
む ち 無知	무 지 無知 mooji	無知	沒有知識、不明事理。
む のう 無能	무 능 無能 mooneung	無能	沒有才能。沒有能力。
む ほう 無法	무 법 無法 moobeob	無法	任意作惡，完全不顧法律綱紀。
む ぼう 無謀	무 모 無謀 moomo	無謀	沒有計策。
む み 無味	무 미 無味 moomi	無味	無滋味、趣味；沒有味道。
む よう 無用	무 용 無用 mooyong	無用	不起作用，沒有用處；不需要，不用。
むら 村	촌 村 chon	村	鄉野人民聚居的地方；現今的一種行政區劃。
む り 無理	무 리 無理 moori	無理	沒有道理。（日語還有「強迫」的意思）
む りょく 無力	무 력 無力 mooryeog	無力	沒有力氣；沒有能力。
めい か 名家	명 가 名家 myeongga	名家	在學術或技能方面具有特殊專長的出名人物；有名望的家族。
めい が 名画	명 화 名畫 myeonghwa	名畫	著名的圖畫。
めい かく 明確	명 확 明確 myeonghwag	明確	清晰明白。
めい き 銘記	명 기 銘記 myeonggi	銘記	牢記在心中。深深記住。

め

日文漢字	韓文漢字	中文字	意思
めいきゅう 迷宮	미 궁 迷宮 migoong	迷宮	出路拐彎抹角，令人撲朔迷離，難辨方向與出口的建築物，喻令人混淆無法釐清的態勢。
めいきょく 名曲	명 곡 名曲 myeonggog	名曲	著名的歌曲、樂曲。
めい く 名句	명 구 名句 myeongggoo	名句	長期以來經常被人引用的著名句子或短語。
めいげん 名言	명 언 名言 myeongeon	名言	著名的話。常被人們引用來說理的話。
めいさい 明細	명 세 明細 myeongsae	明細	明白而詳細。
めいさく 名作	명 작 名作 myeongjag	名作	傑出的藝術作品。
めいざん 名山	명 산 名山 myeongsan	名山	有名的山。
めい し 名士	명 사 名士 myeongsa	名士	有名的人士。
めい し 名詞	명 사 名詞 myeongsa	名詞	詞類的一種，也是實詞的一種，是指代人、物、事、時、地、情感、概念、方位的名詞等實體或抽象事物的詞。
めい じ 明示	명 시 明示 myeongsi	明示	明確地指示或表示。清楚表達。
めいしょう 名勝	명 승 名勝 myeongseung	名勝	以古蹟或風景優美而出名的地方。
めいしょう 名稱	명 칭 名稱 myeongching	名稱	用以識別某一個體或一群體（人或事物）的專門稱呼。

日文漢字	韓文漢字	中文字	意思
めいしん 迷信	미 신 迷信 misin	迷信	相信世上不存在的神仙鬼怪等事物；泛指盲目地信仰和崇拜。
めいじん 名人	명 인 名人 myeongin	名人	知名度很高的人物。技藝優秀的人；一種日本圍棋賽中最高的榮譽。
めいせい 名声	명 성 名聲 myeongseong	名聲	名譽聲望。
めいせき 明晰	명 석 明晳 myeongseog	明晰	明白清晰。
めいせつ 名節	명 절 名節 myeongjeol	名節	名譽與節操。
めいそう 瞑想	명 상 瞑想 myeongsang	瞑想	指默默思索，閉目沈思；苦思。
めいちゅう 命中	명 중 命中 myeongjoong	命中	射中特定的對象。
めいはく 明白	명 백 明白 myeongbaek	明白	清楚明白。毫無疑問。
めいふく 冥福	명 복 冥福 myeongbog	冥福	死後的幸福。迷信謂死者在陰間所享之福。
めいぶつ 名物	명 물 名物 myeongmool	名物	有名的東西。
めいぶん 名分	명 분 名分 myeongboon	名分	人的名位和身分。所居地位的名義和所應有應盡的職分。
めいぼう 名望	명 망 名望 myeongmang	名望	名譽和聲望。爲人仰望的名聲。
めいめい 命名	명 명 命名 myeongmyeong	命名	起名。給予名稱。

Track
61

日文漢字	韓文漢字	中文字	意思
めいめいはくはく 明明白白	명명백백 明明白白 myeongmyeong baekbaek	明明白白	清清楚楚，明確無誤。
めいもく 名目	명 목 名目 myeongmog	名目	名義、理由。藉口。
めいもく 瞑目	명 목 瞑目 myeongmog	瞑目	閉上眼睛；多指死後沒有牽掛。安然地死去。
めいもん 名門	명 문 名門 myeongmoon	名門	在社會有一定聲望和影響力的家族。有名望的門第。
めいよ 名誉	명 예 名譽 myeongye	名譽	是指社會對特定的公民的品行，思想，道德，作用，才幹等方面的社會評價。
めいりょう 明瞭	명 료 明瞭 myeongnyo	明瞭	瞭解。清楚明白，了然於心。
めいれい 命令	명 령 命令 myeongnyeong	命令	上級對下級發出指示。
めいろ 迷路	미 로 迷路 miro	迷路	迷失道路；比喻失去正確的方向；生理學上稱內耳一系列相互連接的腔或管。
めがね 眼鏡	안 경 眼鏡 angyeong	眼鏡	是鑲嵌在框架內的透鏡鏡片，戴在眼睛前方，以改善視力、保護眼睛或作裝飾打扮用途。
めがみ 女神	여 신 女神 yeosin	女神	是女性的神明或至尊的稱謂，特指神話傳說中的女性至高者。
めぐすり 眼藥	안 약 眼藥 anyag	眼藥	眼藥。
めっき 鍍金	도 금 鍍金 dogeum	鍍金	以薄層的黃金鍍在器物的表面上；譏諷人只是取得虛名，並無真才實學。
めつぼう 滅亡	멸 망 滅亡 myeolmang	滅亡	是指消滅；被征服；被消滅；不復存在。

め

日文漢字	韓文漢字	中文字	意思
めん 麵	면 麵 myeon	麵	由麥子研磨成粉或再加工而成的細長食品。
めんえき 免疫	면 역 免疫 myeonyeog	免疫	指身體對抗疾病的能力；比喻司空見慣，不受某人、事或物的干擾或影響。
めんじょ 免除	면 제 免除 myeonjae	免除	免去。除掉。
めんしょく 免職	면 직 免職 myeonjig	免職	令公務人員去職。
めんぜい 免税	면 세 免税 myeonsae	免税	免收税金。
めんせき 免責	면 책 免責 myeonchaeg	免責	免除責任；免除債務。
めんせき 面積	면 적 面積 myeonjeog	面積	物體所佔的平面圖形的大小。
めんぼう 面貌	면 모 面貌 myeonmo	面貌	臉的形狀。相貌。容貌
めんぼく 面目	면 목 面目 myeonmog	面目	體面、面子。
めんみつ 綿密	면 밀 綿密 myeonmil	綿密	細緻周密、周到。
も 喪	상 喪 sang	喪	喪儀；喪事。
もうげん 妄言	망 언 妄言 mangeon	妄言	指謊言，假話。胡說八道，隨便說說。
もうさいかん 毛細管	모 세 관 毛細管 mosaegwan	毛細管	代表微細及血管壁極薄的血管，連接動脈與靜脈，為血液與組織細胞間交換物質的場所。

日文漢字	韓文漢字	中文字	意思
もうじゅう 猛獸	맹 수 猛獸 maengsoo	猛獸	指兇猛的野獸或體碩大而性兇猛的獸類。
もうじん 盲人	맹 인 盲人 maengin	盲人	雙目失明的人。
もうそう 妄想	망 상 妄想 mangsang	妄想	胡思亂想,不切實際的、非分的幻想或念頭。
もうちょう 盲腸	맹 장 盲腸 maengjang	盲腸	大腸的上段,在人體腹腔右邊。乃一盲囊構造,囊底無開口,只接退化的闌尾,上接小腸,下接結腸,在兩端中間側面有迴腸、盲腸括約肌,為食物由小腸進入大腸的門戶。
もうてん 盲点	맹 점 盲點 maengjjeom	盲點	眼球後部視網膜上的一點,因沒有感光細胞,不能接受光的刺激,物體影像落在這一點上不能引起視覺,故稱為「盲點」;引申為看不到的事情或問題、漏洞。
もうもく 盲目	맹 목 盲目 maengmog	盲目	眼睛看不見東西;比喻缺乏明確目標或認識不清。
もう ら 網羅	망 라 網羅 mangna	網羅	從各方面搜尋招致。
もうれつ 猛烈	맹 렬 猛烈 maengnyeol	猛烈	勇猛、凶猛激烈。
もくげき 目擊	목 격 目擊 mokggyeog	目擊	親眼所見。親眼目睹。
もくざい 木材	목 재 木材 mokjjae	木材	樹木砍伐後經粗略加工可供使用的材料。
もく し 默視	묵 시 默視 mookssi	默視	默默而視。多指對該管的事故意不管或漠不關心。

も

日文漢字	韓文漢字	中文字	意思
もくじ 目次	목 차 目次 mokcha	目次	指書刊上的目錄。表示內容的篇目次序。
もくぜん 目前	목 전 目前 mokjjeon	目前	現在、眼前。
もくそう 默想	묵 상 默想 mookssang	默想	在心中冥想。
もくぞう 木造	목 조 木造 mokjjo	木造	用木材製造的。
もくてき 目的	목 적 目的 mokjjeog	目的	想要達到的目標或取得的結果。
もくねん 默念	묵 념 默念 moongnyeom	默念	默默考慮。暗中思考。
もくひょう 目標	목 표 目標 mokpyo	目標	工作或計畫中擬定要達到的標準；射擊或攻擊等的對象。
もくもく 默默	묵 묵 默默 moongmook	默默	沉靜不說話；表示在不說話、不出聲的情況下進行。
もくよく 沐浴	목 욕 沐浴 mogyog	沐浴	洗頭、洗澡以潔身。
もくろく 目錄	목 록 目錄 mongnog	目錄	是指書籍正文前所載的目次，是揭示和報道圖書的工具。
もけい 模型	모 형 模型 mohyeong	模型	鑄造機件、器物等的模子；仿照實物或圖樣按比例製作的物品。
もさく 模索	모 색 模索 mosaeg	模索	尋求、探索。
もじ 文字	문 자 文字 moonjja	文字	記錄語言的書寫符號；文章。

日文漢字	韓文漢字	中文字	意思
もはん 模範	모범 模範 mobeom	模範	值得人學習或取法的榜樣。
もほう 模倣	모방 模倣 mobang	模仿	照某種現成的樣子學著做。
ももいろ 桃色	도색 桃色 dosaeg	桃色	像桃花的紅色；形容男女情愛。多指不正當的男女關係。
もんがいかん 門外漢	문외한 門外漢 moonwehan	門外漢	為對某種知識或技能還沒有入門的外行人。
もんだい 問題	문제 問題 moonjae	問題	指考試等要求回答或解答的題目；足以引人研究討論，或尚待解決的事。
もんもう 文盲	문맹 文盲 moonmaeng	文盲	不識字或識字能力達不到國家規定標準，不具有初步讀寫能力的人。

MEMO

や行

同じ意味の漢字
중국어와 뜻이 같은 한자어

野外・野外・野外 ／日文漢字▸韓文漢字▸中文字

yawae

離市區較遠的地方。郊外。人煙稀少的地方。

日文漢字	韓文漢字	中文字	意思
や かん 夜間	야 간 夜間 yagan	夜間	夜裡、晚間。指從日落到日出的這段時間。
や ぎ 山羊	산 양 山羊 sanyang	山羊	羊的一種。形似綿羊而體較小。牝牡都有角，角尖向後。毛直而不卷。牡羊頜下有鬚。性活潑，喜登高，好採食短草、灌木和樹葉等。
やくうん 厄運	액 운 厄運 aegwoon	厄運	困苦、悲慘的遭遇。
やくしゅ 藥酒	약 주 藥酒 yakjju	藥酒	以各種藥材浸泡調製的酒。
やくそく 約束	약 속 約束 yakssok	約束	約定。
や けい 夜景	야 경 夜景 yagyeong	夜景	夜間的景色。
や こう 夜行	야 행 夜行 yahaeng	夜行	夜間行走、行動。
や ごう 野合	야 합 野合 yahap	野合	不合社會規範的婚姻。
やじゅう 野獸	야 수 野獸 yasoo	野獸	生長在山野間，沒有經過人工飼養、繁殖的獸類。
や しん 野心	야 심 野心 yasim	野心	貪婪非分的欲望。

日文漢字	韓文漢字	中文字	意思
やせい 野生	야 생 野生 yasaeng	野生	未經人工飼養或培植而自然成長。
やせい 野性	야 성 野性 yaseong	野性	不馴順的性情。粗野的性質。
やっきょく 藥局	약 국 藥局 yakggug	藥局	藥師根據醫師處方進行配藥的場所。泛指一般販賣藥品的西藥房。
やっこう 藥効	약 효 藥效 yakyo	藥效	藥物的效用。
やばん 野蛮	야 만 野蠻 yaman	野蠻	未開化的；粗魯、蠻橫而不講理。
やま 山	산 山 san	山	陸地上高起的部分。
やまかわ 山川	산 천 山川 sancheon	山川	指山岳、江河。泛指自然界的景色或形勢。
やゆ 揶揄	야 유 揶揄 yayu	揶揄	嘲笑、戲弄。
ゆううつ 憂鬱	우 울 憂鬱 woowool	憂鬱	一種情緒與心理狀態，指一個人呈現哀傷、心情低落的狀況，絕望與沮喪為其特色。這是人類正常的情緒之一，但是強烈而長久持續的憂鬱情緒，可能是精神疾病造成。
ゆうえき 有益	유 익 有益 yuig	有益	有幫助、有利益可尋。
ゆうえつ 優越	우 월 優越 woowool	優越	優異，超越他人。

や
ゆ

日文漢字	韓文漢字	中文字	意思
ゆうが 優雅	우 아 優雅 wooa	優雅	優美高雅。高尚文雅。優雅是一種和諧，類似於美麗，只不過美麗是上天的恩賜，而優雅是藝術的產物。優雅從文化的陶冶中產生，也在文化的陶冶中發展。
ゆうかい 誘拐	유 괴 誘拐 yugwae	誘拐	引誘拐騙。
ゆうがい 有害	유 해 有害 yuhae	有害	對某種事物會造成傷害損失。
ゆうかん 憂患	우 환 憂患 woohwan	憂患	困苦患難或憂慮的事情。
ゆうき 勇気	용 기 勇氣 yonggi	勇氣	是選擇和意志去直面苦惱，痛苦，危險，不確定性或威脅，在這些複雜情況和危險之下，主體依然可以意識到內在的力量，保持自信，泰然處之。
ゆうぎ 友誼	우 의 友誼 wooi	友誼	朋友的交情、情誼。
ゆうぎ 遊戲	유 희 遊戲 yuhi	遊戲	玩耍；娛樂活動。
ゆうこう 友好	우 호 友好 wooho	友好	友愛和好。
ゆうこう 有効	유 효 有效 yuhyo	有效	能實現預期目的。有效果。有成效；有效力。
ゆうざい 有罪	유 죄 有罪 yujwae	有罪	有犯法的行爲。
ゆうし 勇士	용 사 勇士 yongsa	勇士	有勇氣膽量的人。

日文漢字	韓文漢字	中文字	意思
ゆうし 雄志	웅 지 雄志 woongji	雄志	雄心壯志。遠大的志向。
ゆうし 融資	융 자 融資 yungja	融資	資金融通。指貸款給需要者的行為。
ゆうしゅう 憂愁	우 수 憂愁 woosoo	憂愁	擔憂發愁。
ゆうしゅう 優秀	우 수 優秀 woosoo	優秀	才能傑出，超出眾人。
ゆうじょう 友情	우 정 友情 woojeong	友情	朋友間的情誼、交情。
ゆうせい 優勢	우 세 優勢 woosae	優勢	處於較有利的形勢或環境。
ゆうせん 優先	우 선 優先 wooseon	優先	指放在他人或他事之前。在次序上先實行。
ゆうとう 優等	우 등 優等 woodeung	優等	上等，良好的等級。
ゆうどう 誘導	유 도 誘導 yudo	誘導	勸誘開導。
ゆうひ 夕陽	석 양 夕陽 seogyang	夕陽	傍晚時將西下的太陽。
ゆうびむかん 有備無患	유비무환 有備無患 yubimoohwan	有備無患	事先有準備，即可免除急需時不就手的困難。
ゆうべん 雄弁	웅 변 雄辯 woongbyeon	雄辯	形容論辯時，言辭強而有力、滔滔不絕。
ゆうめい 有名	유 명 有名 yumyeong	有名	名字為大家所熟知；出名。

日文漢字	韓文漢字	中文字	意思
ゆうよ 猶予	유 예 猶豫 yuye	猶豫	指遲疑，不果斷，缺少主見，對事難做決定。唯唯諾諾，自己缺少對事情的看法，見解。
ゆうよう 有用	유 용 有用 yuyong	有用	有用處、有用途。
ゆうらん 遊覽	유 람 遊覽 yuram	遊覽	遊歷參觀。
ゆうり 有利	유 리 有利 yuri	有利	有利益、有好處。
ゆうりょ 憂慮	우 려 憂慮 wooryeo	憂慮	憂愁擔心。感到不安。
ゆうりょう 優良	우 량 優良 wooryang	優良	優良指良好，十分好。
ゆうりょく 有力	유 력 有力 yuryeog	有力	有財力或權威勢力；有力量；分量重。
ゆうれつ 優劣	우 열 優劣 wooyeol	優劣	優和劣。指強弱、大小、好壞、工拙等。謂評定高下好壞等。
ゆうわ 融和	융 화 融和 yunghwa	融和	融洽和諧。
ゆうわく 誘惑	유 혹 誘惑 yuhog	誘惑	用技倆引誘、迷惑他人的心智。
ゆかい 愉快	유 쾌 愉快 yukwae	愉快	欣悅、快樂。指人的心情歡欣快樂。
ゆけつ 輸血	수 혈 輸血 soohyeol	輸血	治療措施之一。把健康人的血液用特殊的裝置輸送到病人體內。
ゆしゅつ 輸出	수 출 輸出 soochool	輸出	將本國貨物運到外國。

Track
63

日文漢字	韓文漢字	中文字	意思
ゆ ず 柚子	유 자 柚子 yuja	柚子	柚樹的果實。
ゆ そう 輸送	수 송 輸送 soosong	輸送	運輸工具將人或物，從一處運到另一處。
ゆ にゅう 輸入	수 입 輸入 sooib	輸入	外國或外地的貨物輸入本國或本地。
ゆ らい 由来	유 래 由來 yurae	由來	事情發生的原因，歷來。
よ いん 余韻	여 운 餘韻 yeowoon	餘韻	餘音；留下來的韻味、韻致。
よう い 容易	용 이 容易 yongi	容易	簡單、不困難。
よういく 養育	양 육 養育 yangyuk	養育	撫養教育。
よう き 容器	용 기 容器 yonggi	容器	盛物品的器具。
よう き 陽気	양 기 陽氣 yanggi	陽氣	春天陽光重回大地的氣息。
よう き ひ 楊貴妃	양 귀 비 楊貴妃 yanggwibi	楊貴妃	唐代玄宗的寵妃。
よう ご 用語	용 어 用語 yongeo	用語	措辭、說話或作文時所使用的語詞；術語，專業性質的語詞。
よう ご 擁護	옹 호 擁護 ongho	擁護	支持、愛護。
ようさい 要塞	요 새 要塞 yosae	要塞	多指軍事或國防上的重要據點。

日文漢字	韓文漢字	中文字	意思
ようし **要旨**	요 지 **要旨** yoji	**要旨**	主要的旨趣、意思。重要的本意。
ようし **養子**	양 자 **養子** yangja	**養子**	收養的而非親生的兒子。
ようしき **洋式**	양 식 **洋式** yangsik	**洋式**	歐美的式樣。
ようしき **樣式**	양 식 **樣式** yangsig	**樣式**	樣子、形式；指文藝作品的體裁。如詩歌、小說、散文、戲劇等。
ようしゅ **洋酒**	양 주 **洋酒** yangjoo	**洋酒**	指源自西洋（歐洲及北美洲地區），或是在這個地區製造的各種酒，含酒精飲料。其中以葡萄酒、威士忌等最著名。這個名詞盛行於中、日與韓國等東亞地區。
ようじゅつ **妖術**	요 술 **妖術** yosool	**妖術**	怪異邪惡的法術。
ようしょく **養殖**	양 식 **養殖** yangsig	**養殖**	培育和繁殖（水產動植物）。
ようせい **養成**	양 성 **養成** yangseong	**養成**	培養而使之形成或成長。
ようせき **容積**	용 적 **容積** yongjeog	**容積**	容器或其他物體所能容受的體積。
ようせつ **夭折**	요 절 **夭折** yojeol	**夭折**	短命早死。
ようそ **要素**	요 소 **要素** yoso	**要素**	構成事物的必要因素。必要不可欠缺的根本條件。
ようそう **洋裝**	양 장 **洋裝** yangjang	**洋裝**	西式的女子服裝；書籍採用西式的裝訂法。其裝訂線藏於封皮內。

日文漢字	韓文漢字	中文字	意思
ようち 幼稚	유 치 幼稚 yuchi	幼稚	幼孩；形容知識淺薄、思想未成熟；缺乏經驗。
ようち 用地	용 지 用地 yongji	用地	供作某項用途的土地。
ようつう 腰痛	요 통 腰痛 yotong	腰痛	下背痛。
ようてん 要点	요 점 要點 yojjeom	要點	言詞、書籍等的重要處。
よう と 用途	용 도 用途 yongdo	用途	應用的層面、範圍。
ようねん 幼年	유 년 幼年 yunyeon	幼年	年歲幼小的時候。
ようひん 用品	용 품 用品 yongpoom	用品	供使用的物品。
よう ふ ぼ 養父母	양 부 모 養父母 yangboomo	養父母	合法收養關係中的收養人。
ようぶん 養分	양 분 養分 yangboon	養分	富有營養的成分。
ようほう 用法	용 법 用法 yongbbeob	用法	使用的方法。
ようぼう 容貌	용 모 容貌 yongmo	容貌	面貌、相貌。
ようりょう 要領	요 령 要領 yoryeong	要領	比喻事情的要點、主旨、綱領；訣竅、竅門。

日文漢字	韓文漢字	中文字	意思
ようれき **陽暦**	양 력 **陽暦** yangnyeog	**陽暦**	陽曆（又稱太陽曆），起源於6000多年前的古埃及，為據地球圍繞太陽公轉軌道位置，或地球上所呈現出太陽直射點的週期性變化，所制定的曆法。
よ か **余暇**	여 가 **餘暇** yeoga	**餘暇**	閒暇的時間。業餘時間。
よ きょう **余興**	여 흥 **餘興** yeoheung	**餘興**	正事辦完後所舉行的娛樂活動。
よくうつ **抑鬱**	억 울 **抑鬱** eogwool	**抑鬱**	是情緒低落、厭惡活動的一種狀態，對人的思想、行為、感覺和身體健康都有一定影響。
よくしつ **浴室**	욕 실 **浴室** yokssil	**浴室**	洗澡用的房間。
よくせい **抑制**	억 제 **抑制** eokjje	**抑制**	指以一種力量阻止或預先防止的某些活動，或者限制人的活動於一定範圍之內。
よくぼう **欲望**	욕 망 **欲望** yongmang	**欲望**	想要得到某種東西或目的的意念、願望。
よ せい **余生**	여 생 **餘生** yeosaeng	**餘生**	指人的晚年或殘存的生命。
よ りょく **余力**	여 력 **餘力** yeoryeok	**餘力**	多餘的精力、經濟力，殘存的力量。
よ ろん **輿論**	여 론 **輿論** yeoron	**輿論**	社會中相當數量的人對於一個特定話題所表達的個人觀點、態度和信念的集合體。

らいう　뇌우
雷雨 · 雷雨 · 雷雨 ／日文漢字 ▸ 韓文漢字 ▸ 中文字
nwaewoo

伴隨著閃電及雷聲的雨。常有強風、陣雨，偶爾夾帶冰雹的現象。
歷時短，通常不超過兩小時。如臺灣地區夏日午後常見的雷陣雨。

▲日文漢字	▲韓文漢字	▲中文字	▲意思
らいおう **来往**	내 왕 **來往** naewang	**來往**	來去，往返，往來。
らいねん **来年**	내 년 **來年** naenyeon	**來年**	次年、明年。
らいひん **来賓**	내 빈 **來賓** naebin	**來賓**	蒞臨的賓客。
らいはっ **来訪**	내 방 **來訪** naebang	**來訪**	前來探訪。
らいれき **来歴**	내 력 **來歷** naeryeog	**來歷**	來由、原因；經歷。
らくご **落後**	낙 후 **落後** nakoo	**落後**	居他人之後；能力、水準較低。
らくせき **落石**	낙 석 **落石** naksseog	**落石**	從高處掉下的石頭、石塊。
らくせん **落選**	낙 선 **落選** naksseon	**落選**	沒有被選上。
らくだい **落第**	낙 제 **落第** nakjjae	**落第**	應試沒有被錄取。
らくのう **酪農**	낙 농 **酪農** nangnong	**酪農**	從事酪農業生產者。
らせん **螺旋**	나 선 **螺旋** naseon	**螺旋**	曲折迴轉的形狀。

日文漢字	韓文漢字	中文字	意思
らたい 裸体	나 체 裸體 nachae	裸體	身上不穿衣物。
らっか 落下	낙 하 落下 naka	落下	降落、掉落。
らっかん 落款	낙 관 落款 nakggwan	落款	在書畫上題署姓名、年月、詩句等。
らっかん 楽観	낙 관 樂觀 nakggwan	樂觀	對人生或一切事物的發展充滿信心的生活態度。
らっぱ 喇叭	나 팔 喇叭 napal	喇叭	樂器名。屬吹奏樂器。多為銅製。上端小，身細長而漸大，尾端圓敞。
られつ 羅列	나 열 羅列 nayeol	羅列	陳列、擺列。
らんせい 乱世	난 세 亂世 nansae	亂世	秩序混亂、動盪不安的時代。
らんよう 濫用	남 용 濫用 namyong	濫用	胡亂的過度使用。
らんる 襤褸	남 루 襤褸 namnoo	襤褸	衣服破爛的樣子。
りえき 利益	이 익 利益 iig	利益	好處；盈利、利潤。人類用來滿足自身欲望的一系列物質、精神需求的產品，包括：金錢、權勢、色欲、榮譽、名氣、國家地位、領土、主權乃至于幫助他人所帶來的快感。
りかい 理解	이 해 理解 ihae	理解	了解、明白事理。
りがい 利害	이 해 利害 ihae	利害	利益和損害。

り

日文漢字	韓文漢字	中文字	意思
り かん 離間	이 간 離間 igan	離間	搬弄是非，分化彼此感情，使人互相猜忌。
り きりょう 力量	역 량 力量 yeongnyang	力量	力氣；能力。
り くぐん 陸軍	육 군 陸軍 yukggoon	陸軍	是指在陸地上作戰的軍隊。
り くち 陸地	육 지 陸地 yukjji	陸地	地球表面除去海洋、湖泊、河川等的部分。
り こ 利己	이 기 利己 igi	利己	謀求自己的利益幸福。讓自己得到好處。
り こん 離婚	이 혼 離婚 ihon	離婚	夫婦依照法定手續解除婚姻關係。
り じ 理事	이 사 理事 isa	理事	代表公司、團體執行事務、行使權力的人。
り じゅん 利潤	이 윤 利潤 iyun	利潤	將營業所得扣除成本後所剩餘的利益。
り せい 理性	이 성 理性 iseong	理性	思考、判斷、推理等的能力；相對於感性而言。理智、冷靜。
り そう 理想	이 상 理想 isang	理想	是對未來事物的美好想象和希望，也比喻對某事物臻於最完善境界的觀念。
り っきょう 陸橋	육 교 陸橋 yukgyo	陸橋	架設在道路上空，供行人穿越道路的橋梁；在各個地質年代中，連結大陸地塊的地峽。通過地峽，動植物乃得以擴大分佈至新的地區。
り っしん 立身	입 신 立身 ipssin	立身	處事、為人。建立自身做人處世的基礎。

日文漢字	韓文漢字	中文字	意思
りったい **立体**	입체 **立體** ipchae	**立體**	數學上指以面為界，有長、寬、厚，在空間占有一定位置的物體。
りねん **理念**	이념 **理念** inyeom	**理念**	理性概念，由思考或推理而得的概念或想法。
りべつ **離別**	이별 **離別** ibyeol	**離別**	暫時或永久離開；分手，分開。
りゅう **竜**	용 **龍** yong	**龍**	傳說中的動物。頭生角、鬚，身似大蛇，有鱗、爪，能飛天、潛水，忽來忽去，有雲相襯。古代用以比喻君王。
りゆう **理由**	이유 **理由** iyu	**理由**	事情的道理、原由、依據。
りゅうがく **留学**	유학 **留學** yuhag	**留學**	到國外求學深造。
りゅうこう **流行**	유행 **流行** yuhaeng	**流行**	盛行一時；散布、傳播、蔓延。
りゅうざん **流産**	유산 **流産** yusan	**流産**	指未發育完全的胎兒因自然或人為因素，以致無法存活而從子宮排出的現象；比喻計畫或事情因故中止。
りゅうせい **流星**	유성 **流星** yuseong	**流星**	夜晚快速飛越天空的輝亮星體。原為太空中漂浮的塵埃、碎片，進入地球大氣層後，與空氣摩擦燃燒發光，而形成如箭的光跡。
りゅうどう **流動**	유동 **流動** yudong	**流動**	不靜止、不固定。
りょう **利用**	이용 **利用** iyong	**利用**	發揮物資的功用；用手段使人或事物為自己謀利。

り

日文漢字	韓文漢字	中文字	意思
りょういき 領域	영 역 領域 yeongyeog	領域	國家主權所及的區域。包括陸、海、空三方面；事物的範圍。
りょう が 凌駕	능 가 凌駕 neungga	凌駕	超越、勝過。
りょうかい 領海	영 해 領海 yeonghae	領海	距離一國海岸線一定寬度的海域，是該國領土的一部分。
りょう け 良家	양 가 良家 yangga	良家	清白人家。
りょうこう 良好	양 호 良好 yangho	良好	很好、極好的狀態。
りょう じ 領事	영 사 領事 yeongsa	領事	一國根據協議派駐他國某城市或地區的代表。一般有總領事、領事、副領事和領事代理人。
りょうしゅう 領袖	영 수 領袖 yeongsoo	領袖	衣服的領子和袖子；是指有組織的社會結構中握有最高權力的人或團體，不同組織的領袖有不同的銜稱，例如村落的領袖稱為村長、國家的領袖稱為國王、元首、皇帝、總統等。
りょうしょく 糧食	양 식 糧食 yangsig	糧食	是指烹飪食品中各種植物種子總稱，又稱爲「穀物」，含營養物質豐富，主要爲蛋白質、維生素、膳食纖維、脂肪等。
りょうじょく 凌辱	능 욕 凌辱 neungyog	凌辱	指對別人的人格不尊重用尖刻的語言或動作使對方受傷害，即傷害他人自尊，羞辱別人。
りょうしん 良心	양 심 良心 yangsim	良心	善良的心地（多指內心對是非善惡合於道德標準的認知）。
りょうせん 稜線	능 선 稜線 neungseon	稜線	物體兩面相交所形成的線。最常使用在地形學上，即山的最高點連接成的線稱為「稜線」。

Track
65

日文漢字	韓文漢字	中文字	意思
りょうたん 両端	양 단 兩端 yangdan	兩端	兩頭，事物的兩個端點。
りょう ど 領土	영 토 領土 yeongto	領土	是指主權國家所管轄的地區範圍，通常包括該國國界（邊境）內的陸地（即領陸）、內水（包括河流、湖泊、內海），以及它們的底床、底土和上空（領空），有時亦會包括領海。
りょうどう 領導	영 도 領導 yeongdo	領導	統率、引導。
りょうよう 療養	요 양 療養 yoyang	療養	治療、休養以恢復健康或體力。
りょう り 料理	요 리 料理 yori	料理	菜餚。
りょかく 旅客	여 객 旅客 yeogaeg	旅客	臨時客居在外的人；旅行的人。
りょかん 旅館	여 관 旅館 yeogwan	旅館	營業性的供旅客住宿的地方。
りょくちゃ 綠茶	녹 차 綠茶 nokcha	綠茶	茶葉的一大類，沏出來的茶保持鮮茶葉原有的綠色。
りょこう 旅行	여 행 旅行 yeohaeng	旅行	去外地辦事、謀生或為觀賞不同景色及了解異與自身文化的差別而遊覽。
りょっか 綠化	녹 화 綠化 nokwa	綠化	廣植草木，以美化環境。
り りつ 利率	이 율 利率 iyul	利率	計算利息的比率。
り れき 履歷	이 력 履歷 iryeog	履歷	人生平的經歷、資格及學歷。

日文漢字	韓文漢字	中文字	意思
り ろん 理論	이 론 理論 iron	理論	有系統、組織的定律或論點。由實際驗證中歸納出，或由觀念推演而得。如科學上的理論。
りんかく 輪郭	윤 곽 輪廓 yungwag	輪廓	指邊緣；物體的外周或圖形的外框。引申爲事情的概略。
りん き おうへん 臨機応変	임 기 응 변 臨機應變 imgieungbyeon	臨機應變	臨事能做適當的變通處置。
りん じ 臨時	임 시 臨時 imsi	臨時	臨到事情發生的時候；短時間的、暫時的。
りんじゅう 臨終	임 종 臨終 imjong	臨終	將死之際。
りんしょく 吝嗇	인 색 吝嗇 insaeg	吝嗇	氣量狹小，用度過分減省。
りんらく 淪落	윤 락 淪落 yulag	淪落	落魄潦倒。
りん り 倫理	윤 리 倫理 yuli	倫理	人與人之間相處的常理。
るいけい 累計	누 계 累計 noogae	累計	總計。指連以前的數目合併計算。
るいせき 累積	누 적 累積 noojeog	累積	層層增加；積聚。層積聚集。
るいはん 累犯	누 범 累犯 noobeom	累犯	多次犯罪；判刑確定或服刑後，5 年以內再犯有期徒刑以上之罪的人。
る り 瑠璃	유 리 琉璃 yuri	琉璃	青色的寶石。
る ろう 流浪	유 랑 流浪 yurang	流浪	四處飄泊，沒有固定的居所。

る

日文漢字	韓文漢字	中文字	意思
れい 零	영 零 yeong	零	數的空位，亦指小於所有正數，大於所有負數的數。阿拉伯數字作「0」。
れい か 零下	영 하 零下 yeongha	零下	表示溫度在零度以下的用詞。
れいがい 例外	예 외 例外 yewae	例外	指超出常例之外。即在一般的規律、規定之外的情況。
れいかん 靈感	영 감 靈感 yeonggam	靈感	指文藝、科技活動中瞬間產生的富有創造性的突發思維狀態；靈驗有感應。
れい き 冷気	냉 기 冷氣 naenggi	冷氣	冷的氣流。
れいぎ 礼儀	예 의 禮儀 yei	禮儀	禮節的規範與儀式。禮儀是指人們在社會交往活動中形成的行為規範與準則。具體表現為禮貌、禮節、儀表、儀式等。
れいこく 冷酷	냉 혹 冷酷 naenghog	冷酷	對人冷漠、苛刻、毫無感情、鐵石心腸。
れいこん 靈魂	영 혼 靈魂 yeonghon	靈魂	迷信者認為附於人體的精神或心意之靈。
れい し 靈芝	영 지 靈芝 yeongji	靈芝	植物名。多孔菌科靈芝屬。子實體有一長柄，其上具有一黑褐色腎形菌蓋，有雲狀環紋。
れいすい 冷水	냉 수 冷水 naengsoo	冷水	涼水、生水。
れいせい 冷静	냉 정 冷靜 naengjeong	冷靜	形容沉著、心平氣和、理智而不感情用事。
れいせつ 礼節	예 절 禮節 yejeol	禮節	禮制的儀式、規矩。

日文漢字	韓文漢字	中文字	意思
れいせん 冷戦	냉 전 冷戰 naengjeon	冷戰	泛指國際間除武力衝突外的其他一切（如經濟、外交、情報等）緊張、對峙的狀態；比喻人與人間，除肢體、語言的衝突外，任何緊張、對峙的狀態。
れいぞうこ 冷蔵庫	냉 장 고 冷藏庫 naengjanggo	冷藏庫	有預冷、急凍及冷藏等設備的倉庫。
れいとう 冷凍	냉 동 冷凍 naengdong	冷凍	將食物保存在低溫的狀態中，使食物凝固、凍結，以抑制細菌的繁殖、防止有機體的腐敗，達到保藏的效果。
れいぶつ 礼物	예 물 禮物 yemul	禮物	通常是人和人之間互相贈送的物件。而目的是為了取悅對方，或表達善意、敬意。
れいほう 礼法	예 법 禮法 yebbeob	禮法	禮儀法度。
れいめい 黎明	여 명 黎明 yeomyeong	黎明	天快要亮或剛亮的時候。
れいめん 冷麺	냉 면 冷麵 naengmyeon	冷麵	涼麵。
れいやく 靈藥	영 약 靈藥 yeongyag	靈藥	具有神奇效果的藥品。
れいらく 零落	영 락 零落 yeongnag	零落	人事衰頹。身世落魄。
れいろう 玲瓏	영 롱 玲瓏 yeongnong	玲瓏	玉聲、清越的聲音；明亮的樣子。
れきし 歴史	역 사 歷史 yeokssa	歷史	指人類社會過去的事件和行動，以及對這些事件行為有系統的記錄、詮釋和研究；來歷。

Track 66

日文漢字	韓文漢字	中文字	意思
れきだい 歴代	역 대 歷代 yeokddae	歷代	過去的各世代、朝代。
れっしゃ 列車	열 차 列車 yeolcha	列車	行駛於軌道上，由機頭牽引車廂，連掛成列的車輛。
れっせい 劣勢	열 세 劣勢 yeolssae	劣勢	條件或處境較差的形勢。
れっとう 列島	열 도 列島 yeolddo	列島	排列成線形或成弧形的群島。
れっとう 劣等	열 등 劣等 yeolddeung	劣等	低劣的檔次；最次的級別。
れんあい 恋愛	연 애 戀愛 yeonae	戀愛	指男女依戀相愛。兩個人互相愛慕行動的表現。
れん か 廉価	염 가 廉價 yeomgga	廉價	便宜的價錢。
れんごう れんごう 連合・聯合	연 합 聯合 yeonhab	聯合	放在一起形成一個單位。結合。
れんさい 連載	연 재 連載 yeonjae	連載	報刊雜誌分若干次連續刊載長篇作品。
れんじつ 連日	연 일 連日 yeonil	連日	接連數日。
れんしゅう 練習	연 습 練習 yeonseub	練習	反覆作習，使之熟練。
れんじょう 恋情	연 정 戀情 yeonjeong	戀情	愛慕的感情。
れんそう 連想	연 상 連想 yeonsang	連想	聯想。

ろ

日文漢字	韓文漢字	中文字	意思
れんぞく 連続	연 속 連續 yeonsog	連續	一個接一個；一次連一次。
れんち 廉恥	염 치 廉恥 yeomchi	廉恥	廉潔的情操與羞恥心。
れんぱ 連覇	연 패 連霸 yeonpae	連霸	連續在競賽中獲得冠軍。
れんびん 憐憫	연 민 憐憫 yeonmin	憐憫	哀憐同情。
れんめい 連名	연 명 連名 yeonmyeong	連名	聯合簽名。
れんめい 連盟	연 맹 聯盟 yeonmaeng	聯盟	兩個或兩個以上的獨立國家或民族，為互相保衛通過正式協定（條約或合同）建立的集團。
れんらく 連絡	연 락 連絡 yeolag	連絡	通訊聯繫。是互相之間取得聯通關係的意思。
れんるい 連累	연 루 連累 yeoloo	連累	因事拖連別人，使別人受到損害。
ろうえい 漏洩	누 설 漏洩 nooseol	漏洩	洩露。將消息或機密走漏。
ろうく 労苦	노 고 勞苦 nogo	勞苦	勞累辛苦。
ろうじゃく 老弱	노 약 老弱 noyag	老弱	年老體弱的婦女和年幼的兒童。指沒有生活能力而需要別人扶持照顧的人。
ろうしゅう 陋習	누 습 陋習 nooseup	陋習	是一種粗魯、醜陋、不文明的壞習慣。
ろうしょう 老少	노 소 老少 noso	老少	年老的和年少的。

日文漢字	韓文漢字	中文字	意思
ろうじん **老人**	노 인 **老人** noin	老人	指的是上年紀了的人或較老的人。
ろうすい **漏水**	누 수 **漏水** noosoo	漏水	東西破裂，使得水滲透出來。
ろうでん **漏電**	누 전 **漏電** noojeon	漏電	包覆電線的絕緣體破裂，或電線斷裂而發生電能外洩的現象。
ろうどう **労働**	노 동 **勞動** nodong	勞働	為了某種目的或在被迫情況下從事體力或腦力工作。
ろうどく **朗読**	낭 독 **朗讀** nangdog	朗讀	清晰而響亮的誦讀。高聲的誦讀詩文。
ろうば **老婆**	노 파 **老婆** nopa	老婆	指老年的婦女（我國最初的含義）。
ろうひ **浪費**	낭 비 **浪費** nangbi	浪費	對財物、人力、時間等使用不當或毫無節制。
ろうぼ **老母**	노 모 **老母** nomo	老母	年老的母親。
ろうまん **浪漫**	낭 만 **浪漫** nangman	浪漫	富有詩意，充滿感性氣氛的。
ろうむ **労務**	노 무 **勞務** nomu	勞務	勞動的勤務；勞動、工作。為從雇主取得報酬，而提供勞動。
ろうらく **籠絡**	농 락 **籠絡** nongnak	籠絡	以權術或手段統禦他人。
ろく **六**	육 **六** yuk	六	介於 5 與 7 之間的數字。

日文漢字	韓文漢字	中文字	意思
ろ こつ 露骨	노 골 露骨 nogol	露骨	說話不含蓄，沒有保留。十分顯露地表示感情或真心。
ろ じょう 路上	노 상 路上 nosang	路上	道路上；路途中，通行的途中。
ろ せん 路線	노 선 路線 noseon	路線	是指從一地到另一地所經過的道路；比喻途徑、方法。
ろ へん 路辺	노 변 路邊 nobyeon	路邊	為靠近大路的長條土地。
ろん ぎ 論議	논 의 論議 noni	論議	議論、辯論。對人或事物的好壞、是非等所表示的意見。
ろん ご 論語	논 어 論語 noneo	論語	書名。孔子應答弟子、時人及弟子相互問答之言，由孔門後學記錄而成的書。
ろんそう 論争	논 쟁 論爭 nonjaeng	論爭	不同意見的人，各持己見，爭辯是非曲直。
ろんだん 論壇	논 단 論壇 nondan	論壇	對公眾發表議論的場所或媒體。
ろんてん 論点	논 점 論點 nonjjeom	論點	議論中成為中心的主張或觀點。
ろんぴょう 論評	논 평 論評 nonpyeong	論評	評論。針對於事物的內容、結果等，進行主觀或客觀的自我印象闡述。
ろんぶん 論文	논 문 論文 nonmoon	論文	用理論性的條理，討論研究某種問題的文章。
ろん り 論理	논 리 論理 noli	論理	論說道理，邏輯學上指依合理的原理或法則辯證正誤的方法；照道理說。

ろ

わ行

中국어와 똑같은 한자어

わいしょう・왜 소
矮小・矮小・矮小
waeso

／日文漢字・韓文漢字・中文字

低小、短小。是指身高低於平均身高的人。矮小的身材。

▲日文漢字	▲韓文漢字	▲中文字	▲意思
わいせつ 猥褻	외 설 猥褻 waeseol	猥褻	指粗鄙下流的言語或行為。
わかい 和解	화 해 和解 hwahae	和解	停止爭端，歸於和平；在法律上，指訴訟當事人之間為處理和結束訴訟，而達成的解決爭議問題的妥協或協議。
わき 和気	화 기 和氣 hwagi	和氣	態度溫和可親。
わぎ 和議	화 의 和議 hwai	和議	與對方達成的和平協議。
わだい 話題	화 제 話題 hwajae	話題	指談話的題目；談論的主題。
わに 鰐	악 어 鰐魚 ageo	鱷魚	動物名。一種爬蟲類。外形似蜥蜴，全身皮膚堅硬，前肢五趾，後肢有四趾，趾間有蹼。多生活於淡水中，游泳時，靠身體擺動及尾部拍擊前進。
わぼく 和睦	화 목 和睦 hwamog	和睦	彼此相處親愛和善、融洽友好。
わんりょく 腕力	완 력 腕力 walyeog	腕力	手腕的力量；腕部的力量、臂力。

日韓語

還沒學就會 3900 字

同じ意味の漢字
중국어와 뜻이같은 한자어

和中文意思一模一樣
的日韓語漢字大全！

山田社外語 01　　　　　【25K ＋ QR Code 線上音檔＋ MP3】

發行人	林德勝
著者	吉松由美、田中陽子、金龍範
出版發行	山田社文化事業有限公司
	地址　臺北市大安區安和路一段112巷17號7樓
	電話　02-2755-7622　02-2755-7628
	傳真　02-2700-1887
郵政劃撥	19867160號　大原文化事業有限公司
總經銷	聯合發行股份有限公司
	地址　新北市新店區寶橋路235巷6弄6號2樓
	電話　02-2917-8022
	傳真　02-2915-6275
印刷	上鎰數位科技印刷有限公司
法律顧問	林長振法律事務所　林長振律師
定價	新台幣418元
初版	2022年06月

朗讀QR Code ▾

© ISBN : 978-986-246-688-9
2022, Shan Tian She Culture Co. , Ltd.